주인공의
여동생이다

주인공의 여동생이다 4

안경원숭이 장편소설

초판 1쇄 찍은 날 | 2021년 4월 23일
초판 1쇄 펴낸 날 | 2021년 4월 30일

지은이 | 안경원숭이
펴낸이 | 권태완 우천제

편집책임 | 박은정
편집 | 박가연 심성경 유안진 손혜진 장현아 이예린 정나래

펴낸곳 | (주)케이더블유북스
등록번호 | 제25100-2015-43호
등록일자 | 2015. 5. 4
WFN | 제3-070호

주소 | 서울특별시 구로구 디지털로31길 38-9 에이스테크노타워 1차 401호
전화 | 02-867-4626 팩스 | 02-866-4627
E-mail | cl_production@kwbooks.co.kr

ISBN 979-11-293-7673-2 04810
979-11-293-6235-3 (set)

주인공의 여동생이다

안경원숭이 장편소설

4

CONTENTS

외전 5. 시스템교 (2)

한 실장은 낮과 마찬가지로 응접실에서 이씨 남매를 응대했다.

"많이 피곤하시죠?"

"알면 왜 불렀수? 시비 걸러?"

"하암, 졸려어."

"죄송하게 되었습니다. 제가 두 분을, 정확히 김보석 씨를 뵙자고 한 건 입교 때문입니다."

이보배는 소파에 등을 문대고 짜증 냈다.

"아니, 그걸 꼭 이 시간에 물어봐야 돼요? 내일 아침에 묻든가."

"비몽사몽일 때 계약서 들이밀어 사기 치려는 것도 아니고 뭐야?"

"정말 죄송합니다. 제가 시간이 없어서……."

한완용이 이씨 남매에게 커피를 내밀었다. 낮에 내왔던 커피와 똑같아서 화르세인지 앞엔 에스프레소가 자리했다.

"기적을 목격한 소감이 어떠십니까?"

"와, 대박. 앞자리라 애 눈 뜨는 게 다이렉트로 눈에 꽂히던데 그거 진짜 맞아요?"

"사기 아냐?"

"같이 봤잖아. 그게 어떻게 사기야. 진짜 시스템 신님이 그런 힘을 내려주신 건가 봐."

"어두컴컴하고 졸려서 뭐가 보여야지."

"마나술루 잘만 외쳐놓고."

"마나술루!"

이보배와 이한생은 동시에 커피로 손을 뻗었다. 한완용은 여전히 철벽의 포커페이스를 자랑했다. 너무너무 수상한 커피를 내놓고 즐거워하거나 긴장하는 기색 하나 없었다.

'솔직히 이걸 누가 마셔.'

이보배는 커피잔을 입가로 가져가며 생각했다. 솔직히 정말 마시기 싫었다. 누가 봐도 약이 들었을 것 같다. 이걸 마시면 바보다. 하다못해 게임에서도 데드 엔딩 회수하려는 사람만 마실 것이다.

그리고 이씨 남매가 연기하는 김씨 남매는 이런 수상한 시각, 수상한 장소에서 수상하게 내밀어진 커피도 군말 없이 마시는 바보로 찍혔다.

'아무리 그래도 바로 부르다니. 어마어마하게 얕보였네.'

이보배는 커피를 홀짝홀짝 마셨다. 에스프레소의 쓴맛을 본 망나니는 짧고 강한 고통을 택했다.

"크으."

이한생이 감초 빠진 한약 원샷한 사람처럼 진저리쳤다.

"에스프레소로 허세 부릴 때 알아봤다."

이보배는 이한생을 비웃는 척하면서 눈을 떼지 않았다. 조력자가 있어서 약이 든 걸 알면서 마셨다. 하지만 그 약이 독이라면 미끼는 졸업하고 막내 오빠의 입에 해독제를 꽂을 생각이었다.

"어엉?"

화르세인지가 몸을 부르르 떨더니 눈을 깜빡이고 휘청거렸다. 풀썩 고개를 숙였지만 피를 토하거나 고통스러워하진 않았다. 호흡은 느리지만 안정적이었고 잠든 얼굴은 평화로웠다.

'다행이야. 수면제구나.'

피 토하며 얻은 〈독 내성〉 덕분에 이보배는 졸리지 않았다. 살짝 졸리긴 한데 이게 수면제 때문인지 피곤해서 그런 건지 알 수 없었다. 어쨌든 충분히 참을 만하기 때문에 이보배는 눈꺼풀에 힘을 줬다.

"뭐야, 자냐?"

"많이 피곤하셨던 모양입니다."

이보배는 절반 남긴 커피를 마저 마셨다. 한완용이 처음으로 삼류 악당처럼 웃었다.

"김보석 씨도 편히 주무시죠. 고통은 없을 겁니다."

'응, 안 자.'

하나도 안 졸리다고 얼굴에 커피잔을 던져주고 싶지만 어쩌겠는가. 여기까지 왔으니 미끼의 역할에 충실할 수밖에.

이보배는 소파에 쓰러져 눈동자를 뒤집었다. 한완용이 그녀와 이한생의 호흡과 맥박을 확인하더니 사람을 불렀다.

사람들이 이씨 남매를 들것에 실어 운반했다. 천 같은 게 뒤집어씌워져서 이보배는 안심하고 실눈을 떴다.

'안 보이네.'

천에 가려 아무것도 안 보여 실눈을 뜬 의미가 없었다. 이보배는 다시 눈을 감고 앞으로에 대해 예상했다.

'아라크네가 말한 미끼 역할은 이거겠지? 각성 시스템교에서 사람을 이렇게 납치해 이용한다는 건데…….'

인신매매? 장기 밀매? 매혈? 노동력 착취? 세뇌해서 광신도로 만들어 부려먹을까?

엘리베이터를 타고 계속 아래로 내려가는 것 같더니 육중한 문이 열리는 소리가 들렸다. 천을 뚫고 기묘한 악취가 밀려왔다. 냄새 자체는 옅었지만 사람 신경을 건드려 혐

오스러웠다.

이보배는 잠든 척하는 것도 잊고 구역질할 뻔했다. 다행히 그녀의 동요는 들키지 않았다.

이보배는 어딘가에 내려졌다. 이씨 남매를 실어 나른 사람들은 말없이 문을 닫고 나갔다. 이보배는 바로 움직이지 않고 숨을 죽이고 동태를 살폈다.

'사람은 없는 것 같다.'

숨소리도 가능한 한 작게 내면서 청각에 집중했지만 아무 소리도 들리지 않았다.

'실내에 지하는 확실하고. 아휴, 이거 무슨 냄새야.'

이보배는 알 수 없는 냄새에 코를 찡그렸다. 이전에 맡아본 적 있는 것 같은데 바로 떠오르지 않아 답답했다.

인간은 후각보다 시각에 의존한다. 눈을 떠도 천이 가려 아무것도 보이지 않았다. 천이 두꺼워 빛이 들어오지 않기 때문에 밖이 어두운지 밝은지도 알 수 없었다.

이보배는 손가락을 움직여 아주 살짝 천을 걷었다. 천이 들린 부분에서도 빛이 새어 들어오지 않았다. 꽤 어두운 공간임을 확신하자 이보배는 대담하게 움직였다. 일단 천을 걷고 벌떡 일어났다.

'어우, 어두워.'

인벤토리에 손전등이 있지만 꺼내기에 앞서 전투 불능 상태의 동료를 구하는 게 우선이다. 이보배는 바로 옆에 누워 곤히 잠든 막내 오빠를 흔들어 깨웠다.

"오빠, 일어나."

화르세인지는 깨어나지 않았다. 이보배가 코를 꼬집어도 살짝 얼굴만 찌푸렸다. 이보배는 괜한 시도를 해봤다고 생각하고 인벤토리에서 각성제를 꺼냈다. 뚜껑을 열어 이한생의 입에 꽂아 넣자 그가 성대한 기침과 함께 벌떡 일어났다.

"에퉤퉤, 어우 써! 뭐, 뭐냐!"

"우리가 마신 커피에 수면제가 들어 있었어. 오빠는 그거 마시고 잠들었고 나는 잠든 척했더니 여기로 데려오더라. 나도 여기가 어딘지 몰라. 일단 오빠부터 깨운 거야."

이보배는 손전등을 꺼내 손에 쥐었다. 실내를 한 바퀴 비춰보자 수술대와 소독약, 수술 도구 등이 눈에 들어왔다. 환자의 안전을 배려할 생각이 없는 듯 좀 더러웠다.

'내가 맡은 역겨운 냄새가 저거구나.'

어째 맡아본 냄새더라 싶었다. 이보배는 기분 전환을 위해 비타민 음료를 인벤토리에서 꺼내 마셨다. 망나니는 맛있다고 두 병을 먹었다.

"공포 영화에서 본 듯한 광경이네. 왜 이런 곳에 수술대와 설비가 있지?"

"뭐긴 뭐겠느냐. 흑마술사의 연구실이니라."

"흑마술사?"

"의식에서 사자에게 행한 끔찍한 모욕을 보지 않았느냐. 여긴 흑마술사의 소굴이니라. 더럽고 고얀지고."

화르세인지 드 체키빙 공자께선 각성 초기에 흑마술사에게 납치되었다고 길길이 날뛰었던 전적이 있다. 그땐 착각이었지만 이번엔 진짜다.

'상황이 이렇지만 않았어도 깐죽거리면서 진짜 납치된 소감이 어떠냐고 물어보는 건데.'

이보배는 분노로 부들부들 떠는 화르세인지를 내버려 두고 움직였다.

일단 들어온 방향의 문을 열어보니 잠겨 있었다. 문은 특수하게 제작된 금속 재질이라 발로 걷어차는 수준으론 열 수 없을 듯했다.

'여긴 막혔고.'

이보배는 반대 방향에서 문을 하나 더 발견했다. 간편하게 열 수 있을 것처럼 보여 이한생에게 손짓했다.

"내 생각에 우린 미끼 역할을 완수했다고 보거든."

"감히 사자를 모욕하고 우롱하는 짓을 신의 이름으로 행하다니. 믿을 수 없느니라."

"가만히 기다리면 조력자든 누구든 와서 구해줄 거 같긴 해. 우리 힘으로 빠져나가도 되겠지만 일단 여기 문은 잠겼고 저쪽에 문이 하나 더 있어. 기왕 온 김에 이것저것 살펴볼까?"

"당연히 살펴봐야지! 흑마술사의 연구실을 짓밟고 싹 불 질러 버려야 한다!"

망나니가 이귀한도 아닌데 파괴 욕망을 드러냈다. 이한생이 인벤토리에서 무기를 꺼내 휘두르려는 것을 이보배가 간신히 저지했다.

"증거! 증거자료! 다 망쳤다가 증거 없어지면 어떡해. 일단 보기만 하자."

"쯧, 마음에 안 드는구나."

화르세인지가 이보배를 뒤로 물리고 문으로 다가갔다. 문은 잠금장치나 손잡이 없이 그냥 미니까 바로 열렸다. 문이 열리자 냉장고를 연 것처럼 냉기가 흘러나왔다.

손전등으로 내부를 비춘 화르세인지가 두 발짝 물러나 몸을 돌렸다.

"돼지는 볼 필요 없다."

"뭐야, 뭐 있는데."

"눈 썩느니라."

김보석을 연기하며 막내 오빠 말이라면 무조건 반대로 하던 과거 버릇이 튀어나오기라도 한 것일까. 이보배는 화르세인지의 경고를 무시하고 내부를 살폈다가 후회했다.

"내 눈! 내 정신 건강! 내 스트레스!"

"그러니까 보지 말랬잖느냐. 돼지가 말은 더럽게 안 들어."

문 안쪽엔 시체가 즐비했다. 이보배에게 낯선 광경은 아니었다. 균열 직후 수습한 시체를 모아 화장하기 전까지 임시로 보관하던 곳이 딱 저랬다. 오히려 보기엔 이곳이 나았다. 그땐 냉장 처리가 불가능해 악취와 벌레가 들끓었으니까.

낯설지 않고 환경이 더 낫다고 해서 시체 본 눈이 정화되는 건 아니었다. 이보배가 질겁하다 헛구역질했다.

"우엑."

"구역질하지 마라. 나도 참기 힘들, 우엑."

하품과 구역질은 전염된다. 남매는 사이좋게 번갈아가며 구역질했다. 이보배는 비타민 음료를 꺼내 마셔 속을 가라앉혔다.

"종교 시설이랍시고 간판 달아놓고 시체를 모아둬? 완전 미쳤잖아!"

"흑마술사가 다 그런 게지. 쯧."

"혹시 집회 때 쓰려고 모아둔 시첸가?"

집회에서 의식에 쓰인 시체는 잡지사 사장의 딸이었다. 그런 식으로 신도들이 부활하길 원하는 사람의 시체를 모아둔 것은 아닐까?

"돼지 추리는 틀린 것 같구나."

"왜?"

"시체들이 무장하고 있다."

이보배는 심호흡한 뒤 다시 안쪽을 살폈다. 손전등을 비춰서 확인해 보니 화르세인지의 말대로였다. 시체 대부분이 무기와 함께 보관된 상태였다.

이보배는 혹시 살아 있는 사람이 있는지 확인하기 위해 안으로 발을 들였다.

"미쳤느냐?"

"살아 있는 사람 있는지만 확인할 거야."

"쯧, 내가 하마."

"됐어, 같이 들어가."

겁 많은 망나니가 이보배의 옷자락을 잡고 뒤따랐다. 대범한 척했지만 타고난 겁을 어찌하지 못한 것이다.

오십여 구의 시체를 살폈지만 살아 있는 사람은 없었다.

"순장용 시체도 아니고 시체를 무장시켰다면 용도가 전투라는 건데……."

"뻔하지 않으냐. 흑마술사가 제 군대로 부리려는 것이다."

"오빠는 이게 사령술사의 짓이라고 생각하는 거지? 의식 때 본 좀비도 그렇고?"

"흑마술사의 짓이 아니면 무엇이겠느냐?"

"그럼 사령술사는 시체가 말도 하게 할 수 있는 거야?"

"직접 조종한다면 가능하다고 생각한다. 애초에 흑마술사란 온갖 사이한 짓을 저지르는 자들로, 성신을 부정하고 악마와 악신을 따른다. 영혼을 속박하고 더럽혀 영혼의 강에서 정화되지 못하게 하지."

체키빙 공자가 흑마술사에 대한 진실과 유언비어를 두서없이 늘어놓았다. 아는 게 없는 이보배는 그러려니 하고 들었다.

“이 가엾고 딱한 자들은 이미 흑마술사에게 농락당한 뒤니라.”

“그런 거야?”

“무능한 돼지는 모르겠지만 나는 느낄 수 있느니라. 흑마술사의 손에 넘어가 명령을 따르는 처지가 되었지. 한데 이상하구나.”

화르세인지가 턱을 매만지며 고심에 빠졌다.

“뭐가 이상한데?”

“혼은 어디 있느냐?”

“혼?”

“이자들의 혼 말이다. 사자의 혼. 사악한 흑마술사가 영혼을 놔주고 시신만 농락할 리 없건만 혼이 느껴지지 않는구나.”

“신성력으로 그런 것도 느낄 수 있어?”

혼이 느껴진다는 건 영감이 있다는 얘기다. 막내 오빠가 귀신을 볼 줄 안단 소리에 이보배가 깜짝 놀랐다.

“보통은 막연하게 느껴진다만 흑마술사에게 농락당한 영혼은 타락하고 오염되었기 때문에 뚜렷하게 알 수 있다. 한데 이곳의 시체 어디에도 혼이 머물고 있지 않아.”

"죽었으니까 당연한 거 아냐? 시체는 시체대로 좀비로 쓰고 영혼은 영혼대로 귀신 종류로 부리고, 그런 거 아닐까?"

화르세인지 드 체키빙 공자님이 정색했다.

"대체 무슨 해괴한 소리를 지껄이는 게냐? 돼지의 상상력이 실로 돼지 같구나."

"아, 그러세요. 문외한이 지껄여서 죄송하게 됐습니다. 세계가 다르니까 설정이 좀 바뀌었다 칩시다."

"크흠."

어둠 속에서 헛기침 소리가 들렸다. 이한생이 펄쩍 뛰어오르더니 이보배의 뒤로 숨었다. 이보배는 사람 머리가 있을 만한 부분에 손전등을 비췄다가 머리가 나오지 않아 위로 살짝 틀었다. 앞머리 커튼이 등장했다.

"안녕하세요. 두 분 모두 괜찮으시죠?"

김율이 고개를 숙이고 인사했다. 기다리던 조력자지만 이보배는 일단 경계했다.

"언제 오셨어요?"

"조금 전입니다. 두 분 말씀 나누시던 건 뒷부분만 조금 들었습니다. 흥미로운 주제라 더 듣고 싶었지만 예의상, 크흠."

"전달받으셨는지 모르겠지만 저희 오빠가 기억상실이라."

"네, 이해합니다."

"자기를 다른 사람으로 혼동하고 있거든요. 쓰러지기 직전에 몬스터를 봐서 그런지 판타지 소설 같은 망상도 하고."

"네, 이해합니다. 저도 그런 거 좋아해서 설정을 조금 보충해 드리자면."

김율이 다가왔다. 구부정한 거북목은 연기였는지 자세가 반듯했다. 훤칠한 키와 늘씬한 몸매 덕분에 그냥 걷는데도 모델 같았다.

"네크로맨서, 사령술사로 통일할까요. 일단 일반 각성자 중엔 사령술사가 없습니다. 귀환자 중엔 사례가 보고되었죠."

귀환자란 말에 이보배는 한완용과 교주를 떠올렸다.

"그럼 한완용이랑 교주 중에."

"네, 사령술사 콤비일 가능성도 점쳤는데 교주는 아니었어요. 사령술사는 한완용뿐이에요. 이 연구실도 한완용의 작품인 것 같아요."

"어쩐지 재수가 없더라니."

이보배의 뒤에서 나온 이한생이 흑마술사에 대한 증오를 숨기지 않고 말했다. 김율이 오십여 구의 시체를 가리켰다.

"그리고 여기 있는 시체들은 모두 각성자입니다."

"이, 이분들이 전부 다 각성자라고요?"

이보배가 믿지 못해 되물었다. 김율이 계속 설명했다.

"돈으로 모은 각성자 신자 중 일부를 살해해 시체를 은닉했다고 생각합니다. 실은 여길 처음 발견했을 때 바로 관리국에 신고할 생각이었습니다. 하지만 문제는 한완용이 살해했다는 물증이 없다는 거였죠. 교주에게 덮어씌우고 꼬리를 잘라 도망갈 수 있으니까요."

그래서 나 잡아 잡수, 하고 나설 미끼가 필요했다는 이야기다.

"실로 시의적절한 때에 와주셨어요."

"아라크네한테 정신적 충격에 대한 피해 보상 요구할 거예요."

피 묻은 수술대도 무서운데 수십 구의 시체까지 봐버렸다. 이보배가 강하게 항의하자 김율이 대신 사과했다.

"죄송합니다. 꼭 전해 드릴게요."

"근데 왜 각성자를 죽인 걸까요?"

"사령술사는 귀환자 중에서만 발견되는 희귀 직업입니다. 그래서 정보를 캐보니 다들 비슷한 대답을 했다고 해요."

"무엇이냐."

"언데드가 강해지지 않는다."

언데드가 전투 경험을 쌓으면 고위 언데드로 진화하거나 승급한다. 이보배에게도 익숙한 설정이었다.

이세계에서 활동하던 사령술사들도 비슷한 일을 겪었고, 귀환한 후 능력을 잃지 않았기에 헌터로 활약할 수 있겠다고 생각했다. 하지만 그들의 예상이 빗나갔다.

"언데드로 아무리 몬스터를 잡아도 언데드가 강화되지 않는다고 했습니다. 언데드의 질이 아니라 물량을 선호하던 귀환자는 언데드의 행동이 멍청해서 이전보다 효율이 나쁘다고도 말했죠."

김율이 검지를 들어 보였다. 손가락도 키와 사지만큼 길고 선이 곧아 예뻤다.

"무엇보다 한생 형님이."

"형님?"

"제가 연하거든요. 덤으로 보배 누나. 제가 한 살 어리니 말씀 편하게 하셔도 돼요."

"아, 그렇군요."

이보배는 김율의 목소리가 꽤 낮은 편이고 키가 큰데 얼굴은 안 보이니 연상으로 생각했다. 나이 차가 큰 것도 아니라 별 감흥은 없었다.

"훗, 형이라."

이보배와 다르게 화르세인지는 입꼬리를 올리고 좋아했다. 아들 셋 딸 하나 있는 집안에 셋째 아들로 태어나 형이라 불릴 일이 없었던지라 듣기 좋았나 보다.

"한생 형님이 말한 설정처럼 영혼을 사역할 수 없다고 공통적으로 말했어요. 우리가 흔히 생각하는 사령이나 악령 등을 부릴 수 없었다는 거죠."

영혼이 느껴지지 않는다던 화르세인지의 말이 사실이었다. 이보배는 고개를 끄덕이고 각성자 사체를 공손히 가리켰다.

"그래서 그게 이 시신들과 어떤 연관이? 그런 상황을 연구하기 위해 각성자들을 데리고 실험을 했다는 건가요?"

"말씀 편히 하시라니까요, 누나. 여기 있는 시체들은 죽인 후 배를 갈라 내부 장기를 적출하고, 표정이 안 좋으시네요. 꽤 귀찮을 텐데도 부패 방지를 위해 나름의 공을 들였고 돈을 써서 무장을 해두었죠. 그러니까 이건."

수술대의 용도를 알게 된 이보배가 몸서리쳤다. 김율이 인벤토리에서 담요를 꺼내 이보배의 어깨에 둘러주었다.

"정보를 조합해 내린 제 추측이지만 각성자 사체로 만든 언데드는 스킬을 쓸 수 있지 않을까 합니다."

"고작 그것 때문에 이 많은 사람을 죽였다고요?"

"이런 악행을 저지르면서 심지어 신의 이름까지 팔다니! 용서할 수 없다!"

"용서하지 않으셔도 됩니다. 그보다 형, 누나."

"왜 불렀느냐."

"왜 그러세요?"

"저희 들켰어요."

"그게 무슨?"

이보배가 무슨 말이냐고 묻기 전에 철컥하고 무언가 잠

기는 소리가 들렸다. 이보배는 밖으로 나가는 문을 보았다.

김율이 열고 들어왔던 문이 자동으로 닫혔다. 스피커가 켜지는 소리가 들렸지만 소리가 울려 정확한 위치는 알 수 없었다.

–쓸 만한 쓰레기가 굴러들어 왔나 싶더니 사기꾼이었나.

한완용의 목소리였다. 김율이 검지를 흔들었다.

"걱정하지 마세요. 음성은 꺼둬서 영상만 보였을 거예요."

"그게 중요한 게 아니잖아요. 우리 갇혔다고요!"

–감히 날 적대한 걸 후회하며 죽어라!

이보배도 감시 카메라의 존재 가능성은 염두에 뒀다. 그걸 알면서도 적극적으로 움직였다.

일단 한완용이 둘을 죽이려고 손을 댔기 때문에 가만히 있든 움직여서 들키든 결과가 똑같다는 것.

두 번째로 아라크네가 이씨 남매의 흔적을 지워주겠다고 약속했다는 것.

마지막으로 조력자의 존재 때문이었다. 아라크네 왈, 위급할 땐 조력자가 도와줄 거라고 했다.

이보배도 다 믿는 구석이 있어서 활개 쳤다.

이보배는 믿는 구석인 조력자에게 고개를 돌렸다.

"김율 씨, 어떡하죠?"

"저런 문은 가볍게 따는, 오, 이런."

김율의 웃고 있던 입매가 아래로 내려갔다. 이보배도 동시에 어깨를 움츠렸다. 무기와 함께 누워 있던 오십여 구의 시체가 기이하게 몸을 비틀며 일어났다.

무장한 좀비 오십 구가 동시에 셋을 노려보았다. 혼탁한 망자의 눈동자는 어둠 속에서 붉게 빛났다.

"끄아악!"

화르세인지가 침을 튀기며 이보배에게 달라붙었다. 이보배는 부처님이 내려주신 동아줄처럼 김율의 옷자락을 쥐었다.

"어떻게든, 어떻게든 해보세요!"

"어쩌죠, 누나. 저 보조계라서 전투는 그닥……."

부처님이 내려주신 동아줄이 아니라 호랑이 잡기 위해 내린 함정 동아줄이었다. 이보배가 배신감에 치를 떨었다.

"그럼 우리 어쩌라고!"

가장 가까이 있던 좀비가 검을 휘둘렀다. 이보배는 비명을 지르면서 피했다.

"꺄아아악!"

"끄아악, 경고하고 피해라!"

"이해기이! 용서 안 할 거야!"

이보배는 저도 모르게 작은오빠 탓을 했다. 하도 해서 익숙해진 것도 있지만 진짜 이유는 따로 있었다.

이해기를 믿었기에 그가 믿어도 된다고 한 아라크네를 믿었고, 그런 아라크네가 괜찮다고 했기에 미끼가 된 것 아니겠는가.

그러니까 이 잘못된 만남의 시작은 이해기였고 이해기를 원망하는 건 지극히 논리적인 일이었다.

다행히 좀비들의 지능은 높지 않았다. 수술대가 있는 방으로 도망치는 셋을 잡기 위해 한꺼번에 몰려들다 문에 끼었다.

"문 열 수 있죠?"

"식은 죽 먹기예요, 누나."

"그럼 가서 문이나 열어!"

이보배는 김율을 출구 쪽으로 떠밀고 빠루를 꺼냈다. 그걸 본 이한생이 허둥지둥 검을 들고 자세를 잡았다. 이보배는 빠루 다음으로 마비 독을 꺼냈다.

"다들 숨 참아요!"

이보배는 좀비들 무리 안쪽으로 독을 던졌다. 병이 깨지면서 독이 분사되었다. 이보배가 직접 제작한 D등급 마비 독이었지만 아무 일도 벌어지지 않았다.

"언데드에겐 독이 듣지 않아요!"

"그걸 왜 이제 말해!"

"흔치 않은 기회라 실험하시는 줄 알았어요, 누나!"

이보배는 다급하게 인벤토리를 훑었다. 독이 통하지 않으면 수면제와 마비약도 통하지 않을 것이다. 애초에 사망한 자가 상태 이상에 걸릴 거라고 착각한 게 문제였다.

'이놈의 게임!'

이게 다 게임 때문이다. 게임에선 언데드도 독 걸리고, 수면 걸리고, 혼란 걸리고, 하여간 산 사람 할 줄 아는 건 언데드도 다 했다.

이보배는 살충제와 라이터를 꺼내 불을 방사했다. 보기엔 화끈하고 이보배 손도 화끈해졌지만 머리카락 조금 태우는 선에서 끝났다.

"와! 그거 꼭 해보고 싶었는데!"

"닥치고 문이나 열어!"

"비켜라."

화끈한 불 쇼에 공포가 희석된 화르세인지가 전선에 섰다. 동료 좀비의 틈바귀에서 빠져나온 좀비 둘의 머리를 날렸다.

"아싸!"

해치웠다고 좋아한 것도 잠시. 날아간 좀비 머리통이 이로 바닥을 긁더니 몸은 몸대로, 머리는 머리대로 셋을 공격했다.

"아씨, 더러운! 더러운 흑마술 좀비!"

이보배는 다리에 달라붙은 좀비의 머리통을 떼어내며 외쳤다. 바이러스 좀비였다면 방금 걸로 두 마리 처치했을 텐데 흑마술로 만든 좀비라서 약점이 없었다.

뿐인가? 이제까지 멍청하게 움직이던 좀비들이 갑자기

움직임을 멈추더니 다시 움직일 땐 체계를 갖췄다. 좀비들은 질서 있게 정렬하더니 차례대로 문을 빠져나와 셋을 포위했다.

“갑자기 똑똑해졌어.”

“한완용이 직접 조종하나 보네요.”

“더러운 흑마술사! 직접 와서 신의 심판을 받아라!”

“자, 여기 뭉치시고.”

김율이 스크롤을 찢더니 이보배와 이한생을 자기 쪽으로 끌어당겼다. 그 순간 뾰족한 얼음 창이 이보배에게 날아왔다. 얼음 창이 김율의 몸을 중심으로 형성된 반투명한 막에 부딪혀 막과 얼음 둘 다 깨졌다.

“방금 보셨어요? 좀비가 마법을 쓰네요. 제 가설이 맞나 봐요.”

“가설 맞았다고 좋아할 때가 아니잖아! 나 죽으면 진짜 세상 망하거든!”

좀비가 이보배를 베려고 자세를 잡았다. 이보배는 직감적으로 이건 자신의 능력으로 피할 수 없는 공격임을 깨달았다. 아마 스킬일 것이다.

이보배는 조금 전보다 더 강하게 김율에게 끌어안겼다. 이보배를 감싼 김율의 몸 위로 아까와는 다른 색의 막이 생겼다가 검을 튕기면서 부서졌다.

‘어떻게, 어떻게 한다. 지금 쓸 만한 것도 없고 이 더러

운 흑마술 좀비는 약점도 없고…….'

일반적으로 언데드의 약점이라면 불이 있지만 이놈들은 살이 붙어 있는 좀비라 그런지 불이 잘 안 붙었다. 그리고 이렇게 밀폐된 공간에서 불을 질렀다간 이보배도 같이 죽을 것이다.

'상태 이상은 안 통하고 약점은……. 그래, 상태 이상!'

이보배는 좀비의 팔을 자르고 있는 이한생을 불렀다.

"막내 오빠!"

"무어냐."

"얼마나 모았어?"

화르세인지의 눈이 휘둥그레졌다.

"설마 그걸 쓰라는 것이냐? 금지된 힘을?"

"안 그럼 죽게 생겼는데 살고 봐야지. 나 죽으면 이 세계 끝인 거 알지?"

"알다마다. 악마 새끼가 얌전히 있진 않을 것이다."

"형님, 누님, 두 분이 여기로 실려 오실 때 관리국에 신고했으니 곧 올 거예요. 그때까지 한 대에 천만 원을 소비해 가며 버티는 건 어떨까요?"

이보배는 귀를 의심했다. 공격 두 번 막았다고 이천만 원이 날아갔다니. 제발 농담이길 빌었다.

"그런 무서운 농담은 못 들은 걸로 하고, 막내 오빠!"

"성신이시여! 당신의 종에게 힘을 주소서! 흑마술사에게 철퇴를 내리시고 가엾은 사자들이 올바른 길로 가게 이끌어주소서! 우오오오오오!"

"그거 힘 안 모아도 되는 거 알잖아!"

이한생이 힘을 모으는 사이 천만 원이 또 날아갔다. 망나니는 제 몸에 모인 빛을 가늠해 보더니 두 팔을 위로 쳐들고 외쳤다.

"정화!"

눈부신 빛이 화르세인지를 구심점으로 모이더니 터져 나왔다. 이제까지 이보배가 느낀 신성력은 병아리를 만진 것처럼 포근하고 부드러웠다. 그런데 똑같은 정화인데도 이번 신성력은 평소와 달랐다. 빛은 눈을 감아도 눈이 부실 만큼 찬란하다 못해 망막을 태울 만큼 공격적이었다. 날카롭기만 하던 빛이 지난 후 마음이 안정되는 온기가 뒤따랐다.

이보배는 슬며시 눈을 떴다. 익숙해졌지만 움직일 때마다 상기되던 악취가 사라졌다. 숨을 크게 들이쉬자 산림욕을 하는 것처럼 상쾌했다.

좀비는 모두 쓰러져 평범한 사체로 돌아갔다. 기분 탓인지 모르지만 모두 평온한 표정이었다.

화르세인지가 그들의 명복을 빌었다.

"이것으로 이자들의 혼도 영혼의 강에서 안심하고 흐를 수 있겠지."

망나니의 몸은 신성력이 남아 별빛을 조각낸 것처럼 반

짝였다. 참으로 신성한 모습에 이보배는 숨을 몰아쉬고 안도했다.

"살았드아."

"정화를 이런 식으로 쓸 수 있다곤 생각하지 못했다. 역시 성신께서 내려주신 힘은 만능이다!"

"그건 모르겠고, 이분들은 원래 죽은 거잖아. 좀비가 된 건 상태 이상이라고 생각했어. 혹시 몰라 시킨 건데 통했네. 진짜 잘됐다."

이보배는 바닥에 쓰러진 사체들을 둘러보았다. 기분 탓이 아니라 정말 다들 편히 잠든 것처럼 보였다.

"이분들도 원해서 좀비가 된 게 아니니까."

이보배는 가장 가까이에 있는 시신의 눈을 감겨주었다. 이귀한이 원해서 그렇게 된 게 아닌 것처럼 이 사람들도 자신의 몸이 흑마술사에게 이용당하는 걸 원치 않았을 것이다.

–말도 안 된다! 어, 어떻게! 일어나라 나의 병사여!

스피커에서 당황한 한완용의 목소리가 나왔다. 한완용이 뭐라 외쳐도 시신들은 일어나지 않았다. 그냥 시체로 돌아간 것이다.

"보았느냐! 이것이 사악한 흑마술로는 따라 할 수 없는 진정한 신의 힘이니라! 나 화르세인지 드 체키빙이야말로 성신께 사랑받는 체키빙 공작가의 유일한 후계자이자 성신과 시스템 신, 두 신의 명을 받드는 참된 사도니라!"

그렇게 말해봐야 한완용은 화르세인지가 하는 말을 듣지 못한다. 물론 같은 공간에 있는 김율은 다 들었다.

"와, 멋져요, 형님!"

"후훗. 머리 꼴이 그래서 앞이 보일까 의심스러웠다만 제대로 보이나 보구나. 으하하하! 나를 찬양하라!"

"와아아아!"

-크으읏, 나의 병사가! 일어나라, 일어나! 젠장 이렇게 되면……. 두고 보자!

한완용이 도망치는 삼류 악당 전용 대사를 내뱉고 스피커가 꺼졌다.

"도망가는데 괜찮은 거야?"

"괜찮아요. 거미줄을 쳐두었거든요."

김율의 입꼬리가 요염하게 올라갔다.

"본래 거미는 사냥감을 찾으러 돌아다니지 않고 함정을 파 기다리니까요."

관리국엔 이미 신고가 들어갔고 한완용은 도망쳤지만 안심해도 된단다. 이보배는 썩은 동아줄이었던 조력자에게 의심의 눈길을 보냈다.

'믿어도 될까?'

이 썩은 동아줄은 이보배와 이한생을 위해 삼천만 원이란 거금을 사용했다. 농담이 아니라는 전제하에 말이다.

'에휴.'

이보배는 어깨를 축 늘어뜨리며 한숨을 쉬었다. 일단은 믿는 게 최선이었다.

'나중에 아라크네 씨에게 항의해야지.'

정신적인 피해 보상과 위험수당을 청구할 것이다. 미끼가 할 일을 제대로 알려주지 않은 아라크네에게도 잘못이 있으니까.

"그럼 우리가 할 일은 이제 하나 남았네."

"미끼 일은 끝났는데 남은 일이 있어요, 누나? 아, 민 회장님이라면 형이랑 누나 정체를 들키지 않게 찾지 않으시는 게 좋아요."

"그것 말고."

이보배는 자연스럽게 김율의 손을 잡았다. 손가락이 길고 가늘어서 어찌나 고운지 손 모델을 해도 될 정도였다. 모델 같은 건 손만이 아니지만.

"누나?"

이보배가 김율을 그윽하게 응시하자 김율이 그녀를 불렀다. 입꼬리가 살짝 올라간 것이 기분이 좀 좋아 보였다.

"혹시 이거 그건가요? 흔들 다리 이론? 위기를 함께 극복한 남녀 간에 싹트는 사랑? 저 보배 누나라면 좋아요! 누나의 행복을 위해 노력할게요!"

이보배는 김율의 손에 자신의 두 손을 포개고 꽉 잡았다. 도망치지 못하게 꽉.

"봐버렸네?"

분위기가 반전되자 김율이 오들오들 떨었다.

"누나 무섭게 왜 이러세요."

"봐선 안 되는데 봐버렸네? 들어선 안 되는데 들어버렸네?"

김율은 이한생의 스킬을 목격했다. 심지어 스킬의 정체가 신성력이라는 것도 들켰다. 신성력에서 치료 스킬을 떠올리는 일은 그리 어렵지 않을 것이다. 마인드맵을 그릴 필요도 없이 신성력=신관=힐러. 이게 공식 아닌가.

심지어 김율은 정보상인 아라크네의 수하다. 김율이 안 정보는 아라크네에게 보고될 것이다.

"아라크네라는 정보상은 믿을 만하다고 하지 않았느냐?"

"피는 물보다 진하다고 가족은 괜찮아. 그치만 가족 말고는 아무도 믿어선 안 돼. 특히 막내 오빠는 제일 조심해야 해."

"한생이 형님의 스킬 때문이라면 함구하겠습니다. 아무한테도 말 안 할게요."

"같이 일한 것도 있고, 나도 믿고 싶지만 막내 오빠의 안전이 달린 문제라. 우리 오빠들과 만나서 면담할 때까지 같이 있어줘야겠어."

'큰오빠한테 기억 지우라고 해야지.'

김율에겐 미안한 일이지만 이보배도 어쩔 수 없었다. 그녀에겐 가족의 안전이 가장 중요했다.

김율은 자신을 믿어달라고 외치다가 거래를 제안했다.

"이건 어떨까요? 제가 알아선 안 될 정보를 알아버렸으니 저도 알려선 안 될 정보를 형이랑 누나에게 알려줄게요."

"이건 우리 가족의 평화와 막내 오빠의 목숨이 걸린 정보야."

"저도 제 목숨이 걸린 정보예요."

낮고 감미로운 목소리엔 믿고 싶어지는 힘이 있었다. 형 소리를 들은 이후 김율을 좋게 본 화르세인지가 말했다.

"고하거라."

"잠시만요! 등가교환이에요! 약속해 주시지 않으면 저도 말할 수 없어요."

"성신과 시스템 신의 이름으로 약조한다."

"막내 오빠!"

"돼지도 약속하거라. 답지 않게 협박질하지 말고."

이보배가 항의했지만 이한생은 거래를 받아들였다. 이보배도 구시렁거리면서 어쩔 수 없이 거래를 받아들였다.

"그럼 제 앞머리를 걷어주세요."

김율이 앞머리 커튼을 걷어달라 요청했다. 이보배가 잡은 손은 하나라 직접 걷으면 될 텐데 이상한 요구였다.

"혹시 뿌리치고 도망가려는 거 아니지?"

"아니에요."

이보배는 한 손을 떼어내고 남은 손으로 김율의 손을 더 강하게 쥐었다. 김율은 도망가지 않겠다는 듯 그녀의 손을 맞잡았다.

이보배의 손가락이 앞머리 커튼의 가운데를 갈랐다. 그녀는 조심스럽게 앞머리를 모아 위로 넘겼다. 반듯한 이마와 날카로운 콧대가 등장하고 어둠 속에서 장막이 걷힌 듯 이보배의 눈이 환해졌다.

"……."

이런 상황에서 이런 생각하기 민망하지만 정말.

'잘생겼어.'

"대단하구나. 이만한 인물은 TV에서도 본 적 없다."

이한생이 감탄했다. 이보배만 아니라 동성도 감탄할 만한 외모였다. 이보배는 헛기침을 했다.

"잘생겼다고 봐줄 순 없어."

"그런 게 아닌데."

김율이 서글서글하게 웃었다. 이보배는 이럴 때가 아닌 걸 알면서도 살짝 기분이 좋아졌다.

"제 얼굴을 보셨네요?"

"응, 봤지."

"제가 거는 인식 장애 스킬은 제 정체와 얼굴을 아는 분껜 안 통한답니다, 고객님."

서글서글하게 웃던 미청년이 삽시간에 이슬 어린 장미처

럼 요염하게 웃었다. 낮은 남자 목소리는 중간부터 꿀처럼 농밀한 여자 목소리로 바뀌었다.

본 기억은 없지만 본 적 있다. 들은 기억은 없지만 분명히 들은 적 있다. 절대 잊을 수 없는 붉은 치파오가 이보배의 정신을 펄럭펄럭 휘감더니 그 안에서 요염하게 웃는 김율이 등장했다.

"아라크네?"

"정보 팔이?"

"축하드립니다, 고객님! 이 정보상 아라크네의 얼굴을 보신 최초의 고객님이 되셨습니다! 위대한 업적!"

너무 놀란 이보배가 아라크네의 손을 놓쳤다. 아라크네는 도망가지 않고 손뼉을 치며 환호했다. 그런 아라크네의 말에 동의라도 하듯 시스템이 알림을 띄웠다.

[최초로 정보상 아라크네의 얼굴을 보았습니다! 뛰어난 업적!]

[업적 보상으로 아라크네의 거미줄 무료 의뢰권 1매를 지급합니다.]

이보배는 관자놀이를 눌렀다. 갑자기 쏟아진 정보에 너무 놀라서 머리가 지끈거렸다.

'시스템이 인정할 만큼 얼굴 보기 힘들다는 얘기니까 교환할 만한 정보인 건 맞아. 근데 업적 보상은 왜 아라크네

무료 의뢰권이야. 시스템이 이런 것도 주나?'

이보배는 인벤토리에 수납된 무료 의뢰권을 보고 의아해했다. 일단 주니 받긴 했다.

아라크네는 앞머리를 올리기 위해 머리띠를 꺼내 썼다. 리본 달린 깜찍한 머리띠가 아주 잘 어울렸다.

"아라크네 씨. 다 필요 없고."

"저희끼리만 있을 땐 편히 부르세요, 누나, 형님."

"딱 하나만 물어볼게요."

"돼지가 묻고 싶은 게 나와 같은 것인 듯싶구나."

이씨 남매는 동시에 질문했다.

"여장?"

"남장?"

아라크네는 대답하지 않고 후후 웃었다.

'젠장, 도대체 어떻게 된 거야!'

한완용은 다급하게 주차장으로 달려갔다. 언제든 꼬리를 자르고 도망갈 수 있도록 준비를 해두었기 때문에 그의 행동은 재빨랐다.

'몇 년을 들여 모은 군단인데! 이렇게 망치다니!'

불사자의 왕으로 군림하던 세계에서 갑자기 본래 세계

로 돌아온 것도 억울한데 능력은 턱도 없이 약화되었다. 차근차근 성장하면 과거의 능력을 되찾을 수 있을지도 몰랐지만 한완용은 그러고 싶지 않았다.

그는 이세계에서 이미 세계의 절반을 정복했으며 왕국을 세운 왕이었다. 부귀영화와 권세를 잊지 못하고 술만 마시던 한완용의 머리를 스치고 지나간 것이 종교였다.

'정체가 뭐야, 저 자식들!'

재활용도 불가능한 쓰레기라고 생각했는데 순식간에 그의 병사를 쓰러뜨렸다. 한완용은 신성력을 떠올리지 못했다. 그가 이동했던 세계에도 신성력은 없었기 때문이다.

"문 열어!"

"어디 가십니까?"

"빨리 문 열어!"

한완용은 경비에게 윽박지르고 문이 열리자마자 액셀을 밟았다.

타닥타닥, 빗방울이 차체를 때리는 소리가 심란한 한완용의 마음을 더욱 복잡하게 만들었다.

한완용은 비에 젖은 도로에서도 속도를 줄이지 않았다. 마음이 급하니 액셀을 강하게 밟아도 속도가 마음에 차지 않았다. 그러다가 정말로 속도가 느려지더니 차가 멈췄다.

"시발! 왜 이러는 거야!"

갈 길이 급한데 멀쩡하던 차가 말썽이었다. 한완용은 다시 시동을 걸었다. 시동이 아예 걸리지 않았다.

"젠장!"

다시 각성 시스템교로 돌아가 다른 차를 가져오기엔 거리가 애매했다. 한완용은 차를 포기하고 도로를 달렸다. 그러다 각성 시스템교 방향으로 향하는 차를 발견하고 길가로 숨었다.

'관리국이다!'

한완용은 큰길로 산을 내려가는 걸 포기했다. 어차피 이쪽이 가장 편한 도주 루트였을 뿐 이곳 말고도 그가 상정한 도주로는 많았다. 오히려 산을 타고 가면 몸은 힘들어도 은신처가 가까워 그게 더 나을지도 몰랐다.

비는 계속 내렸다. 움직이기 힘들지만 대신 한완용의 흔적을 지워주었다.

'자금은 충분해. 모두 교주가 한 것처럼 꾸몄고 내 정체를 아는 사람도 없다. 한동안 숨어 있다가 다시 시작하면 돼. 그동안 그 새끼들의 정체를 뒤지고.'

한완용은 살의와 재기를 다지며 은신처의 문을 열었다.

사람의 동맥에서 뿜어져 나온 선혈처럼 붉은 실이 그의 앞에 펄럭였다.

아라크네는 약속대로 이씨 남매에 관한 기록을 지웠다. 동영상 편집 프로그램 없이 마음대로 영상이 바뀌는 걸 보며 이보배는 감탄했다. 솔직히 손에서 불이랑 얼음 뿜는 것보다 이쪽이 더 마법 같았다.

아라크네는 관리국 보기 좋으라고 자료를 남겼다. 그의 입꼬리가 하늘로 치솟았다.

"이렇게 자료를 남기면 뒷목을 붙잡죠. 불법이라 정식으로 채택 못 하는 증거라 어떻게든 엮으려고 노력하는데 그걸 지켜보는 게 재밌어요."

직업이 곧 취미니 아라크네의 직업 만족도는 여전히 높았다. 아마 국내 최고지 싶다.

"사악한 흑마술사가 도망갔는데 이렇게 느긋하게 움직여도 되는 것이냐?"

"걱정하실 필요 없어요. 거미줄을 깔아뒀거든요."

"한완용은 관리국에 안 넘기고 직접 잡으려고요?"

"네, 왜냐하면 퀘스트가 아직 끝나지 않았거든요. 퀘스트 보상받으셔야죠, 같이 나누기로 했잖아요. 고객님과 한 약속을 어길 수야 있나요."

아라크네가 요염하게 웃더니 고개를 틀어 산을 바라보았다.

"마침 사냥감이 거미줄에 걸렸네요. 수확하러 가볼까요?"

"꽤 많이 도망갔을 텐데 지금 잡으러 가자고요?"

이보배는 비 내리는 새벽 산을 보고 한숨을 쉬었다. 이렇게 하루 종일 자지 못하고 산을 누비는 게 어제오늘의 팔자인 듯싶었다. 아라크네는 검지를 우아하게 흔들었다.

앞서 마법사들이 언젠가 등장할 스킬로 공간 이동을 꼽는다고 언급했다. 이보배는 아라크네 덕분에 그 이유를 알았다. 공간 이동이 가능한 아티팩트가 있었던 것이다.

셋이 아티팩트로 이동한 장소는 은신처로 보이는 공간이었다. 이보배는 비를 맞지 않아도 되어서 흡족했다.

"어쩐지 신출귀몰하더라니. 사기템을 들고 계셨군요."

"신속한 이동은 정보상의 기본 아닐까요? 다 고객님께 정확한 정보를 빠르게 전해 드리기 위한 제 노력의 성과죠."

이보배가 아라크네와 몇 마디 대화를 나누는데 문이 열리더니 한완용이 등장했다. 한완용은 귀신을 본 것처럼 눈을 홉뜨더니 도망가기 위해 몸을 돌렸다. 대부분의 마법사와 소환사는 근접 전투에 약하니 당연한 선택이었다.

바닥에서 은색 실이 치솟아 한완용을 구속했다. 한완용이 벗어나려고 발버둥 치자 실은 더욱 강하게 그의 몸을 조였다.

"너희는 누구냐! 관리국의 헌터냐?"

"사냥 성공!"

"좋아."

이한생이 검을 뽑아 쓰러져 꿈틀거리는 한완용에게 다가갔다.

"이 사악한 흑마술사를 신의 이름으로 처단하마."

"막내 오빠, 안 돼! 법의 심판을 받게 해야지! 어차피 사형이거나 죽을 때까지 부려먹힐 거야."

이보배도 마음 같아선 한완용을 지하실에서 본 시체처럼 만들고 싶다. 특히 산 채로 배를 갈라 버리고 싶다. 하지만 관리국에 신고까지 한 마당에 굳이 손을 더럽힐 필요는 없었다.

"이곳은 흑마술사를 어떻게 사형하느냐? 화형이냐?"

"각성자는 능력이 아까우니까 강제로 몬스터 퇴치에 투입한다고는 들었는데……."

"넌 뭐냐! 어떻게 나의 군대를 쓰러뜨렸지?"

한완용은 말이 많았지만 이보배와 이한생은 다 무시했다. 이런 더러운 삼류 악당은 말을 섞을 가치가 없었다. 대화하면 기분만 더러워질 터였다.

"여러분 아직 퀘스트가 남았다는 걸 잊지 말아주세요."

아라크네가 한완용에게 다가가더니 턱을 걷어찼다. 혀를 씹은 한완용이 고통으로 신음했다. 아라크네는 한완용의 얼굴을 밟으며 싱긋 웃었다.

"사람 죽여서 경험치 받으니까 기분 좋았죠? 인벤토리에서 물건이 우르르 쏟아지니까 템 파밍하는 것 같아서 신나셨었나요?"

"으으뜨케 그걸!"

한완용이 놀라 고통도 잊고 외쳤다. 이보배와 화르세인지도 같이 놀랐다.

"저게 무슨 말이냐? 각성자가 죽으면 인벤토리 내 물건은 사라지는 것 아니냐? 그리고 사람을 죽여 경험치를 얻는다니? 그게 불가능하다는 건 나도 아느니라!"

그렇다. 상식 부족한 망나니도 알고 있는 균열의 날 이후의 상식이었다.

각성자가 죽었을 때 인벤토리 내 물건이 어디로 가는지에 대해선 의견이 분분하다. 주로 시스템이 꿀꺽하고 다른 각성자에게 보상으로 준다는 의견이 압도적이었다.

그보다 중요한 건 사람을 죽여 경험치를 얻었다는 부분이다.

이보배는 과거 한현우와 나눈 대화를 떠올렸다. 한현우는 사람을 죽여도 경험치를 얻지 못해 다행이라는 논조의 말을 했었다. 이보배를 속이려는 기색은 없어 보였다.

1세대 각성자에 쭉 현역에서 활동하는 헌터도 믿는 규칙을 아라크네와 한완용이 뒤집었다.

"자기만 그런 것 같아 스스로가 특별하다고 생각하셨나요? 특별하긴 하네요. 신에게 찍혔으니까."

아라크네가 그동안 이씨 남매에게 보여주지 않았던 퀘스트 내역을 공유했다. 이보배는 눈앞에 뜬 퀘스트창을 보고 마른침을 삼켰다.

[긴급! 빌런 한완용을 처치하시오. 수배!]

“관리국 헌터들은 각성 범죄자 잡으러 다니면서 어떻게 레벨을 올리는 걸까. 얼마 전에 누가 궁금해하더라고요. 이게 그 답이랍니다.”

관리국 헌터는 일반 헌터들처럼 레벨 업에 치중하기 어렵다. 그럼에도 그들의 실력을 의심하는 사람은 없었다.

아라크네가 그 이유를 친절히 설명했다.

“각성자가 도를 넘으면 시스템이 빌런으로 낙인찍어요. 빌런은 살인으로 경험치를 받고 인벤토리 내 물품도 가질 수 있지만 그 반대도 적용된다는 걸 모르더라고요.”

아라크네가 빌런 한완용을 밟은 발에 힘을 실었다. 이보배는 빌런에 대한 내용이 너무 충격적이라 받아들이지 못하고 부정했다.

“잠깐만요. 한현우 선생님도 아시나요? 모르시는 것 같았는데.”

“한현우 고객님은 전형적인 균열 공략파니까요. 초기부터 정식 파티를 맺고 길드를 설립해서 활동했으니 헌터 사냥꾼 같은 잡빌런이 접근할 수 없었겠죠. 아마 길드 마스터인 빙제라면 알고 계시겠지만 알아서 좋은 내용이 아니니 숨기지 않았을까요? 전투연금에게 이런 말 하기 우습지만 일단은 사계절의 귀여운 막내니까요."

"그럼 진짜란 거예요?"

"관리국의 등불 박 과장님 가라사대, 사람은 가능한 죽이지 말되 빌런은 사람이 아니다. 덕분에 국내 빌런 씨가 말랐잖아요. 그런데도 이렇게."

아라크네가 한완용을 꾹꾹 짓눌렀다.

"숨어 있던 놈이 등장하지만."

아라크네가 굳어서 석상이 된 이씨 남매에게 손짓했다.

"자, 한 대씩만 때리세요. 목숨은 제가 끊을게요."

"시스템 신께서 사악한 흑마술사의 처단을 명하셨다면 거리낄 게 없지."

화르세인지가 다시 검을 뽑아 들었다. 망나니와 아라크네가 제자리에 우뚝 선 이보배를 보았다.

이보배는 갈등했다. 한완용을 죽을 만큼 때리고 싶은 건 사실이다. 그렇지만 막상 죽여야 한다고 하니 손을 거들어도 되는 건지 확신이 서지 않았다.

"이보배 고객님껜 살인이 버거우실까요?"

"그건 아니에요. 저 죽이려던 사람 죽일 수 없진 않아요. 저는 그냥."

이보배는 눈살을 찌푸리고 고개를 뒤로 젖혔다. 은신처의 천장엔 거미줄과 먼지가 가득했다.

"내가 원해서가 아니라 누구 명령에 따라 죽이는 게 마음에 들지 않아요.”

“이보배 고객님은 은근히 반골 기질이 있으셨군요.”

“돼지가 일부러 손을 더럽힐 필요 없느니라. 돼지는 피 튀지 않게 떨어져서 족발이나 다듬거라.”

“어쩜, 동생분 고개도 돌리라고 하시고. 상냥하셔라.”

“닥치거라, 여장 취미 정보 팔이!”

“사, 살려줘!”

한완용이 애원했다. 화르세인지는 무시로 일관했고 아라크네는 온화한 미소를 지었다. 거미줄에 걸린 사냥감을 발견한 거미의 미소였다.

“살려달라뇨. 기쁘게 죽으셔야죠. 시스템이 당신의 신이라면 이건 신께서 원하신 죽음이니까요.”

이보배는 한완용이 죽는 광경을 물끄러미 지켜봤다. 불쌍하단 생각은 들지 않았다. 오히려 저렇게 곱게 죽여도 괜찮은가, 나도 낄 걸 그랬나, 하는 후회가 생겼다.

한완용이 죽자 이한생이 주먹을 불끈 쥐었다.

“레벨 업이니라!”

“축하드려요, 고객님!”

“잘됐다. 오늘 신성력 쓴 거 감출 수 있겠어.”

“그 신성력에 대한 정보 말인데, 언젠간 알려주실 거죠? 가격은 부르는 대로 드릴 테니까요.”

“와, 정말 인벤토리 내용물이 나오네.”

이보배는 아라크네의 은근한 눈짓을 애써 무시하고 한완용의 옆에 쏟아진 물건으로 관심을 돌렸다. 비상식량과 물, 현금과 금, 비싸 보이는 장비와 장부 등이 나오더니 마지막으로.

"시체?"

"으아악!"

시체 두 구가 튀어나왔다. 이보배는 질색하고 화르세인지는 비명을 지르면서 이보배 뒤로 숨었다.

"뭐야, 무엇이야. 왜 시체를 들고 다녀."

"비장의 좀비 재료였나 봐."

"……실종된 헌터네요. 이 사람들은 각성 시스템교와도 관련 없는 사람들인데. 두 분 시신은 제가 유족에게 인도하겠습니다."

본래 아라크네는 미끼 역할을 수행하는 보상으로 퀘스트 보상을 나누기로 했다. 경험치는 시스템이 알아서 지급했으니 인벤토리에서 나온 물품을 나눌 차례였다.

섬세한 성격의 이한생은 시체와 같은 장소에 있던 물건을 거부했다. 이보배는 물건 나눌 정신이 아니라 추후 분배받기로 결정했다.

"음……. 저도 싫지만 날이 덥고 습하니 깔끔한 인도를 위해서라도 어쩔 수 없네요."

아라크네는 싫은 티를 내며 시신을 인벤토리에 수납했

다. 고인에게나 아라크네에게나 고역인 일이었다.

“전투계는 동료의 시신을 운반할 때 이 방법을 종종 쓴다고 하니, 너무 싫어하는 것도 고인에 대한 예의가 아니겠죠.”

“으으, 그래도 싫다.”

“그럼 한완용 시체 처리만 남았네요.”

“그건 제가 처리할게요.”

“그럼 진짜…… 끝?”

“네, 그렇습니다. 정말 고생 많으셨어요, 고객님!”

돌아가는 길 교통편은 아라크네에게 신세 졌다. 아라크네가 운전하는 차를 타는 건 진귀한 경험이었다. 이한생은 꾸벅꾸벅 졸다가 결국 곯아떨어졌다.

‘각성제 때문에 더 졸리겠지.’

이보배는 자신이라도 정신 바짝 차리면 된다고 생각했다. 실제로 머릿속이 복잡해서 잠이 오지 않았다.

“무슨 생각을 그렇게 열심히 하세요?”

“그냥요, 이것저것.”

시스템에겐 의사가 있다. 시스템에겐 목적이 있다. 시스템에겐 힘이 있다. 그렇다면 시스템은 무엇인가.

시스템은 과연 신인가?

"아라크네 씨는 시스템이 신이라고 생각하세요?"

"언제나와 같은 상담인가요?"

"네, 상담이에요. 상담료는 후불로 할게요. 처음 뵈었던 카페에서 애프터눈 티 세트 어때요?"

"거기도 좋지만 그 근처에 애플파이 맛있게 하는 집 생긴 거 아세요?"

"그럼 거기로."

이보배는 턱을 괴고 지나가는 풍경을 응시했다.

"그래서요, 신이라고 생각하세요?"

"저는 그러니까, 균열의 날 바로 각성했어요."

이보배는 아라크네보다 한 살 많다. 그러니까 아라크네는 중2 때 각성한 것이다. 현재까지 공식적으로 확인된 최연소 각성자의 연령이 13살이니 아라크네도 어린 축에 속했다.

'그래서 컨셉에 충실한가.'

섹시하고 신비로운 분위기의 정보상부터 아라크네란 이름까지. 성인이 생각하기엔 조금 부끄럽다 싶더라니, 중학생이 생각한 거라니 이해되었다.

"진짜 신성력을 쓰시는 이한생 고객님 앞에서 이런 말 하면 우습겠지만 시스템에게 상당히 편애도 받았죠. 솔직히 박 과장님보다 더 총애받는다고 자신하고 있답니다."

"그럴 것 같아요."

이보배는 순순히 수긍했다. 아라크네라면 그럴 만했다.

아라크네는 손가락으로 핸들을 두드렸다. 길고 유려한 손가락이 핸들을 두드리는 모습이 현란해 사람 이목을 끌었다.

"솔직히 전 시스템이 신이라고 생각하지만, 믿지는 않아요."

"믿지 않는다고요?"

"세상이 뒤집어지고 시스템이 등장했죠. 보통 이런 시나리오에선 힘을 준 시스템 자체를 벗어나거나 극복하는 게 클리셰 아니겠어요?"

아라크네가 윙크했다.

"그래서 새 이름으로 아라크네를 선택했어요. 제가 아는 인간 중 유일하게 신을 뛰어넘은 사람이거든요."

"아라크네 씨는 그럼 신을 뛰어넘고 싶으세요?"

"아뇨, 그런 시나리오 주인공의 신비로운 조력자가 목표예요! 주인공이 위기에 봉착했을 때 활로를 찾아주거나, 성장이 막혔을 때 조언해 주거나, 갑자기 나타나서 의미심장한 말로 복선을 깔거나!"

아라크네가 신비로운 정보상 컨셉을 잊고 하하 웃었다. 이보배도 덩달아 웃었다.

"저는요, 오빠에게 들은 얘기가 있어서 제 인생의 주인공은 저라고 생각하고 살지만."

이보배는 스쳐 지나가는 풍경을 응시했다. 무심하게 지나가던 풍경이 이제야 제대로 눈에 들어왔다. 비가 그쳐

파랗고 맑은 하늘이 펼쳐졌다.

"그런 시나리오에선 주인공이 아니라 언급도 안 되는 엑스트라가 되고 싶네요."

"등장은 하지 않지만 신비로운 조력자가 주인공에게 자랑하는 애인은 어때요, 누나?"

이보배는 창밖을 보던 고개를 돌려 아라크네를 보고 방긋 웃었다.

"싫어."

"여장하는 것 때문에 싫으세요? 나름 재밌는데."

"납치당해서 조력자가 주인공에게 부탁하기 딱 좋은 포지션이잖아. 그래서 싫어."

"아앗, 그건 반박하기 어렵네요. 인정해 드릴게요."

아라크네는 이씨 남매를 집까지 태워다 줬다. 이보배는 감사 인사를 전하고 잠이 덜 깬 이한생을 데리고 차에서 내렸다.

"하암."

"들어가서 제대로 자. 나도 잘 거야."

"으음."

이보배는 집에 들어가자마자 인벤토리에서 핸드폰을 꺼냈다. 데이터가 정상적으로 잡히면서 알림이 주르륵 떴다.

"문명의 이기여!"

이보배가 핸드폰을 부여잡고 볼을 비비자 화르세인지가

혀를 찼다.

"쯧쯧."

"판타지 세계 공자님은 아직 모르겠지! 연락 올 데 없어도 중요하거든!"

'아, 맞다.'

이보배는 핸드폰을 보니 떠오른 궁금증이 있어 망나니에게 물었다.

"그런데 막내 오빠, 어제 거기서 컴퓨터로 뭐 했어?"

이한생은 핸드폰 자판이나 간신히 치지 컴퓨터는 다룰 줄 모른다. 그런 그가 마우스와 키보드를 노려보고 열심히 꼼지락거리는 게 내심 마음에 걸렸었다.

화르세인지는 인상을 찡그리더니 이 정도는 말해도 된다는 판단하에 사실대로 얘기했다.

"게임. 공주 왕자 공주 게임 말이다. 핸드폰이 안 되니 컴퓨터로 되는지 확인했는데 안 되더라."

이귀한이 8시간마다 접속해 달라고 신신당부했던 프! 프! 프! 를 까맣게 잊고 있었다. 이보배는 다급히 큰오빠의 핸드폰을 인벤토리에서 꺼냈다. 일단 게임 접속은 했지만 8시간마다 해야 했던 출석 확인은 놓친 뒤였다.

"어, 어떡하지."

이보배는 사색이 되어 입술을 쥐어뜯었다. 막내 오빠가 큰오빠의 게임을 챙겨준 게 뿌듯하긴 한데 이귀한이 실망할 걸 상상하니 너무 미안했다.

"별수 있느냐. 같이 사죄하는 수밖에."

"안 돼, 막내 오빠가 같이 사과하면 우리 시스템교 갔던 거 들키잖아."

"그럼 어찌하느냐?"

"엎드려 빌어야지. 알겠어, 막내 오빠? 우린 시스템교에 안 갔고 나는 놀다가 알람을 잊은 거야."

다음 날 민 회장이 귀가했다. 그는 각성 시스템교에서의 일을 술술 털어놓았지만 집회와 의식에 대해선 입도 벙긋하지 않았다. 관리국에서 함구할 것을 신신당부한 듯했다.

비슷하게 뉴스도 조용했다. 각성자가 주축인 사이비교를 압수 수색했다는 내용이 전부였다.

'안 좋은 내용이라 언론에 정보를 안 푸는구나.'

그다음 날엔 이귀한과 이해기가 귀가했다. 이보배는 오빠들 오는 시간에 맞춰 현관을 서성였다. 그러다 문 열리는 소리가 들리자마자 오체투지했다.

"죽을죄를 지었습니다, 큰오라버니!"

이귀한은 이씨 사남매 중 장남이다. 실종 전에는 막내인 이보배를 대놓고 편애했다. 귀환한 후에도 막내를 향한 편애는 여전했다.

하지만 그 막내가 자신이 신신당부하고 간 부탁을 어긴 상황. 심지어 까먹으면 화낼 것이란 경고까지 하고 갔었다. 이귀한은 이보배를 어떻게 대할 것인가? 이해기와 이한생이 침을 꿀꺽 삼키고 이귀한의 판결을 기다렸다.

프! 프! 프! 는 이귀한이 유일하게 즐기는 취미요, 그의 삶의 유일한 낙이다. 한 번도 아니고 여러 번 출석을 놓쳤으니 이벤트 참가 안 하느니만 못했다.

'내가 그랬으면 반은 죽었지.'

이해기가 두려움에 떨었다.

'한생이가 그랬으면 몇 대 쥐어박았을 테고.'

과연 편애하는 막내에겐 어떤 반응을 보일까? 모두의 귀추가 주목된 순간 이귀한이 입을 열었다.

"그럴 수 있지. 막내야, 바닥 차다. 들어가자."

지은 죄를 아는 이보배는 오체투지하여 고개를 들지 않았다. 대신 이해기와 이한생이 목에 핏대를 세워가며 동시에 외쳤다.

"형은 맨날 막내만 예뻐해!"

외전 6. 개업 준비

이제 와 고백한다. 이보배는 개업을 얕봤다.

포션은 잘 팔린다. 정말 잘 팔린다. 일단 내놓으면 무조건 팔린다. 포션을 원하는 사람은 많으며 누구나 포션을 비축하고 싶어 한다.

격변한 시장과 고인물의 방해 따위, 수요를 따라가지 못하는 공급 앞에선 젤리 장벽이나 마찬가지였다.

포션 재료를 갖추는 게 힘들어진다 뿐이지 결국 포션 자체는 내놓으면 팔린다.

그래서 이보배는 포션 공방 개업을 안일하게 생각했다.

대충 가게만 알아보면 되겠지. 대충 선반을 사서 포션 진열하면 되겠지.

세상의 모든 굴레와 속박을 벗어던지고 행복을 찾을 때

까지만 해도 이보배는 반년이면 충분하다고 생각했다.

지친 몸과 마음을 치유하고 나를 채우기 충분한 기간, 반년.

하지만 현실은 그렇게 녹록지 않았으니.

균열 들어갔다 나왔다고 놀고, 납치당하느라 후유증이 걱정된다고 놀고, 스킬 획득하느라 피곤했다고 놀고, 사이비 교단 탐방 다녀왔다고 놀고.

이유 없이 놀진 않았다. 하지만 좀 많이 놀았다. 이보배는 재료상을 언제 소개해 주면 되겠냐는 한현우의 연락을 받고 미안하고 민망해 죽는 줄 알았다.

'더는 안 돼.'

당초 그녀가 한현우에게 내건 기한이 1년이었다. 1년 안에 개업을 해야 하는데 벌써 반년이 후딱 지났다. 반년 동안 이보배가 한 개업 준비는 연구실 설비 확충밖에 없었다.

후학을 위해 제 시간과 재산을 아낌없이 투자한 한현우 선생님 뵙기 부끄러웠다.

발등에 불이 떨어진 이보배는 그제야 개업에 필요한 것들을 알아보기 시작했다.

그런데 생각보다 할 일이 많았다. 사업자 등록도 해야 하고 이보배가 낯설고 어려워하는 서류를 산더미만큼 준비해야 했다. 할 일이 늘어나니 길드 잔류가 나을 거라던 아라크네의 말이 사실이었다.

이제 와서 후회하면 뭐 하나. 이미 회사를 나왔는데.

옆에서 도와주는 사람이라도 있으면 좋겠는데 망할 오빠들은 도움이 안 되었다.

이귀한은 열외니까 아예 제외한다. 이한생은 공작가 공자님이시니 서류에 익숙할 줄 알았더니 망나니답게 부려먹을 줄만 알지 본인이 할 줄은 몰랐다.

그리고 이해기는.

이보배는 작은오빠를 떠올리고 이를 갈았다. 이놈의 인간은 방해하면 방해했지 도와주진 않았다.

결국 이보배는 업적 보상으로 받은 아라크네의 거미줄 무료 의뢰권의 사용처를 결정했다. 어떤 의미에선 참으로 시기적절하게 그녀 손에 들어왔다고 할 수 있겠다.

아라크네와 만나기로 한 약속 장소는 신장개업했다는 카페였다. 아라크네가 말한 대로 애플파이가 대표 메뉴인지 가게 밖에서부터 애플파이 굽는 향이 진동했다.

평일 오전이지만 카페는 만원이었다. 이보배는 간신히 2인석을 확보하고 애플파이와 음료를 주문했다.

'금방 오겠지?'

아라크네와 제대로 약속을 잡고 만난 건 처음이지만 이

보배는 그가 지각할 거라고 생각하지 않았다. 원래 신비로운 정보상이란 '안 왔나?' 하고 묻는 순간 뒤에서 슥 나타나는 게 정석이니까.

게다가 아라크네는 바쁘다. 시간이 금보다 비싼 정보상이 자신의 시간을 낭비할 것 같지도 않았다.

이보배는 애플파이보다 앞서 나온 레몬티를 홀짝였다.

딸랑딸랑.

카페 문에 달린 빈티지 종이 울리고 손님이 들어왔다. 언뜻 봐도 붉은빛이 안 돌았기 때문에 이보배는 평범한 손님이라고 생각하고 관심을 두지 않았다.

그러나 카페 안 다른 손님들은 달랐다. 종소리에 저도 모르게 입구 쪽을 응시한 사람들이 시선이 굳었다. 입구를 보지 않던 사람들도 그런 사람들의 반응 때문에 저절로 고개를 돌리거나 눈동자를 굴렸다. 그리고 돌린 고개와 시선은 입구에 고정되었다.

'뭐야?'

제법 시끄럽던 카페가 순식간에 조용해졌다. 그러나 잠깐 고요해졌나 싶더니 이후엔 숨넘어가는 소리와 작은 비명이 이어졌다.

'연예인이라도, 아니지, 유명 헌터라도 왔나?'

이보배는 혹시 사계절 길드 출신 헌터라도 들어왔나 싶어 입구를 살폈다. 그리고 입에 머금고 있던 레몬티를 뿜었다.

"푸읍."

"보배 누나."

김율이 훤칠한 키와 길쭉하고 우아한 팔다리, 영상 매체에서나 볼 법한 미모를 뽐내며 성큼성큼 다가왔다. 잘생긴 얼굴이 가까워지니 이보배는 당황했다. 이보배는 김율의 고운 얼굴에 삿대질했다.

"너, 너, 너 그 얼굴."

"괜찮아요. 사라지면 기억 못 하니까."

"그게 아니라 얼굴 알면 안 된다고. 인지 그거 안 통한다고."

"얼굴만 알아선 소용없어요. 제가 누군지 알면서 얼굴을 봐야죠. 여기 주문할게요."

'그러다 아는 사람 만나면 어쩌려고.'

괜히 이보배가 더 불안했다. 김율이라고 하늘에서 뚝 떨어지진 않았을 테니 균열의 날 이전의 김율을 아는 사람이 있을 것이다.

그런 사람과 마주쳤다가 아라크네라는 정체까지 들키면 어쩌려고 저렇게 당당한 걸까? 물론 얼굴을 드러내고 싶어 하는 마음은 이보배도 이해했다. 이보배도 저렇게 생겼으면 당당하게 고개 쳐들고 다녔을 것이다.

"아는 사람 만나면 어떡하려고?"

"그럴 리 없어요. 여기 주문받아 주세요."

김율은 태연하게 애플파이 한 판과 레모네이드를 주문했다. 김율의 얼굴을 보고 순수하게 감탄하던 점원이 되물었다.

"손님, 파이는 포장 맞으신가요?"

"먹고 갈 거예요. 바닐라 아이스크림 얹어주세요."

"저희 가게 파이가 꽤 커서 많이 드시는 분들도 두 조각이면 충분하시거든요."

김율의 먹성을 알고 있는 이보배는 단호하게 말했다.

"그냥 한 판 주세요. 남으면 포장할게요."

"그럼 아이스크림을 1인분씩 드릴 테니 다 드시면 추가해 주세요."

점원은 재차 김율의 미모를 확인하고는 감탄하며 떠났다. 이보배는 사방에서 쏟아지는 시선에 속으로 앓는 소리를 냈다.

'이래서 무슨 의뢰를 하겠다고.'

잘생기고 예쁜 걸 봐서 기분 나빠지는 사람 없다지만 아라크네를 기대했던 이보배는 김율의 등장에 적잖이 당황했다.

"빨간, 빨간 건 왜 안 입고 왔어?"

이보배는 댁 오늘 일 안 하냐고 넌지시 물었다. 서슴없이 이보배가 먼저 주문한 애플파이에 포크를 꽂은 김율이 대답했다.

"우리 오늘 데이트하는 거 아니었어요? 누나가 애플파이 사주기로 해서 만난 거잖아요."

"난 당연히 빨간, 빠알간……."

이보배는 얼굴만으로 카페 내 사람들의 이목을 잡아끈 청년에게 왜 치파오를 입지 않았냐고 따질 수 없었다. 따지는 순간 왜 여장하지 않았냐고 질문하는 이상한 사람이 되어버린다.

"하고 싶은 말 하셔도 돼요. 어차피 안 들리니까."

"치파오는 왜 안 입었어?"

"저 누나 만난다고 해서 신나서 온 건데 치파오가 더 좋아요?"

김율이 시무룩한 표정을 지었다. 이보배는 죽을죄를 지은 것처럼 미안해졌다.

"그게 아니라 추가로 의뢰할 게 있어서 만나자고 한 거니까. 치파오가 작업복 아니었어?"

"작업복 맞긴 한데 없어도 의뢰는 받을 수 있어요. 보배 누나 생각해서 일부러 안 입은 건데."

"나?"

"잘생긴 동생이랑 데이트해서 기쁘죠?"

김율이 배시시 웃었다. 아라크네의 요염한 미소와는 궤가 다른 순수한 미소에 이보배는 주먹을 꽉 쥐고 이를 악물었다.

솔직히 눈이 호강한다는 생각이 드는 건 어쩔 수 없었다. 김율의 눈빛이 애플파이 속 사과 절임처럼 달콤해 이보배는 레몬티의 신맛으로 중화했다.

"기쁘긴 한데 그만 놀려."

"놀리는 거 아닌데."

"부끄러우니까 그런 눈빛 연기는 그만두고, 의뢰 얘기나 하자."

"연기 아닌데요, 누나. 누나를 보는 제 눈빛이 어때서요? 혹시 너무 잘생겨서 부담스러워요? 괜찮아요. 우리 아버지 가라사대 진정한 얼굴값은 주위의 유혹에 넘어가지 않고 일편단심인 거랬거든요."

"일 얘기나 하자."

이보배는 가방에서 꺼내는 것처럼 인벤토리에서 아라크네의 거미줄 무료 의뢰권을 꺼냈다. 김율이 무료 의뢰권을 보자마자 과장된 한숨을 내쉬었다.

"아니, 이놈의 시스템은 또 마음대로 의뢰권을 뿌리네. 누군 땅 파서 장사하는 줄 아나."

시스템이 보상으로 준 의뢰권은 의뢰를 받아야 하는 아라크네와 사전 협의되지 않은 물품이었다. 이보배는 재차 당황했다.

"그럼 이걸로 의뢰 못 하는 거야?"

"아니에요. 받아요. 시스템이 줬다는데 제가 뭘 어쩌겠어요."

김율은 시원하게 의뢰권을 집어 들었다. 분명 똑같은 손인데 아라크네의 손동작이 우아하고 요염했다면 김율의 손동작은 호쾌하고 시원했다.

"뭘 의뢰하실 거예요, 보배 누나?"

"포션 공방 개업에 필요한 서류와 등록, 부동산 업무를 부탁하고 싶어."

"그 정도는 직접 알아보면서 천천히 하셔도 되잖아요. 제 입으로 이런 말 하기 그렇지만 이런 일로 무료 의뢰권 쓰는 건 너무 아까워요."

김율이 아라크네일 때처럼 입술만 움직여 말했다.

저는 비싸니까요.

아라크네의 수수료가 비싼 건 이보배도 안다. 그래서 가급적 무료 의뢰권은 아껴두고 싶었지만 그럴 수 없는 사정이 있었다.

"일단 개업 날짜는 가능한 이 안에 맞추고 싶어."

"발등에 불 떨어졌어요, 누나?"

이보배는 솔직하게 발등에 떨어진 불이 양심과 죄책감, 체면에서 떨어진 불똥임을 알렸다. 사정을 들은 김율이 배를 잡고 웃었다.

"푸하하하."

"그렇게 비웃지 마. 부끄러워."

"누나, 솔직히 현우 형님은 누나가 개업 늦을 것 같으니 도와달라고 하는 쪽을 좋아할 거예요."

이보배는 정색했다. 턱도 없는 얘기였다.

"그렇게 신세 져놓고 또 신세 지라고? 나도 염치가 있단다."

"뭐, 누나가 그러시다면 저야 좋은 얘기지만."

김율이 싱글벙글 웃었다. 뭐가 그리 좋은지 미소는 꽤 오랫동안 머물러 이보배의 눈을 부시게 했다.

"능력자 등록증 사본 필요해?"

"안 주셔도 돼요."

'이건 편하네.'

서류 업무를 위임하기 위해선 위임장이나 신분증 사본 등이 필수적이다. 아라크네에게 의뢰하니 그런 것들을 챙길 필요가 없어서 편했다.

이보배가 원하는 서류와 업무를 말하기 위해 메모장을 보았다.

"제가 다 알아서 할게요, 누나."

"믿음직스럽다."

한 살 차이라지만 연하인 김율은 서류와 법에 훤한데 자신은 아는 게 없어 의뢰하고 있자니 부끄러웠다. 이보배는 아이스크림과 레몬티를 추가 주문하고 얼음을 씹었다.

"이런 거 알려주는 학원 없나."

"업무 대행하는 업체 많은데 몰라도 되죠."

각성자를 대표하는 헌터는 균열에 진입한다. 균열에 진입한 동안 바깥이 어떻게 돌아가는지 알 수 없기 때문에 뉴스와 관심거리를 수집해 전달하거나 취미 용품을 대신 구매하는 등의 대리 업체가 성업 중이었다.

대형 길드 중엔 아예 헌터에게 매니저를 붙여 개인사를 돌보게 하는 경우도 있고, 프리랜서 헌터라도 에이전시에 등록해 일상을 관리하는 일이 빈번했다. 사람들은 이렇게 각성자를 돌보는 산업도 계속 발전하리라 점쳤다.

"그러다 사기당하면?"

균열이 터지기 전에도 현실 물정 모르는 운동선수나 예술가에게 사기 치는 범죄가 많았다. 헌터라고 다를 리 없다.

김율이 애플파이 한 조각을 두 입에 해치우고 손수건으로 입을 닦았다.

"그럴 땐 아라크네의 거미줄에 의뢰하시면 원금의 50퍼센트의 수수료로 사기꾼까지 고이 잡아드립니다."

"아라크네의 거미줄은 아무나 가입 못 하잖아."

이보배가 입술을 삐죽이자 추가한 아이스크림을 애플파이 위에 얹은 김율이 포크를 흔들었다.

"정보상과 중개업자는 저 말고도 많아요. 그리고 시간 없어서 의뢰하는 거지 누나도 하려면 알아보면서 차근차근 할 수 있잖아요. 절 봐요, 누나. 저 초졸이에요. 최종

학력 초등학교 졸업, 중학교 중퇴로 정보상을 하고 있잖아요. 너무 자책하지 마요."

"위로 고마워. 그럼 다음으로 가게 자리 말인데."

이보배는 대충 생산계 각성자들이 몰려 형성된 공방 거리 쪽을 생각하고 있다고 운을 뗐다.

"가게는 작아도 되지만 포션 설비를 갖출 공간은 있어야 해. 일단 예산은 이 정도."

이보배가 제시한 예산을 본 김율이 난색을 표했다.

"누나가 아라크네의 거미줄 회원 중에서 제일 가난하다는 걸 이렇게 알려주실 필요는 없는데."

"턱도 없나?"

"턱도 없죠. 이 돈으론 공방 거리에 노점도 못 차려요."

"무리하면 이 정도는 더 가능한데."

"보배 누나, 이러지 말고."

김율이 예산을 수정하려는 이보배의 손을 잡았다. 그가 상체를 기울여 반듯한 얼굴을 가까이 붙였다.

"좋은 돈벌이를 하나 아는데 함께하실래요?"

"포션 암거래?"

"아시네요. B급 회복 포션 1년만 팔면 공방 거리 중앙에 가게 낼 수 있어요."

포션은 비각성자와 각성자 구매가가 다르다. 돈 많은 비각성자의 포션 사재기를 막기 위해서인데 그 차익을 노린 암거래도 동시에 성행했다.

굳이 비각성자 말고도 암거래로 포션을 사고 싶어 하는 수요층은 많다. 중개자인 아라크네가 떼어먹는 수수료가 세금보다 많지만 그래도 암시장은 나날이 성장하는 추세다.

"누나한텐 특별히 수수료를 5퍼센트 깎아드릴게요."

"안 해. 마노 선배 뵐 낯도 없고."

"박 과장님께 안 들키고 파는 스릴을 느끼고 싶지 않아요? 날 믿는 순진한 공무원을 뒤에서 배신하는 쾌감 같은 거."

"정보상이 그런 말 하니까 신뢰도가 깎이는 기분이야."

"그럼 안 되는데."

김율이 굽혔던 상체를 폈다. 반듯한 얼굴이 멀어지자 이보배는 아쉬움을 느꼈다.

"마음 바뀌면 언제든 얘기해 주세요, 누나. 포션은 인기 상품이니까."

"알겠어. 그럼 이 예산으로 공방 거리는 안 되는구나. 달리 좋은 곳 아는 데 없어? 공방 거리에서 가게 못 낸 생산계끼리 모인 곳이라든가."

"누나는 왜 공방 거리에 가게를 내고 싶은 건데요?"

"왜냐니, 거기에 모여 있으니까."

"왜 모여 있는 게 좋은데요?"

"그게 장사가 잘되니까?"

"근데 누나는 장사 잘할 마음 없잖아요."

김율의 지적대로였다. 이보배의 공방 운영 계획은 이렇다. B급 회복 포션 판매로 공방을 꾸리고 그 외에 연구해서 나온 포션을 판매한다. 엘릭서 제작과 가장의 책임, 주말엔 놀겠다는 오빠들과의 약속. 모두를 위해선 그게 최선의 방법 같았다.

"어차피 누나가 만들 수 있는 B급 포션 수량엔 한계가 있어요."

"응, 그렇지."

"회원제로 회원 우대 판매를 하든 선착순 판매를 하든 사러 올 사람은 결국 사러 와요. B급 회복 포션은 생산자가 귀족이니까. 그러니까 굳이 구매자 편의를 고려할 필요가 없어요. 그럼 차라리 출퇴근 편하게 보배 누나 동네에 차려도 된다는 거죠."

김율이 접힌 종이를 꺼내 펼쳤다. 백지였던 종이 위에 이보배가 사는 동네 지도가 떠올랐다. 이보배가 입을 쩍 벌리든 말든 김율은 지도를 확대하고 축소해 가며 몇 군데 표시했다.

"여기랑 여기, 지금 점포가 나와 있네요. 가격은 이 정도."

공방 거리와 비교하면 10분의 1 수준의 월세와 보증금이었다. 이씨 남매의 집과 거리도 가까웠다. 걸어서 출퇴근할 수 있었다.

"나야 편해서 좋지만 이런 외곽까지 손님들이 올까?"

"당연하죠. 자기들 귀찮으면 다른 사람 시켜서라도 사 갈걸요. 누나는 너무 자기를 모른다니까."

정보상이 이런 말을 하면 믿음이 가야 하는데 이보배의 마음속에선 불신이 치솟았다. 왜냐하면 장사는 실전이기 때문이다.

"안 믿죠?"

"아냐, 믿어."

"어쨌든 가게는 누나 동네 쪽으로 알아볼게요. 정 파리 날리면 헌터닷컴이랑 닷컴넷에서 바이럴 마케팅이라도 해서 애프터서비스해 드릴게요."

이보배가 가게 선정과 기타 일을 모두 위임했기 때문에 김율은 선호하는 가게 분위기를 질문했다.

"인테리어랑 간판, 가게 분위기는 어떤 게 좋아요?"

"그냥 깔끔하고 청소하기 편하면 다 괜찮아. 아, 중화풍은 싫어."

"그럼 내부 가구와 집기도 제가 추려 후보 보낼게요. 하하."

김율이 말하다 말고 웃었다. 이보배는 아라크네일 때보다 웃음이 헤퍼진 김율을 실없다고 생각했다.

"너 원래는 꽤 실없는 성격이구나."

"내가요?"

"갑자기 웃잖아."

"그거야 누나랑 있으니까 기분 좋아서 그러죠. 방금 웃은 것도 되게 신혼집 얘기하는 커플 같아서 웃은 건데."

"음, 현실을 일깨워 줄게. 나랑 사귀면 1+3이라서 우리 오빠들까지 같이 딸려 가. 일 안 하는 백수가 셋. 가장은 계속 나."

이보배는 김율의 실없는 농담에 맞춰줄 생각이 없었다. 김율은 얼굴이 너무 잘생겨서 정신 건강에 안 좋았다. 김칫국을 신명 나게 들이켰다가 땅을 치고 부끄러워하는 건 한현우 한 번으로 충분했다.

김율도 농담은 이만하면 되었다 생각했는지 화제를 바꿨다.

"오빠들 하니, 전 누나가 무료 의뢰권을 다른 쪽에 쓸 거라고 생각했어요."

"어디에?"

"한생이 형님의 능력이라든가. 누나도 잘 모르시는 눈치시던데 저도 굉장히 궁금하거든요."

'왜 안 물어보나 했다.'

아라크네는 이씨 남매와 헤어진 후 이한생과 신성력에 관련된 정보를 뒤졌을 것이다. 이보배가 아라크네라도 그랬을 테니까. 아무리 뒤져도 나오는 게 없으니 많이 답답하지 않을까?

"그렇게 많은 수의 언데드를 단번에 쓰러뜨린 건 그렇다 쳐도 상태 이상을 언급했죠. 상태 이상 자체야 스킬로 치료가 가능한 게 있지만 누나와 형의 대화를 감안하면 모든 상태 이상 치료가 가능한 스킬일 가능성이 높네요. 거기에 신성력을 조합하면 분명히."

"거기까지. 너무 깊이 알려고 하지 마. 다쳐."

"제 얼굴도 보셨잖아요."

김율이 빙그레 웃었다. 업적으로 받은 무료 의뢰권으로 의뢰하면서 발뺌하냐는 듯 장난스레 말했다.

"농담이 아니야. 진짜 위험해. 내가 이런 말 해서 네가 괜히 자력으로 알아보겠다고 들쑤시다가 위험해지면 안 되니까 말해주는 건데 정말 위험해서 안 돼."

"그 위험은 저만이 아니라 누나와 누나네 가족의 위험도 포함하는 거죠?"

"응."

덤으로 세계의 안전도 포함한다. 김율은 레모네이드를 마시고 빨대로 안에 든 레몬을 으깼다.

"누나와 누나 가족이 위험해진다는 건 제가 알아낸 후 정보를 외부에 발설하거나 이용할지 모른다고 생각하기 때문에 그런 거겠죠."

레몬을 모두 으깬 김율이 고개를 끄덕였다.

"누나 말이 맞아요. 꽤 중요한 얘기니 알고 지낸 지 얼마 안 된 정보상은 신뢰할 수 없겠네요. 누나가 절 처음부터 꽤 믿어주는 것 같아서 살짝 착각했어요."

이보배가 아라크네에게 가진 신뢰는 이해기의 경험에서 기인한다. 이보배는 아라크네를 대하던 자신을 뒤돌아보고 볼을 긁었다. 김율 말마따나 꽤 스스럼없이 대했단 자각이 뒤늦게 들었다.

"누나에게 신뢰받는 동생이 되기 위해 노력할 거니까요."

"그래도 안 알려줄 거야."

김율이 애플파이 한 판을 깔끔하게 비웠다. 이보배는 그가 포크로 접시에 흘린 것까지 깔끔하게 긁어 먹는 모습을 구경하다가 화장실에 들렀다.

'없네.'

화장실에 들렀다 나오니 자리에 김율이 없었다. 이보배는 한숨을 쉬며 계산서를 챙겼다.

"신뢰 얻고 싶으면 갈 땐 간다고 말은 하고 사라져야 할 거 아냐."

"뭐가요?"

"아이, 깜짝아. 간 거 아니었어?"

떠난 줄 알았던 김율이 이보배의 뒤에서 튀어나왔다. 그도 화장실에 들른 듯 손에 물기가 묻어 있었다.

멋대로 오해한 이보배는 당황했지만 오해한 걸 사과하진 않았다. 그가 말도 없이 사라진 전적이 여러 번이었기 때문이다.

'그러고 보면 오늘은 등장할 때도 제대로 인기척 내고 들어왔지. 치파오가 없어서 그런가.'

소리 소문 없이 사라지고 등장하는 능력은 치파오의 기능일지도 모른다.

이보배가 계산서를 들고 계산하자 김율이 졸졸 따라왔다.

"잘 먹었어요, 누나."

"나야말로 저렴한 상담료 고마워."

애플파이가 맛있었기 때문에 이보배는 한 판을 포장 주문했다. 김율은 냉큼 자기 것도 같이 주문했다.

"에휴."

"아잉."

"아잉은 무슨 아잉이야. 키는 이래 가지고."

키는 크지만 반듯한 이마 아래의 눈이 맑고 눈매가 고와 연하란 느낌이 와닿았다. 이보배가 살짝 어깨를 두드리자 김율이 고개를 숙였다. 이보배는 숙인 고개를 외면할 수 없어 머리를 살짝 쓰다듬었다.

"그럼 잘 가."

"집까지 태워 드릴게요. 나 때문에 여기까지 나왔잖아요. 책임지고 바래다 드려야죠. 그리고 원래 비전투계는 혼자 보내는 거 아니에요. 헌터의 상식."

"너도 보조계잖아."

"내 몸 지킬 능력은 되니까요."

이보배는 얼떨결에 김율의 차에 올라탔다. 시간이 금보다 비싼 정보상에게 시간 낭비를 시키는 것 같아 이보배의 마음이 좋지 않았다.

"나 정말 혼자 가도 되는데."

"괜찮아요. 정 미안하시면 차비 주실래요?"

"얼만데?"

"얼마 안 해요. 해기 형님이 어떻게 제 직통 연락처를 알고 계신지 짐작 가는 거 없어요?"

'아마 미래의 너한테 직접 들었지 싶은데.'

짐작 가는 게 있지만 사실대로 말할 순 없었다. 이보배는 한숨을 쉬고 말했다.

"미안, 말할 수 없어. 딱 하나 말해주자면 우리 가족 일이라는 거야. 외부인에겐 알려줄 수가 없네."

"그것 참 허들이 높네요. 가족 없는 사람 서러워서 살겠나."

"우리야 뭔가 관련 정보가 필요해지면 너밖에 의뢰할 사람 없으니까 그렇게 추리해 나가는 것도 재밌지 않을까?"

"확실히 그쪽도 재밌겠네요. 그런데 내가 모르는 걸 아는 사람이 있다는 게 짜증 나는데……."

"가정사라고 생각해. 남의 개인사와 가정사는 몰라도 되는 거잖아."

"그야 그렇지만요."

김율에겐 미안하지만 이보배도 이 일에 대해선 양보할 수 없었다. 이보배는 대신 나중에 적당한 기회가 생기면 〈가장의 위엄〉 스킬에 대해 알려줘야겠다고 결심했다.

"여기서 세워주면 돼."

"더 들어갈 수 있어요."

"진짜 괜찮아. 태워줘서 정말 고마워."

이보배는 차에서 내렸다. 김율이 창문을 내리고 손을 저었다.

"들어가세요, 누나. 형들한텐 제가 매제로 어떠냐고 물어봐 줘요."

"까먹었어? 1+3이라니까."

"가족 없는데 1+3이면 한 번에 넷이나 늘어서 좋네요. 저 가요."

별거 아닌 농담일 수 있지만 괜히 귀에 거슬렸다. 이보배는 멀어지는 김율의 차를 보며 왜 그런지 곰곰이 생각했다.

거슬림의 시작은 애플파이 가게에서부터였다. 김율에게 아는 사람과 마주치면 어떡하냐고 걱정했을 때 그는 태연하게 대답했다.

그럴 리 없다고.

차에서 한 번 가족 없단 말을 하고 헤어질 때 또 한 번

들었다. 정말 가족이 없다면 처음부터 없었던 것일까, 아니면 있었는데 없어진 걸까?

"아잇."

이보배는 머릿속이 복잡해 애플파이를 휘둘렀다. 아무렇지 않게 미인계를 쓰는 아라크네니 정보를 캐려고 일부러 동정심을 살 만한 정보를 흘렸을 가능성이 높다.

잔인한 얘기지만 요즘 같은 시대에 가족 모두 잃은 사람은 이전보다 흔했다. 오히려 김율은 아시아 암시장과 정보상을 독점하고 있으니 어지간한 사람보다 사정이 나았다.

'작은오빠한테 물어볼까?'

이해기에게 물어보면 사실인지 거짓인지 알 수 있겠지만 내키지 않았다. 신뢰를 얻기 위해 노력하겠다던 김율의 모습이 떠올랐다. 이보배는 이해기에게 물어보길 포기했다. 회귀자에게 묻는 건 반칙이니 이보배도 김율처럼 정보를 캐기 위해 정정당당히 응하기로 마음먹었다.

"대낮에 길에서 뭐 하느냐?"

"그냥 좀 머릿속이 복잡해서."

"방금 그 차에 있던 건 여장 취미 정보 팔이 맞느냐?"

"응, 상담료 지불이랑 의뢰할 게 있어서 겸사겸사. 애플파이 사 왔으니까 집에 가서 먹자."

"여기까지 바래다준 것이냐?"

"응."

"호오. 아주 예의 없는 자는 아니었구나. 좋다!"

이보배에게 길 한가운데에서 뭐 하냐고 물은 당사자가 길 한가운데에서 버럭 외쳤다.

"뭐야, 왜 그래?"

"악마 새끼는 마법사의 부하! 사기꾼은 약 팔이가 좋다고 하지 않았느냐!"

이보배는 화르세인지가 지칭한 사람들이 누군지 재깍 알아듣지 못하고 헤맸다.

'뭐지? 게임 얘긴가? 아니면 자주 보는 인터넷 방송?'

이보배가 알아듣든 알아듣지 못하든, 망나니는 혼자 신나 외쳤다.

"그렇다면 나는 여장 취미 정보 팔이로 정했다! 그놈이 제일 잘생겼어!"

이보배는 그제야 이한생이 말한 사람들이 누구지 알아챘다. 마법사의 부하는 최요한이고 약 팔이는 한현우다. 이귀한은 최요한을, 이해기는 한현우를 제멋대로 이보배의 애인 후보로 점찍어두었다. 들키면 한강 수온을 확인하러 가고 싶어질 정도로 부끄러운 얘기다.

"돼지의 얼굴이 변변찮으니 남편으로라도 부족한 걸 메꿔야지!"

그리고 이 순간, 화르세인지 드 체키빙 공자께서는 김율을 자신의 매제 후보로 선정하셨다. 선정 이유는 하나,

외모다.

이보배는 죽을 만큼 창피하고 부끄러워 이한생의 입을 틀어막고 집으로 향했다. 그날 망나니는 애플파이를 한 조각밖에 먹지 못했다.

박마노와 최요한은 종종 공무원 월급 받아봐야 얼마나 되겠냐고 앓는 소리를 한다. 그러나 실제로 그 말을 믿는 사람은 없다.

균열 및 헌터 관리국의 사무직이라면 그 엄살이 사실일지 모른다. 하지만 전투계는 다르다. 전투계는 투입된 균열의 마석 소유권을 인정받는다.

여기에 관리국 소속 헌터만의 특혜가 하나 제공된다. 마석을 판매할 때 세금을 내지 않는다. 면세인 것이다.

대부분의 헌터가 마석의 시세를 얘기할 때 세후를 기준으로 삼는다면 관리국 헌터들만 세전을 기준으로 삼는다.

물론 각성자 범죄자 체포와 수사가 주된 임무인 만큼 균열 공략 기회는 그리 많지 않다. 게다가 관리국에서 공략을 진행하는 균열은 돈이 되지 않거나 등급이 높아 길드와 프리랜서 헌터들이 거른 균열이기 때문에 그렇게 많이 벌지도 못한다.

하지만 사람들이 생각하는 공무원 월급보단 훨씬 많이 버는 게 사실이다. 특히 박마노는 마감이 임박한 등급 낮은 균열을 혼자 정리하는 일이 잦아 쟁여둔 마석이 많았다.

그렇기에 박마노에게 부족한 건 시간이요, 돈이 아니니. 한 번에 여러 가지 일 동시에 해치우길 좋아하는 박 과장은 이번에도 그 버릇을 고치지 못했다.

"……."

이보배는 차에서 내려 균열 및 헌터 관리국 건물을 올려다보았다. 어지간해선 멀리하고 싶은 이곳을 설마 사적인 일로 오게 될 줄은 꿈에도 상상하지 못했다.

이보배는 박마노와 약속을 잡느라 나눈 문자를 다시 읽었다.

[내가 밥 사기로 한 거, 내일 시간 되거든. 다 같이 올 수 있어?]

[저희 전부 괜찮아요.]

[다른 사람 있어도 괜찮지? 내가 밥 사기로 한 사람이 많은데 시간이 없어서 말빚만 늘었거든.]

이보배는 최근 인간 혐오증이 조금 나아진 이귀한을 믿었다. 실제로 이귀한에게 물어보니 가족들이 다 있어준다면 괜찮다는 답변이 돌아왔다. 그래서 이보배는 이렇게 답변을 보냈더랬다.

[네^^]

그 결과 이씨 사남매는 박마노가 쏘는 밥을 얻어먹기 위해 균열 관리국에 왔다. 약속 장소는 관리국의 지하, 같이 밥 먹는 사람은 관리국 직원들이다.

이보배는 관자놀이를 지압했다.

"그냥 부서 회식이잖아. 우리가 껴도 되는 거야?"

"난 익숙해서 괜찮다."

내심 이렇게 될 줄 알았던 이해기가 차를 주차한 뒤 덤덤하게 말했다. 이한생은 고개를 돌려 두리번거렸다.

"이곳이 경비대냐?"

"그렇지, 헉! 큰오빠 왜 울어?"

"끄윽, 흑흑흑, 마, 막내 만난 게 크흡! 생각나!"

차에서 내린 이귀한이 눈물을 주룩주룩 흘렸다. 이보배와 감동의 재회를 한 날이 생각나 울컥한 모양이었다. 이보배도 덩달아 코끝이 찡해졌다. 이해기가 손수건을 건네자 이귀한이 코를 풀었다.

"너희 봐도 아무것도 안 느껴지면 다 뿌실 생각이었는데!"

"시스템 자극하는 말은 입에 담지 말고 마음에만 담아줘, 형."

관리국 지하 엘리베이터는 외부인 출입 금지이기 때문에 최요한이 마중 나왔다.

“안녕하세요, 여러분. 잘 지내셨나요?”

“안녕하십니까, 최요한 씨.”

“일전엔 정말 신세 졌습니다. 감사합니다.”

“하하, 겨우 그 정도로 뭘 그러십니까.”

이해기와 최요한이 악수를 했다. 둘 다 웃는 얼굴이지만 사이가 가까워진 것 같진 않았다. 이보배는 엘리베이터 버튼을 누르는 최요한을 보고 자연스럽게 처음 만났던 날을 떠올렸다. 그때나 지금이나 변함없이 상냥한 미소였다.

“부서 회식하시는데 저희가 껴도 되나 모르겠어요.”

“하하, 그런 거 아니에요. 과장님 말빚이 계속 늘어서 어떻게든 청산해 보겠다고 모은 거니까요. 보배 씨야말로 불편하시면 사양하셔도 괜찮습니다.”

“아유, 초대해 주신 것만 해도 감사해요.”

엘리베이터 문이 열렸다. 이보배가 이전에 내린 곳과 다른 층이었다. 복도를 두리번거려 봐야 방 번호가 붙은 문밖에 없어서 구경하는 재미는 없었다.

‘저게 뭐지?’

이보배는 건물 복도에 있어선 안 될 무언가를 발견하고 눈을 의심했다. 그녀보다 오감이 뛰어난 이귀한이 반색하고 외쳤다.

"멍멍이다!"

"으르릉."

"미친 악마 새끼야! 저게 어디가 멍멍이냐!"

복도 한쪽에 누워 있던 거대하고 까만 물체가 움직였다. 몸을 일으킨 그것은 멍멍이가 아니라 늑대였다. 크기가 어찌나 큰지 머리가 이보배의 두 배는 되었고 솔직히 늑대보단 호랑이나 사자 같았다.

그런 늑대를 보고 강아지라며 좋아하던 이귀한이 앞으로 달려 나갔다. 이해기가 중간에서 붙잡지 않았다면 으르렁거리는 늑대에게 물렸을지도 모른다.

늑대는 야성미 가득한 노란 눈을 이귀한과 이해기에게서 떼지 않으며 경계했다. 화르세인지는 쫄아서 이보배 뒤로 숨었고 이보배는 이해기의 뒤에 숨었다.

"어, 어째서 늑대가 여기에? 경찰견 같은 건가요?"

"정식 직원입니다. 마리 씨, 이분들은 손님이니까 물면 안 돼요. 한 분씩 소개해 드릴게요."

이보배는 정식 직원이란 말에 놀라지 않았다. 군견이나 경찰견도 엄연히 정식으로 계급이 있다는 얘기를 들은 적이 있기 때문이다. 하지만 이어지는 최요한의 말엔 깜짝 놀랐다.

"이분은 유마리 씨입니다. 유마리 씨, 이분들은 모두 과장님 손님이에요. 먼저 이귀한 씨. 유마리 씨처럼 귀환자세요."

최요한이 이귀한에게 손을 내밀었다. 이귀한은 별 의심 없이 그 손을 잡았다. 최요한은 이귀한의 손을 잡고 늑대 유마리의 주둥이로 이끌었다. 송곳니를 드러내고 경계하던 유마리가 이를 감추지 않고 냄새를 맡았다.

"다음, 이해기 씨."

이해기는 유마리의 존재에 대해 알고 있었는지 최요한을 통하지 않고 직접 손등을 내밀었다. 유마리는 여전히 경계를 늦추지 않고 냄새만 맡았다.

"마리 씨 기분이 안 좋으신가. 왜 이렇게 경계하시지."

"공동묘지 다녀온 냄새가 안 빠져서 그런 거 아니겠습니까?"

"썩은 냄새!"

"가능성 있네요. 그럼 다음 이한생 씨."

"싫다! 죽어도 싫다!"

겁 많은 망나니가 손을 등 뒤로 감췄다. 이한생은 늑대 앞에 선 토끼라도 된 양 얼어붙어 달달 떨었다.

"마리 씨는 물지 않아요."

"그렇게 말하는 개도 못 믿는데 늑대를 믿겠느냐!"

"아니요, 정말. 과장님이 잘 길들이셨거든요."

"킁!"

이귀한과 이해기를 경계하던 유마리는 이한생의 냄새를 맡더니 경계를 누그러뜨리고 관심을 보였다. 눈빛이 온순해졌지만 겁먹고 덜덜 떠는 화르세인지 눈엔 온순해져 봐야 늑대 눈이었다.

"꺼지거라!"

"헥헥, 킁킁."

유마리가 먼저 접근해 이한생과 이보배에게 다가왔다. 이한생이 히이이끼! 라는 기묘한 비명을 지르며 이보배의 등에 머리를 숨겼다.

킁킁.

유마리가 이보배의 발치에서 냄새를 맡았다. 뜨끈하고 축축한 숨결이 무릎에서 느껴지는 바람에 이보배는 살짝 소름이 돋았다.

그다음엔 다시 이한생의 냄새를 맡으려 한 모양이지만 이한생이 호들갑을 떨며 펄쩍 뛰어 이보배에게 업히는 바람에 수포로 돌아갔다.

킁!

유마리는 콧방귀를 내뿜더니 이한생을 응시했다. 늑대지만 눈빛과 표정이 사람처럼 잘 읽혔다.

'웃고 있어.'

"지금 저 늑대가 날 비웃은 거지? 그런 게지?"

"음, 막내 오빠 착각일 거야."

착각이 아니라는 듯 유마리가 재차 콧방귀를 뀌었다. 망나니가 기겁하고 이보배는 졸지에 업게 된 막내 오빠를 간

수하느라 허리와 다리에 힘을 주고 버텨야 했다.

"셋째 인기 좋네. 부럽다. 나도 멍멍이."

"왜 맹수를 우리에 안 넣고 풀어놓느냐!"

"아까 말씀드렸듯이 마리 씨는 인간입니다. 이세계에서 늑대에게 물려 늑대 인간이 되셨을 뿐이에요. 지금은 아직 변신 쿨타임이 안 지나서 늑대 모습이신 거지 원래는 인간이니 겁먹지 마세요."

"그럼 저 상태에서도 이성과 지성은 있으신 거군요?"

이보배가 이한생을 달래기 위해 묻자 최요한이 슬픈 얼굴로 고개를 저었다.

"약간 똑똑한 늑대 수준이에요. 그래서 가족분들과 헤어져 관리국 생활을 선택하셨죠. 그래도 물진 않아요. 마리 씨, 그렇죠?"

"으르릉."

유마리가 친한 척하는 최요한도 물어버리겠다는 듯 사납게 으르렁거렸다. 망나니가 호들갑 떨며 이보배의 목을 졸랐다.

"가자! 돌아가자, 돼지야! 늑대가 제일 좋아하는 가축이 뭔지 아느냐?"

"토끼?"

"돼지니라!"

화르세인지가 얼른 돌아가자며 이보배의 목을 조르고

머리를 쥐어뜯었다. 유마리는 호들갑 떠는 이한생에게 흥미를 붙였는지 업혀서 덜렁거리는 그의 다리에 일부러 코를 들이밀었다.

"끄아아아악!"

"좋겠다, 나도 멍멍이!"

"형, 멍멍이가 아니라 사람이야. 원해서 저렇게 되신 게 아닌데 강아지 취급하는 건 실례지."

이보배도 이해기의 의견에 동의했다. 막내 오빠에게 짓눌려서 동의를 표현할 수 없을 뿐이다.

"마리야."

복도 저편에서 여자 목소리가 들리자 유마리가 귀를 쫑긋 세웠다. 그러더니 코로 엉덩이나 발을 건드리며 갖고 놀던 이한생에게서 미련 없이 돌아서 차렷 자세로 앉았다.

박마노가 설렁설렁 걸어와 유마리에게 손을 내밀었다.

"마리야, 손!"

헥헥. 유마리가 곰 앞발에 비견될 만한 발을 박마노의 손 위에 얹었다.

"차렷!"

헥헥헥. 성인 여성 허벅지만 한 굵기의 꼬리가 프로펠러처럼 붕붕 돌았다.

"물어 와!"

박마노가 손에 든 뼈 같은 걸 던지자 유마리가 비호와

같이, 아니, 날개 달린 늑대와 같이 뼈를 잡기 위해 달려갔다. 맞으면 뼈가 부러질 것 같은 꼬리를 휘두르며 달려가는 뒷모습이 완전 개였다.

"멍멍이! 멍멍이 맞네!"

이해기의 교육은 대놓고 개 취급하는 박마노의 등장으로 무색해졌다. 무안해진 이해기가 슬퍼했다.

"안 오고 뭐 하나 했더니 마리랑 놀고 있었어?"

"마법사! 네가 늑대의 주인이냐? 저런 맹수를 우리에 가두지 않고 풀어놓다니 어찌 된 것이냐!"

"우리 마리는 안 물어요."

"으르렁거렸다!"

"물어 죽이지."

"그게 그거잖느냐!"

"농담이고, 보름달 뜬 밤만 아니면 이성이 남아 있어서 진짜 안 무니까 겁먹지 말아요. 원래 성격은 얌전한데 늑대 상태일 땐 짓궂어지더라고."

화르세인지는 최요한과 박마노에게 몇 번 더 확인받은 뒤에야 이보배의 등에서 내려왔다. 이보배는 뻐근한 어깨와 팔을 두드렸다.

"돼지야, 오늘은 무슨 달이 뜨느냐?"

"몰라."

"사기꾼?"

"나도 모르는데."

"악마야?"

"멍멍이 오면 같이 놀자, 셋째야!"

모두에게 버림받은 이한생이 직접 알아보겠다고 핸드폰을 노려봤다. 그 모습이 불쌍해서 이보배는 지금은 낮이니 괜찮다고 위로해 줬다.

"이귀한 씨, 안녕하십니까. 보배도 안녕. 아이고, 이한생 씨. 많이 좋아 보이네. 요즘 어때요? 슬슬 각성자 등록 해도 되겠단 생각 안 듭니까?"

"그건 아직 무리예요!"

"착한 보배가 그렇다네. 그럼 믿어야지."

박마노는 이씨 삼남매에게 아는 척을 하고 이해기의 어깨에 팔을 걸쳤다. 스스럼없는 접촉에 이보배는 눈을 동그랗게 떴다.

'시스템교 다녀온 거 안 들키려고 공동묘지 건에 대해 자세히 안 물어봤더니 이런 진전이!'

"이야, 우리 이해기 씨! 잘 지냈죠?"

"덕분에 잘 지냈습니다. 오늘 초대해 주셔서 감사합니다."

"아하하! 잔뜩 차렸으니 많이들 드시고!"

박마노가 호쾌하게 웃으며 문을 열었다. 회의실 A라고 적힌 안내판이 붙어 있었지만 회의용 원탁엔 음식이 즐비해 있었다. 최소 오십 인분은 넘어 보여 출장 뷔페 수준이었는데 정작 회의실 안엔 일곱 명밖에 없었다.

이보배의 어깨에 박마노의 손이 올라왔다.

"원래 스무 명 예상했는데 아침에 일 터져서 저것만 남았어. 그러니까 많이 먹어. 알겠지?"

살짝 압박을 준 후 박마노가 팔짱을 끼고 구시렁거렸다.

"우리 애들은 바쁘니까 그렇다 쳐. 자식들이 빠져 가지고 평소엔 박 과장님, 박 과장님 하면서 식사 한번 꼭 하자고 설설 기던 놈들이 관리국으로 오라니까 말 바꾸고."

결국 이 초대에 응한 외부인은 이씨 남매밖에 없단 소리였다. 이보배는 그들의 마음을 이해할 수 있었다. 남의 부서 회식에 끼는 것처럼 민망한데 식사 장소까지 관리국 지하니 정말 오고 싶지 않았을 것이다.

박마노는 관리국 헌터들에게 이씨 사남매를 소개했다. 이보배는 친한 동생, 이귀한과 이한생은 한정치산자 원, 투로 소개하며 가능한 한 건드리지 말 것을 명령했다.

이해기는 달랐다. 박마노는 이해기의 조언과 전투 감각이 마음에 들었던 모양인지 어깨동무를 풀지 않고 계속 대동하고 다녔다.

저것은 그린라이트인가 스카우트하고 싶은 인재를 발견한 기쁨인가. 이보배가 눈을 게슴츠레하게 뜨고 애매하게 웃는 이해기를 구경하는 동안 최요한이 남매들이 앉을 자리를 세팅했다.

"음식은 자유롭게 가져다 드시면 되고요, 저기 있는 저건 복어회니까 마음껏 드세요. 혹시 중독되면 과장님이 [피독주] 빌려준다고 하셨어요. 아, 저건 복지리."

먹을 것은 사양하지 않는 이귀한이 가장 먼저 원탁으로 다가갔다. 이한생은 늑대 때문에 겁먹었었지만 공무원만 있는 회의실은 무섭지 않았는지 따라갔다.

"요한 씨는요?"

"저는 먼저 조금 먹었어요. 다녀오세요."

이보배는 일단 음식 종류를 훑었다. 복어회와 복지리만 있는 게 아니다. 민어회에 장어, 기러기탕, 흑염소 수육도 있었다. 이보배는 묘하게 보양식 위주인 음식들을 보고 생각했다.

'마노 선배 입맛이 보양식 취향인가.'

본인 취향이 아니라 부하들을 생각한 것일 수도 있다. 관리국 헌터가 격무에 시달리는 건 모두가 아는 사실이다. 기왕 밥을 사 주는 것 보양식을 대접하고 싶었던 건 아닐까?

이보배는 접시 바닥이 비치지 않을 정도로 두껍게 회 쳐진 복어회를 집었다. 독이 든 음식이라 그런지 가장 먼저 눈길이 갔다.

조금씩 덜기만 했는데 금방 접시가 찼다. 이보배는 아직 자리를 뜨지 않은 최요한에게 물었다.

"동료분들께 안 가보세요?"

"저는 사무직이라 현장직분들과 친하지가 않아서요."

입술에 침도 안 바르고 술술 흘러나오는 뻔뻔한 거짓말에 이보배가 감탄했다. 자고로 비수란 품에 숨겨져 있어야 유사시 제 역할을 하는 법이다. 이보배는 최요한의 거짓말을 이해했다.

"사무직분들은 안 오셨나 봐요?"

"사무직은 현장보다 모이기 쉽거든요. 저야 과장님 수발 드느라 그게 안 되지만요. 덕분에 사무직과도 데면데면하고 현장직이랑도 데면데면하다니까요."

그러자 최요한의 말을 모두 들은 헌터가 외쳤다.

"최요한! 친해지고 싶으면 이쪽으로 와! 놀아줄게!"

최요한이 쓴웃음을 짓고 고개를 설레설레 저었다.

"저렇게 눈치가 없어서야."

"친해지기 싫대."

"사람은 좋은데 은근히 낯가린다니까."

데면데면할 뿐 사이가 안 좋은 건 아닌지 헌터들이 웃어넘겼다. 이보배는 덩달아 웃으며 전복죽을 먹었다.

이귀한이 음식을 챙겨 자리로 돌아가는 이한생의 목덜미를 붙잡아 다른 테이블로 옮겼다. 화르세인지가 항의하려 하자 이귀한이 천천히 고개를 젓고 이보배와 최요한만 남은 테이블을 턱으로 가리켰다.

최요한은 자신이 응원하는 후보가 아니지만 돼지의 연

애는 흥미롭다. 망나니는 군말 없이 새 자리에 앉았다. 이보배는 전복죽에 정신이 팔려서 그 모습을 보지 못했다.

"약간 피곤해 보이시네요."

"아, 티 나요?"

이보배가 볼을 쓸자 최요한이 고개를 저었다.

"피부가 거치신 게 아니라 눈빛이 살짝 멍해서요."

"실은 제가 요즘 판매 상품을 고민 중이라."

아라크네에게 귀찮은 일을 떠맡긴 후 이보배는 판매 상품 선정에 고심했다. B급 회복 포션은 생명줄이니 필수다. 그래도 그것만 팔 순 없으니 다른 상품을 정해놔야 재료상을 만나도 할 말이 생긴다.

엘릭서 레시피 조각의 획득법은 크게 두 가지가 있다. 하나는 균열을 공략해 보상으로 받는 것이고 다른 하나는 연금술사로서 업적을 세워 보상받는 것이다.

한현우는 두 방법 모두 쓸 수 있었지만 이보배는 복합계가 아니니 후자에 의존해야 했다. 애초에 라스트 엘릭서를 제작하려면 연금술사 레벨과 스킬을 키워야 하니 당연한 일이기도 했다.

시스템이 알려주는 레시피는 어디까지나 기본 레시피다. 거기에 연금술사가 재료를 추가하거나 공정을 변형해 포션의 기본 성능에 부가 효과를 더한다.

아예 다른 재료와 다른 공정으로 똑같은 결과물을 내

는 데 성공한 연금술사도 있다. 이런 걸 창작 레시피라고 한다.

한현우는 창작 레시피로 포션을 제작했을 때 엘릭서 레시피 조각을 보상으로 받을 확률이 높다고 했다. 그 외엔 아주 특별한 부가 효과를 붙은 포션을 제작했을 때란다.

"일단 기본에 충실해야 하니까 기존에 나온 포션은 전부 제작해 봤거든요. 그래서 정신력이랑 마력이 좀……."

이보배의 통장도 3년 가문 논처럼 바닥을 드러냈다. 쩍쩍 갈라지지 않은 게 천만다행이었다.

"회복 포션은 판매하지 않으실 건가요?"

"회복 포션은 B급만 판매할 계획이라서요. 일단 상태 이상 치료제를 종류별로 구비해 두고 싶은데……."

이보배는 미간을 찌푸렸다.

"의견이 분분하더라고요."

"솔직히 회복 포션 자체가 부족하니까 상태 이상 치료제를 만들 수 있다면 회복 포션 판매량이나 늘려달라는 의견이 많겠네요."

"네, 그렇더라고요."

포션 업계에 대형 자본이 침투되면서 빽 없고, 돈 없고, 인맥 없는 헌터는 포션을 구하기 힘들어졌다. 가게 오픈 5시간 전부터 줄 서서 기다리다가 선착순으로 구매한다는 충격적인 기사도 올라왔다.

그렇다고 상태 이상 치료제를 등한시할 순 없다. 균열 등급이 오를수록 다양한 상태 이상이 등장하며 개중엔 시간이 지나도 치료되지 않는 것도 있으니까 수요는 계속 늘어날 것이다.

"일단 해독제랑 각성제, 마비 치료제는 갖춰두고 싶은데 그렇게 생각하니까 점점 늘어나서……."

'연금술사의 솥뚜껑'에 공개된 레시피를 보고서도 제작 실패하는 연금술사가 태반이다. 이보배는 놀랍게도 모두 성공했다. 모두 성공해서 더 문제였다.

'다 만들 수 있으니까 다 팔고 싶어. 내 재능이 무섭다.'

좋아하는 일에 재능이 있는데, 그걸로 사람까지 살릴 수 있다는 사실은 이보배에게 꽤 고무적으로 다가왔다.

그렇다고 모두 갖춰둘 순 없었다. 기본 레시피로 치료제를 만들어봐야 이보배의 성장엔 도움이 되지 않을 것이다.

"수요 많은 몇 개만 구비해 둘까 싶은데……. 뭐가 좋을까요?"

이보배는 최요한의 의견을 구했다. 최요한은 자신에게 의견을 구하는 이보배에게 반문했다.

"이해기 씨가 아무 조언도 안 해주시던가요?"

"작은오빠는 텄어요. 방해하면 방해했지 시키는 거 빼면 나서서 도와주진 않을 양반이라."

"흐음, 왜 그러실까."

이보배와 최요한의 시선이 동시에 이해기에게 향했다. 이해기는 이보배가 그를 욕하든 말든 신경 쓰지 않고 박마노와 관리국 헌터 둘을 더해 총 넷이서 대화 중이었다.

등장하는 균열을 모두 공략해야 하는가, 자원 삼아 남겨두어야 하는가로 진지하게 토론을 하는 듯했다. 나름 진지한 토의였기 때문에 이보배는 작은오빠 흉을 더 보려다 말았다.

"어쨌든 요한 씨는 뭐가 제일 필수라고 생각하세요?"

"당연히 해독제 아닐까요? 상태 이상 하면 가장 먼저 떠오르는 증상이니까요."

최요한은 이보배가 예상한 대로 대답했다. 본인이 독을 사용하고 있으니 그만큼 독을 접할 기회가 많아 중독 상태의 위험에 예민하게 반응하는 듯했다.

이보배는 고개를 주억거리며 해독제는 필수라는 생각을 굳혔다. 그때 참견이 들어왔다.

"잠깐만, 연금술사. 과장님이 발씀하신 친한 B급 연금술사 동생이 이보배 씨 맞죠?"

최요한에게 친해지고 싶으면 언제든 환영이라 말했던 헌터가 술잔을 들고 건너왔다. 헌터가 빈자리에 앉는 바람에 그제야 이보배는 오빠들의 긴 공백을 알아챘다. 어디서 뭐 하고 있나 했더니 옆 테이블에서 음식을 산더미만큼 쌓아놓고 먹는 중이었다. 이보배는 안심하고 헌터의 참

견에 답했다.

“네, B급 연금 맞아요.”

“그런 건 사무직이 아니라 현장직에게 물어봐야 하는 거 아닙니까.”

최요한의 정체를 모르면 충분히 참견할 법했다. 어차피 의견은 많이 들을수록 좋기에 이보배는 헌터에게도 질문했다.

“그럼 어떤 상태 이상 치료제가 가장 필요하다고 생각하세요?”

“당연히 각성제! 갑자기 수면 가스 나와서 의식 가물가물해질 땐 진짜 전멸하는 줄 알았지. 꼬집어도 안 깨더라고.”

각성제는 이보배도 각성 시스템교에 잠입했을 때 요긴하게 써먹었다. 이보배는 해독제에 이어 각성제도 꼭 필요한 치료제라고 확신했다.

“해독제랑 각성제는 꼭 팔아야겠어요.”

“근데 개업하시면 공무원 할인 됩니까?”

솔직히 그건 곤란했다. 이보배가 어떻게 대답할까 망설이는데 다른 헌터가 와 술잔 든 헌터를 밀어냈다.

“초면에 실례되는 소리 하고 있어. 저기 제 생각에는 말입니다. 혹시 정신 쪽 상태 이상 들어봤는지 모르겠는데 현혹이라고 있거든요. 이게 걸리면 진짜 사람 피 말리는 데…….”

생소한 상태 이상에 이보배가 관심을 보이자 헌터가 신

나서 설명했다. 환각, 환청 증세가 나타나면서 심해지면 피아 식별이 불가능해진다는데 대충 상태 이상 혼란과 비슷했다. 혼란과의 차이점은 현혹을 건 상대의 명령을 듣게 되기도 한다는 것이다.

꽤 위험한 상태 이상이니 치료제가 절실했다. 이보배는 시중에서 현혹 치료제는 파는 걸 보지 못했음을 떠올리고 판매 상품에 추가해야 하나 고민했다.

"그건 아니지. 현혹은 정신력 높으면 버티거든. 그리고 몬스터 상대로 하는 헌터들은 현혹에 거의 안 걸려. 우리나 사람 상대하니까 걸려서 피 본 거지."

현혹의 위험을 토로하던 헌터가 뒤로 밀려났다. 그 자리에 새 헌터가 앉았다. 정신력이 높으면 안 걸린다는 말을 한 사람은 마법사로 추정되었다.

"진짜 위험한 건 마력 탈진입니다. 마력 회복이 느려지고 아무 스킬도 쓸 수 없게 되어요."

"그건 상태 이상이 아니라 네가 스킬 남발한 거잖아. 저리 비켜봐."

결국 이보배는 회의실에 있던 헌터들의 의견을 모두 들었다. 관리국 헌터들의 소중한 의견을 종합한 결과 있는 대로 다 팔라는 결론이 나왔다.

'괜히 들었어.'

직접 상태 이상을 경험한 사람들의 경험담을 듣는 바람

에 모든 상태 이상 치료제 판매가 절실하다는 생각만 확고해졌다.

하지만 그걸 다 제작해서 팔면 이보배는 성장할 수 없었다. 개인적으로 연구할 시간이 부족해지고 기존 레시피대로 제작하기만 급급할 것이다.

"으으."

이보배가 골머리를 앓자 최요한이 수박과 호박식혜를 가져왔다.

"의견이 분분해서 도움이 안 되었나 봐요. 일단 관리국 소속 헌터는 몬스터보다 각성자를 상대하기 때문에 의견이 더 치우쳐져 있다는 걸 염두에 두세요."

최요한이 상냥하게 충고했다. 이보배는 호박식혜를 원샷하고 수박을 철근같이 씹으며 보양식을 먹느라 부족해진 당분을 보충했다.

"큰오빠, 호박식혜 먹어봤어? 맛있어."

"우리 막내."

"왜?"

"둘이 얘기하라고 비켜주니 일 얘기나 하는 우리 막내."

이귀한이 오묘한 미소를 짓고 이보배의 머리를 쓰다듬었다. 장어 소스가 묻어 끈적거렸기 때문에 이보배는 눈살을 찌푸리고 벗어났다.

"호박식혜가 무어냐?"

"아아, 호박식혜란 것은……."

"아. 마리 씨가 오셨네요."

최요한의 말과 함께 회의실 문고리가 돌아갔다. 이보배는 주둥이나 앞발로 문고리를 돌리는 거대 늑대를 기대했지만 문을 열고 들어온 건 사람이었다.

유마리는 평균 체형의 긴 생머리가 어울리는 여성이었다. 늑대에서 사람의 모습으로 돌아온 유마리가 텅 빈 쟁반을 보고 좌절했다.

"거의 다 먹었잖아! 그러니까 그냥 먹겠다고 했잖아요, 과장님!"

"그렇지만 개일 땐 사람이랑 미각도 다를 테고, 후각도 예민하고. 그리고 개한테 양파는 좀 그렇지 않아?"

"개한테 양파가 독이면 그냥 [피독주] 쥐여 주시면 되잖아요! 복어 독엔 중독돼도 괜찮으면서 양파 독은 안 되냐고요!"

"유마리 씨 너무하네. 내가 일부러 유마리 씨 주려고 티본스테이크 남겨뒀는데."

박마노가 인벤토리에서 뼈가 붙은 두툼한 고기를 꺼냈다. 늑대 상태의 유마리에게 주려고 했는지 생고기였다. 유마리가 울상지었다.

"그걸 아까 주셨어야죠!"

"아깐 사슴 뼈 줬잖아. 맛있었지?"

"그거 아껴서 갉아먹다 쿨타임 알림에 정신 차리고 온 거예요."

가엾은 유마리를 위해 박마노가 남겨둔 생고기로 스테이크를 굽기로 했다. 이해기가 선뜻 나서 요리사를 자처했다.

고기가 워낙 두꺼워 익히는 데 시간이 걸릴 것 같았다. 유마리는 생고기는 늑대일 때 자주 먹어 질린다며 웰던을 부르짖었다. 아는 사람들에게 인사한 유마리가 이귀한에게 다가갔다.

"아까는 죄송했어요. 좀 안 좋은 냄새가 나서 예민하게 반응했나 봐요."

"지금은?"

"이 모습이어도 후각은 평범한 사람이나 헌터보다 예민해요. 사실 지금도 조금 나는데 공동묘지 갔다 오셨다니까."

이귀한은 늑대 모습이 아닌 유마리에겐 관심이 없는지 호박식혜를 뜨러 움직였다. 유마리가 이한생에게도 이어 사과했다.

"놀려서 죄송합니다. 놀라시는 모습이 토끼 같아서 조금 자극받는 바람에."

"그게 어떻게 놀린 것이냐! 그건 폭행이었다! 협박이었어!"

"안 때렸어요! 안 물었어요!"

"네 더럽고 냄새나고 축축한 코가 내 다리와 엉덩이에

닿았다! 본인의 위험성을 알고 있다면 제 발로 우리에 들어가 걸어 잠가야 할 것 아니냐!"

"그래서 집에도 못 가고 관리국에서 사니까 좀 봐주세요."

들어보니 유마리의 사연도 이씨 남매 못지않게 슬펐다.

다른 세계에 떨어진 첫날, 숲에서 괴물 늑대를 만나 물렸단다. 평생 쓸 행운을 몰아 써서 간신히 도망쳤지만 늑대 인간이 되어버렸다.

귀환은 다른 세계에 떨어졌을 때처럼 갑작스러웠다. 그립던 원래 세계에 돌아와 가족을 만날 수 있단 기쁨에 젖은 것도 잠시. 유마리는 보름달이 뜬 밤에 늑대가 되어 폭주했다. 관리국에서 한 달 동안 구류되지 않았다면 제 손으로 가족들을 물어 죽였을 것이다.

보름달은 규칙적으로 찾아온다. 그러나 보름달이 뜨는 밤에만 폭주한다는 규칙은 깨질 수도 있고 그 불확실성을 믿기에 유마리는 너무 위험했다. 전염 가능성이 있는 괴물 늑대를 사회에 풀어둘 순 없다.

결국 유마리는 관리국에 취직했다.

'큰오빠는 진짜 특별히 봐준 거였구나.'

관리국에서 괜히 귀환자를 한 달이나 붙잡아두고 관찰하는 게 아니었다. 이보배는 특별히 편의를 봐준 박마노에게 다시 한번 마음 깊이 감사 인사를 올렸다.

"다른 세계 있으실 때도 굉장히 고생하셨겠네요."

"그게 또, 아니란 말이죠."

"네?"

"그쪽 세계엔 약이 있었거든요. 만월늑대병이라고 해서, 보름달 뜬 밤에도 이성을 잃지 않게 해주는 약이 있어서 그거 먹고 집 안에 웅크리고 있으면 되었거든요. 버는 돈은 다 약 사는 데 썼지만 그래도 괜찮았는데 여긴 약도 없고."

"아, 종족이 바뀐 게 아니라 병인 거예요?"

늑대 인간이란 이야기를 들었기 때문에 이보배는 유마리의 종족이 아예 바뀌었다고 생각했다. 그런데 유마리는 병이나 상태 이상이라고 말했다.

"네, 상태 이상란에 대놓고 늑대 인간이라고 나와 있어요."

'좀비 때랑 비슷하네. 원래는 인간이어야 하는데 상태 이상이 걸려 늑대 인간이 되어버린 거구나.'

"상태 이상인 거 알면 뭐 해요, 고칠 수가 없는데. 언제 광포화될지 몰라서 집에도 못 가고."

"보름달이 뜬 밤에만 그러시잖아요."

최요한이 부드럽게 위로했다. 유마리는 풀이 죽어 고개를 저었다.

"영화나 소설 같은 거 보면 보름달 비슷한 거 보고 광포화하는 경우도 있잖아요. 혹시 몰라서 동료 없을 땐 외출

안 해요.”

“특이 케이스인 유마리 씨의 답변이 궁금하네요.”

“뭐가요?”

최요한이 이보배가 B급 연금술사이며 판매 상품을 결정하느라 고민 중이라고 설명했다. 유마리는 깊이 생각하지 않고 단언했다.

“당연히 늑대 인간 치료제죠. 하다못해 그 세계에서 먹었던 약이라도 있으면 좀 안심될 것 같아요.”

“혹시 재료나 제조법은 알고 계세요?”

“약제사들 밥줄인데 알려줄 리 없죠. 저기, 이보배 씨. 초면에 이런 부탁 드리기 미안한데.”

이보배는 긴장했다. 혹시 늑대 인간 치료제를 부탁받으면 어쩌나 싶었다. 정말 원인을 알 수 없는 상태 이상인 데다가 뭘 먹여야겠다고 짐작 가는 것도 없는데 부탁받으면 어쩌나?

다행히 유마리는 개가 아니고 사람이었다. 개 같은 부탁이 아니라 사람다운 부탁을 했다.

“광포 상태 치료제 만들 줄 아세요?”

“네.”

“다행이다! 그럼 그것 좀 잔뜩 만들어서 파시면 안 될까요? 개인 의뢰니까 시세보다 더 드릴게요!”

“제가 지금 개업 준비로 바빠서…….”

"좀 늦어져도 괜찮아요! 과장님 전기치료는 이제 지긋지긋해!"

"유마리 씨, 실망이야. 내가 아니었으면 유마리 씨가 어떻게 늑대 상태로 동료들을 알아봤겠어. 유마리 씨도 고마워했잖아."

"그건 보름달 아닌 날의 늑대일 때죠! 보름달 뜬 밤엔 진짜 불가능하다니까요!"

"유마리 씨, 난 유마리 씨의 가능성을 믿어. 처음엔 늑대일 때 아무도 못 알아보다가 전기치료 좀 받으니까 알아봤잖아. 곧 보름달 뜬 날에도 알아볼 수 있게 될 거야."

이보배는 말로 물어보지 못하고 최요한을 응시했다. 최요한이 시선을 피하고 고개를 끄덕였다.

'복날 개 패듯 팼구나.'

귀환 직후의 유마리는 늑대일 때 아무도 알아보지 못했는데 박마노가 전기치료로 이성과 지성을 돌려주었던 모양이다. 유마리 입장에서 참 고마운 일이겠으나 보름달이 뜬 밤에도 가능할 거라고 치료를 감행하는 게 문제다.

"그것은 저, 폭행이나 동물 학대가 아닐지."

"실제로 효과가 있긴 해요. 광포화 상태일 때도 과장님만 보면 이빨을 감추거든요."

다행히 보름달이 뜬 밤의 유마리에게 광포화 치료제를 쓰면 이성이 돌아왔다. 유마리는 전기치료보단 약물 치료를 받고 싶다고 성토했다.

"근데 파는 곳이 없어요."

"그렇게 없어요? 그럼 약이 듣는 건 어떻게 아셨는데요?"

"과장님은 균열을 솔플하시니까 보상으로 나온 포션을 관리국에 뿌리시거든요. 그때 우연히 하나 나와서 써봤더니 효과가 있더라고요. 근데 아무도 안 팔아요."

유마리가 이보배의 손을 잡았다. 필요하다면 무릎이라도 꿇을 기세였다.

"그러니까 제발 부탁드려요. 더 이상의 전기치료는 정말……."

이보배를 올려다보는 유마리의 눈빛은 치킨을 갈구하는 강아지의 눈빛보다 애절했다. 이런 얘기까지 들었는데 거절하는 건 도리가 아닌 것 같아 이보배는 고개를 끄덕였다.

"그, 그럼 개업하시면 주문 제작 의뢰 넣어주세요."

"진짜요? 감사합니다!"

"마리 씨, 고기 다 구웠어요. 와서 들어요."

유마리가 희희낙락 티본스테이크를 먹으러 달려갔다. 늑대 상태였다면 꼬리에 맞은 사람 뼈가 부러질 기세로 꼬리를 붕붕 휘둘렀을 것이다.

"개업도 안 하셨는데 주문이 들어왔네요. 축하드려요."

"그러게요. 첫 고객님이 벌써 생겨 버렸네. 주문 제작이라……."

"B급 회복 포션을 주 수입원으로 잡으실 거라면 주문 제작만 받으시는 것도 나쁘지 않겠어요. 상태 이상 전문이라고 하면 수요가 있을 거예요."

"그것도 생각 안 해본 건 아닌데 재료 구하기 힘들 것 같아서요. 주문이 계속 바뀌면 재료상 입장에서는 짜증 나지 않을까요?"

"하하, 그럴 리가요. 사계절의 한현우 부길드 마스터에게 소개받기로 하셨죠?"

"네."

"한현우 부길드 마스터의 요구도 거의 맞춰주는데 이보배 씨의 요구는 난이도 '쉬움'일 거예요. 걱정하지 마세요."

"한현우 선생님은 구매량이 많으시니까 괜찮은데 저는 소량 구입이라서요."

"먼저 포기하지 마시고 말은 꺼내보신 후 결정하는 건 어때요? 분명히 괜찮을 거예요."

최요한의 진심 어린 격려가 이보배의 마음에 단비처럼 스며들었다. 이보배는 최요한 앞에서 엄살을 떤 것 같아 볼을 붉히고 고맙다고 말했다.

'전직 암살자면 어때.'

최요한의 중요한 과거사를 본인이 아닌 이해기의 폭로로 알게 되어 평소처럼 그를 대할 수 있을까 걱정되었다.

또 암살자라는 직업 때문에 편견을 가지게 되는 건 아

닐지 염려되기도 했다.

그래서 이보배는 오늘 최요한을 만난 자신이 이전과 같지 않으면 어떡하나 걱정했다. 이귀한이 동생들을 만나도 아무것도 느끼지 못하면 어쩌나 걱정했던 것처럼 이보배도 비슷한 걱정을 했다.

다행히 최요한을 보았을 때 이보배는 아무렇지 않았다. 그게 기쁘고 안심되면서 스스로 생각한 것보다 최요한을 향한 신뢰가 강해 놀랐다.

'아마 먼저 믿어줬기 때문이겠지.'

처음 만났을 땐 몸에 밴 습관이었을지 몰라도 최요한은 내내 일관적인 태도를 고수했다. 이보배를 먼저 생각해 줬다. 지금도 자기 일처럼 이보배의 고민을 들어주고 조언을 해주지 않는가.

"저, 요한 씨?"

"네."

"애플파이 좋아하세요?"

"좋아해요."

"시나몬 때문에 싫어하는 분들이 종종 계셔서 여쭤본 건데 다행이다. 제가 잘하는 집 하나 알아뒀거든요."

이어질 말을 기다리는 최요한의 머리가 작게 위아래로 까딱였다.

"각성자라고 하니까 아이스크림도 포장해 주더라고요.

다음에 드릴 테니 다 같이 나눠 드세요."

최요한의 눈가가 살짝 경련했다. 너무 웃어서 눈가 근육이 혹사당한 듯했다. 이보배는 얕보이는 것도 참 어렵고 힘든 일이라고 생각했다.

이보배가 한현우를 마음속의 스승님으로 모시기 시작한 후 둘은 주기적으로 교류했다. 사적인 얘기가 오가는 건 아니다. 한현우는 주로 이보배의 성장도를 확인했고 이보배는 학습지 검사받는 사람처럼 긴장하며 답변했다.

한현우는 바쁜 와중에도 이보배에게 시간을 내 직접 만나는 친절을 베풀려 했지만 그럴 때마다 이보배가 막았다. 너무 황송하고 미안했기 때문이다.

그런 이유로 이보배가 한현우와 만나는 건 독 내성을 얻은 이후 처음이었다. 재료상이야 양쪽에 연락하는 걸로도 충분히 소개를 마칠 수 있다. 굳이 바쁜 한현우가 직접 소개해 줄 필요 없었다.

'선생님이니까 뭔가 이유가 있겠지.'

한현우는 극한의 효율을 추구하는 동갑 꼰대 아닌가. 분명 자기 나름의 이유가 있어서 부득불 직접 재료상을 소개해 주려는 것일 것이다.

외출 준비를 마친 이보배는 1층으로 내려갔다. 거실에선 이해기가 뱀 인형을 끌어안고 누워서 TV를 시청 중이었다.

신장 180이 넘는 청년이 마찬가지로 사람 키만 한 인형을 안고 거실을 점령하고 있으니 보기 답답했다.

"그러고 있으면 답답하니까 소파에라도 누워. 소파 비었잖아."

"딱딱한 바닥이 아니면 등이 배기더라."

이해기의 정신연령을 감안하면 이해할 수 있는 말이지만 그의 신체 나이는 20대다. 이보배는 툭하면 아재력을 발산하는 작은오빠의 내년 생일 선물을 내복으로 결정했다. 솔직히 받고 좋아할 것 같아서 무서웠다.

"나가니? 현우 만난댔나?"

"응. 재료상도."

"같이 가줄까?"

"괜찮아."

"보배야, 만약에 현우가 저녁 같이 먹자 그러면 먹고 들어오렴."

"진짜 됐거든요."

이보배는 끝까지 아재력을 뽐내는 이해기에게 오늘의 남매 암호를 입수하고 집을 나섰다.

약속 장소는 회사 근처 카페였다. 퇴직한 직장에 자꾸

드나들기 민망했던 이보배로선 참 다행이었다.

이보배는 카페 문을 당기려고 손을 뻗었다. 그녀의 손보다 한발 앞서 그녀의 뒤에서 튀어나온 손이 문을 열었다. 이보배는 뒤를 돌아보고 인사했다.

“안녕하세요. 지금 오셨어요?”

“네, 지금 막 도착했습니다.”

이보배의 뒤에서 문을 연 한현우가 그녀가 편히 들어갈 수 있도록 문을 잡았다. 이보배는 잰걸음으로 카페로 들어갔다. 한현우는 오늘도 멋지게 차려입었다.

‘생각해 보면 늘 잘 입었구나.’

노점에서 산 중고 군복 입고 거실을 뒹구는 이해기를 보고 나와 오늘따라 더 잘 차려입은 것으로 느껴진 모양이다. 한현우는 균열의 날 이전에 단정하게 입고 다니던 이해기와 비슷했다.

앞서 카페에 입성한 이보배가 내부를 돌아보자 한현우가 이보배를 분리된 공간으로 이끌었다.

“이쪽입니다. 조진호 씨는 이미 도착했습니다.”

재료상이 이미 도착해 기다리고 있다는 말에 이보배는 걸음을 빨리했다. 재료상 조진호는 안면이 있는 한현우와 인사한 후 이보배와도 인사를 나눴다.

이보배는 조진호의 명함을 받아 명함 지갑에 챙겼다. 다과를 주문한 후 바로 일 얘기가 시작되었다.

"포션 상점을 개업하신다고 전해 들었습니다."

"네, 포션 상점 겸 공방을 운영하려고 합니다. 판매보단 개인 연구를 하는 겸사겸사 가게를 여는 거라 주문량은 이 정도밖에 안 되는데 괜찮으실까요?"

이보배는 가게에서 판매할 B급 회복 포션의 재료와 수량을 적은 표를 건넸다. 조진호는 바로 고개를 끄덕이고 견적을 냈다.

"네, 가능합니다. 이것보다 더 적은 양을 주문하는 고객도 계시니 신경 쓰지 않아도 괜찮습니다. 공급가는 변동 가능성이 있지만 평균적으로 이 정도입니다."

"와, 마력초가 이렇게 싸요?"

물약을 종류별로 제작해 보느라 울며 겨자 먹기로 비싼 재료를 구매했던 이보배가 어금니를 악물었다.

"대량 재배에 성공해 품질은 균등하고 물량 공급도 안정적입니다. 물론 균열 내에서 채집한 마력초만 쓰겠다고 우기는 고객분도 계십니다."

한현우가 갑자기 고개를 돌리고 먼 산을 바라봤다. 극한의 효율을 추구하는 그도 자연산과 양식이 있으면 자연산이 좋았나 보다. 누가 뭐라고 하지 않았는데 한현우가 변명했다.

"저는 그저 균열에서 자생한 마력초가 포션에 미치는 영향을 비교해 보려고 우선 구매하는 것뿐입니다."

"현재까지 연구 결과는 어떤지 여쭤봐도 되겠습니까?"

"저도 궁금해요."

만약 차이가 있다면 채집한 마력초의 가격이나 선호도가 지금보다 더 오를 수 있다. 한현우는 얼굴을 붉히고 진실을 고했다.

"차이 없었습니다."

"아하."

"부길드 마스터께서 연구 결과를 발표하시면 마력초 가격이 안정화될 것 같습니다만."

"이런 연구는 최소 10년을 지켜봐야 합니다. 그 전엔 공개할 생각 없습니다."

포션은 와인이 아니다. 10년을 묵혀봐야 유통기한이 지나 맹물로 돌아간다. 인벤토리에 수납해 두면 시간이 지나지 않아 10년을 지켜보는 의미가 없다.

한현우의 변명은 실로 비겁한 변명이었지만 이보배와 정보상은 웃고 넘겼다. 이 자리의 절대 갑을 놀리는 건 이 정도 선에서 그치는 게 딱 좋았다.

"그럼 소량을 단기적으로 추가 주문하는 것도 받아주시는 건가요?"

"네, 말씀하십시오."

"제가 개인 주문 제작을 받으려고 합니다."

"저희 거래처가 대부분 농장이라 재배 불가능한 재료는

제공이 어려울 수 있습니다. 그건 따로 의뢰하셔야 할 겁니다. 가능한 데까지 해보겠습니다."

"와, 정말요? 감사합니다. 수량이 적어서 안 된다고 하면 어쩌나 고민했는데."

개인 주문 제작을 받겠다는 얘기는 한현우에게도 하지 않았다. 이보배는 한현우가 부정적인 반응을 보일까 봐 곁눈질했다. 한현우는 평소의 냉철한 눈빛을 빛낼 뿐 아무 반응도 하지 않았다.

재료상 조진호는 다음 고객을 만나야 한다며 먼저 자리를 떴다. 이보배는 남은 커피를 홀짝였다.

"좋은 분 소개해 주셔서 감사합니다. 정말 이 은혜를 어떻게 갚아야 할지 모르겠어요. 제가 큰 도움을 드리진 못하겠지만 필요하시면 언제든 불러주세요."

"뵙자고 할 땐 늘 거절하시더니……."

"바쁘신 거 아는데 별거 아닌 일로 시간 뺏을 수야 없죠."

한현우가 매우 울적한 표정을 지었다. 이보배는 자신이 말실수했나 싶어 했던 말을 점검했다.

'별말 안 했는데?'

"바쁘신데 저 때문에 돌아가지 못하시는 거라면 전 괜찮으니까 먼저 가세요."

"아니요, 그렇지 않습니다."

한현우가 몇 모금 마시지 않은 차를 단번에 마시더니 커피를 추가 주문했다. 한현우는 빈 찻잔 표면을 더듬더니 불쑥 이야기를 꺼냈다.

"개인 의뢰라면 회복 포션에 부가 기능을 맞추실 계획이십니까?"

"상태 이상 쪽을 생각하고 있어요."

"상태 이상 치료제라. 괜찮은 생각입니다. 실제로 아직 치료제가 나오지 않은 상태 이상도 있습니다. 이보배 씨 같은 뛰어난 연금술사가 그쪽에 매진하신다면 저희 쪽에서도 안심이 됩니다."

사계절 길드는 적극적으로 균열을 공략하는 대표적인 길드다. 한현우의 입에서 익숙하지 않은 상태 이상과 치료제가 줄줄이 튀어나왔다. 이보배는 자세를 바르게 하고 경청했다.

"처음 보는 상태 이상이 등장한 균열엔 나름의 규칙이 있습니다."

"어떤 건가요?"

"균열 공략 보상으로 반드시 그 상태 이상 치료제가 나온다는 것입니다. 성분 분석은 불가능하지만 치명적인 상태 이상일 경우 급한 불을 끌 수준은 됩니다. 저만 해도 독보다 상태 이상 치료제 제작에 힘써야 한다는 의견을 종종 듣기 때문에 이보배 씨가 나서주신다니 무척 든든합니다."

"아휴, 제가 뭐라고."

이보배는 만년 전교 1등에게 공부 잘한다는 소리를 들은 것 같아 발가락을 꼼지락거렸다. 한현우는 연신 진지했다.

"엘릭서를 제작하려면 다양한 상태 이상을 접하는 게 좋겠죠. 그걸 개인 의뢰로 해결하시다니 발상이 뛰어나십니다. 진심으로 존경합니다."

"아뇨아뇨! 저 정말 한 선생님에 비하면 하찮은 잡졸이에요! 한 선생님이야말로 그렇게 뛰어나시면서 후학 양성까지 신경 쓰시잖아요. 진심으로 존경해요!"

누가 본다면 동갑끼리 잘들 논다고 평했을 것이다. 다행히 격리된 별실이라 그런 걱정은 하지 않아도 괜찮았다.

이보배가 두 주먹 불끈 쥐고 한 선생님에 대한 존경심을 토로하자 한현우가 이보배의 손을 잡았다.

"제발."

"네?"

"제발 한 선생님은 버려주십시오. 간곡히 부탁드립니다."

부탁하는 한현우의 표정이 너무 절실해 보였다. 이보배는 덩달아 진지하게 얼굴 근육을 굳히곤 고개를 끄덕였다.

'진짜 싫은가 보네. 앞으론 말실수하지 말아야지.'

물론 한현우는 이보배의 안에서 존경하는 한 선생님일 것이다. 앞으로도 계속.

한현우가 추가 주문한 커피는 뜨거웠기 때문에 그는 천

천히 식혀 마셨다. 이보배는 그와 근황을 주고받다가 유마리에 관한 이야기를 화제 삼았다. 한현우는 유마리에 대해 알고 있었기 때문에 이야기는 숨길 것 없이 쉽게 이어졌다.

"저 개인적으론 흥미가 있습니다만 거절당했습니다."

"거절하신 게 아니라 거절당하셨다고요?"

"네. 개인적으로 늑대 인간의 전염성에 흥미가 있습니다. 물렸을 때와 할퀴었을 때 어느 쪽이 늑대 인간으로 발현할 가능성이 높은가. 만약 물렸을 때라면 상대를 늑대 인간으로 바꾸는 독성은 어디에서 기인하는가. 뱀처럼 이빨에 독샘과 연결된 독니가 있는가, 아니면 침이나 혈액이 문제인가, 또는 마력이 관여하는가. 늑대 인간은 인간에게만 전염되는가."

듣고 보니 이보배도 궁금했다. 연구할 거리가 무궁무진했다. 한현우는 아쉽다는 듯 펼쳤던 손을 쥐었다.

"그런 얘기를 했더니 실험체가 되는 건 싫다고 저를 피하시더군요."

"음……. 이해가 갈 듯 말 듯."

"동물 실험은 전기치료로 충분하다고 하시는데 개인적으론 그것도 굉장히 궁금합니다."

한현우가 눈을 초롱초롱 빛냈다. 이보배는 어쩐지 독 먹은 것처럼 기분이 안 좋아졌다.

"박 과장님의 전기치료를 귀환한 후 계속 받고 있잖습니까. 슬슬 〈전격 내성〉을 습득할 거라 예상하는데 이보배 씨는 어떻게 생각하십니까? 만약 〈전격 내성〉이 생긴다면 각종 내성을 습득하는 방법이 확실해지는 겁니다."

한현우는 각종 내성 스킬의 습득법이 〈독 내성〉 습득법과 동일할 경우 길드 차원에서 내성 스킬 습득을 지원할 거라는 포부를 밝혔다.

이보배는 말리려다가 그만뒀다. 그녀가 말리지 않아도 빙제나 다른 부길드 마스터들이 알아서 말려줄 것이다.

뜨거운 커피도 미지근하게 식고 커피잔도 바닥을 보였다. 이보배와 한현우는 자리에서 일어났다.

한현우는 들어올 때처럼 문을 열어 붙잡고 이보배를 우선했다. 이보배는 문 앞에서 유독 매너가 빛을 발하는 한현우에게 고개 숙였다.

"오늘 정말 감사했습니다."

"별말씀을요. 혹시……."

"애플파이 좋아하세요? 여기 바로 옆에 맛있는 애플파이 파는 가게가 새로 생겼더라고요."

"정말 좋아합니다."

한현우의 표정이 밝아졌다. 이렇게 밝게 웃는 모습은 몇 번 본 적 없기에 이보배도 덩달아 기분이 좋아졌다.

"다행이다! 정말 좋아하시나 봐요. 여기요. 가져가서 드세요."

이보배는 인벤토리에서 애플파이와 아이스크림을 꺼내 한현우에게 건넸다. 한현우가 어정쩡하게 미소를 유지하고 파이를 받았다.

"저번에 아는 동생."

이보배는 자신을 잘생긴 동생이라 칭한 김율이 떠올라서 피식 웃고 말을 정정했다.

"아는 잘생긴 동생이랑 가서 먹어봤는데 정말 맛있더라고요. 아이스크림 꼭 얹어서 드세요."

한현우가 허탈한 표정으로 애플파이와 이보배를 번갈아 보았다. 아까와 표정이 180도 바뀌어 이보배는 당황했다.

'뭐지? 사실은 안 좋아하나?'

"안 좋아하시면 편히 알려주세요."

"그게 아닙니다. 정말 감사합니다."

한현우가 평상시의 냉철한 얼굴로 돌아오더니 헛기침했다.

"크흠, 혹시 괜찮으시면 제 연구실에라도 가셔서 같이 드시겠습니까?"

"저요? 전 정말 괜찮아요. 집에 가서 먹을 것도 샀거든요. 저번에도 사 갔는데 막내 오빠가 자기는 조금밖에 못 먹었다고 어찌나 징징거리던지……."

이보배는 한현우와 몇 발짝 거리를 벌리고 허리를 숙여 인사했다. 한현우가 파이를 인벤토리에 수납하고 거리를 좁혔다.

"댁까지 바래다 드리겠습니다. 회사 주차장에 가면 차가 있으니까 조금만 기다리시거나, 아니면 같이 가시죠."

"그럴 수야 없죠. 버스 한 번이면 바로 가고 밤도 아닌걸요. 조심히 들어가세요!"

이보배는 몸을 돌리고 걸음을 재촉했다. 미적거리면 한현우의 친절과 호의에 기대 버릴 것 같았다.

'자립하는 훌륭한 제자 겸 후배가 되어야지.'

버스엔 운 좋게 빈자리가 있었다. 이보배는 의자에 앉아 앞으로의 일정을 검토했다.

'재료는 주문하면 되고, 그래도 개업하는데 순식간에 다 팔면 좀 그러니까 회복 포션 물량을 넉넉하게 뽑아야겠다. 오늘부터 작정하고 제작하면 되겠지? 신고랑 등록 마쳤고, 부동산도 계약했고, 인테리어 공사만 끝나면 진짜 개업이구나.'

내내 와닿지 않더니 불현듯 현실감이 몰아쳤다. 직접 나서야 하는 일과 골치 아픈 일의 대부분을 아라크네에게 의뢰한 덕분이다.

'진짜 개업하는구나.'

5년간 몸담았던 회사에서 퇴직하고 여러 날이 지났다. 이룬 것, 손에 쥔 것 없이 어영부영 시간만 흘려보낸 줄 알았더니 그래도 지나고 나니 다 추억이었다.

'좀비랑 수술대 빼고. 아, 균열도 빼야지. 독 내성 수련도.'

이것저것 제하고 나니 추억거리는 별로 남지 않고 집에서 뒹군 일만 남았다. 하지만 집에서 허송세월 보내는 그 나날이야말로 가장 소중한 일상이었다.

누군가에겐 마지막까지 인간성을 유지하게 해준 귀중한 일상.

다른 누군가에겐 과거로 돌아오면서까지 누리고 싶어 한 소중한 일상.

또 어떤 누군가에겐 이제 막 적응하기 시작한 새로운 일상.

이보배는 부드러운 미소를 지었다. 언제까지 이 일상이 유지될진 모르겠지만 가능한 한 오래 지속되길 바랐다.

"나 왔어."

이보배가 귀가하자 거실 바닥에서 퇴거하지 않은 이해기가 대놓고 언짢은 표정을 지었다.

"진짜 밥 안 먹고 왔구나."

"뭐, 저녁 하기 귀찮아서 그래? 내가 할게."

"그게 아니다. 오빠가 기억을 정리해 봤는데 아무리 생각해도 현우가 너에게 관심이 있어."

"진짜! 됐거든! 난 작은오빠처럼 김칫국 안 마셔!"

김칫국을 마시진 않고 통째로 들이부었었다. 이보배는 찔리는 구석이 있어서 과하게 짜증 냈다. 소파에 누워 게임하던 이귀한이 나지막이 이해기를 불렀다.

"둘째야, 너나 잘하거라."

"아니, 진짜라니까. 내가 직접 봤어. 그땐 몰랐는데 돌아와서 생각해 보니까 맞는 것 같단 말이지."

"진짜든 아니든 걔는 내 픽이 아니야. 내 픽은 요한이다!"

"최요한은 정말 안 돼."

쌀을 씻던 이보배는 쌀알이 으스러져라 꽉 쥐었다. 애틋한 마음 좀 먹고 가족애를 충전하고 돌아오니 오빠들이 쓸데없는 걸로 설전을 벌였다.

"큰오빠 작은오빠, 제발. 내 몇 안 되는 소중한 인맥 파탄 내지 말아줄래."

티격태격 다투면서 노는 것 자체는 괜찮은데 이 주제가 외부에 발설될까 두려웠다. 밖에 퍼지는 순간 이보배의 사회생활은 종 친 것이나 마찬가지였다. 종은 종류가 많은데 무슨 종이냐고?

만종이다. 이보배의 인생에 볕 하나 들지 않는 캄캄한 밤이 시작되는 것이다.

"흥, 돼지가 돌아오니 악마와 사기꾼이 하찮은 일로 싸우는구나."

기존의 이한생은 이 싸움에 끼지 않았다. 무시하고 지나치거나 옆에서 간식을 먹으며 관람했다. 그러나 오늘의 화르세인지는 어제의 망나니가 아니었다. 화르세인지 드 체키빙 공자는 본인 또한 매제 후보를 선정했음을 만천하에 공표했다.

“쓸데없는 다툼은 그만두거라. 내가 정한 녀석이 가장 낫느니라.”

“누군데?”

“시스템교 모임에서 본 사람이라고 하면 앞으로 한 달간 외출 금지다.”

이귀한은 순수하게 궁금해했고 이해기는 눈을 부라렸다. 이한생이 당당하게 말했다.

“김율이란 자니라. 아주 잘생겼다. 인물은 누구보다 빼어나다.”

“현우 제대로 본 적도 없으면서 그렇게 당당하기냐. 어디서 어떻게 봤는데? 진짜 얘보다 잘생겼어?”

이해기가 인터넷에서 한현우를 검색해 사진을 보여줬다. 이한생이 콧방귀를 뀌었다.

“압승이군.”

“최요한은? 걔보다도?”

“상대할 수준이 안 된다.”

이한생은 본인 얼굴이 제일 잘생기기라도 한 것처럼 기세등등했다. 실제로 본인이 삼형제 중 가장 잘생겼다고 우기기도 했다.

“그렇게 잘생겼단 말이야? 배우인가. 동네 사람이면 한

번쯤 봤을 텐데."

"정말 잘생겼느니라. 상대가 안 된다."

이해기는 배우를 검색하다가 잘생긴 배우 사진을 들이밀었다.

"이 사람보다도 나아?"

"그렇다!"

"이 새끼가 어디서 남자 나오는 꿈을 꾸고 왔나, 왜 헛소리를 하지."

어떤 미남 배우를 보여줘도 그것보다 잘생겼다는 대답이 돌아오자 이해기가 계속 허들을 높였다. 굴복하지 않는 이한생 때문에 이해기는 혼란스러워했다.

"내가 본 사람 중에 제일 잘생긴 건 아라크네인데……."

"아는구나! 그자다! 하하, 사기꾼 너도 동의한 것이다!"

자신이 미는 매제 후보의 외모를 인정받은 화르세인지가 제 일인 양 기뻐했다. 이어지는 이해기의 말에 이보배의 손에서 주걱이 떨어졌다.

"한생이 네가 아라크네 얼굴을 어떻게 알아?"

"아, 아앗, 그것은 말이다."

화르세인지의 얼굴이 사색이 되었다. 부엌에서 밥을 휘젓던 이보배의 얼굴도 새파랗게 질렸다.

"보배야, 이게 어떻게 된 건지 아니?"

이해기가 서글서글하게 웃는 얼굴로 주방에 들어왔다.

그 얼굴은 시체가 벌떡 일어나던 것만큼 무서웠지만 진짜 무서운 건 따로 있었다.

"막내야, 셋째야, 이리 온."

땅이 흔들리고 새들이 비상했다. 형광등이 점멸하고 인간의 영혼을 자극하는 끔찍하고 불길한 기운이 집을 감쌌다. 이한생이 상극인 마기를 견디지 못하고 구역질했다.

"빨리 온!"

기운은 삽시간에 걷혔지만 분노는 사라지지 않았다. 편애받는다고 늘 유리한 건 아니다. 이보배는 분노를 경감하기 위해 삼보일배하며 거실로 이동했다.

그날 이보배는 눈물 젖은 비상식량에 이어 눈물 젖은 애플파이를 씹어 삼켜야 했다.

외전 7. 꿈

평화로운 주말 오전, 이보배는 소파에 누워 발을 까딱였다. TV에선 재미없는 프로만 나왔고 친구들과 하는 문자도 별 재미를 느끼지 못했다.

'괜히 일찍 일어났어.'

가끔 그런 날이 있다. 누가 깨우거나 알람이 울리지 않았는데 저절로 눈이 뜨이는 그런 날이.

이보배는 괜히 침대에서 일어났다며 투덜거렸다.

화단을 꾸미기 위해 분주히 움직이던 이보배의 어머니가 그런 이보배를 발견했다.

"보배야, 일어났으면 엄마랑 아빠 꽃 심는 것 좀 도와줘."

"손에 흙 묻으니까 싫어."

"흙 묻으면 씻으면 되지."

"알겠어. 그럼 귀찮으니까 싫어."

"애는 누굴 닮아서 이렇게 게으른지 몰라."

"엄마 아빠?"

"우리 집에 게으름뱅이는 너 하나란다."

"그래서 안 예뻐?"

이보배는 손을 턱 아래 받치고 고개를 갸웃거렸다. 어머니는 못 말린다는 듯 웃으며 이보배의 볼을 살짝 꼬집었다.

"세상에서 제일 예쁘지, 우리 공주님."

이보배는 쏟아지는 사랑을 당연하게 누렸다. 가끔은 귀찮을 때도 있었다.

어머니는 정원으로 나갔고 이보배는 다시 혼자 남았다. 툴툴거리며 리모컨으로 채널 변경하던 이보배는 나가는 이해기를 불렀다.

"작은오빠 나가?"

"응, 친구랑 공부하기로 했어."

만년 전교 1등이니 가고 싶은 대학이야 수시로 갈 수 있을 텐데 이해기는 수능 공부에도 열성이었다. 공부에 흥미 없는 이보배로선 이해하기 힘든 사고방식이었다.

"형은?"

"나도 못 봤는데."

"또 외박한 거야? 형도 참 놀기 좋아한다니까."

이해기가 혀를 내두르고 집을 나갔다. 이보배는 심심한

김에 이귀한에게 문자 했다.

[큰오빵, 오늘 와?]

[모르겠는데.]

[집에 와랑.]

[왜? 아빠가 카드 자르신대?]

[아니, 내가 심심하니까.]

[합법 군 면제는 모르겠지만 입대 앞둔 사람은 뼈와 살을 불살라 놀 의무가 있어.]

이보배가 이후로 몇 번 더 문자를 보냈지만 답신은 오지 않았다. 이보배는 입술을 삐죽였다. 정말 할 것 없이 심심한 주말 아침이었다.

심심한 대신 평화로운 거실 분위기를 깬 건 주방에 가기 위해 방에서 나온 이한생이었다. 이보배는 이한생과 눈이 마주치자마자 얼굴을 찡그렸다. 그건 이한생도 마찬가지였다.

"뭘 봐, 못생긴 돼지 새끼가."

"그러는 지는. 보자마자 시비 걸고 지랄이야."

남매는 동시에 서로에게 중지를 날렸다. 이한생을 집에서 본 건 오랜만이었지만 이보배는 막내 오빠가 며칠 만에 돌아왔는지 관심 없었다.

물을 마신 이한생이 자신의 방으로 돌아갔다. 이보배는

리모컨을 꾹꾹 누르며 흉악 범죄 뉴스를 본 사람처럼 툴툴거렸다.

"어휴, 양아치 새끼. 인생 저렇게 살면 안 되는데. 엄마 아빠는 왜 저 새끼 용돈을 안 끊는 거야? 그럴 돈 있으면 나 주지."

꼴에 학교는 결석하지 않는 게 신기했다. 이보배는 채널을 돌리다 막 시작한 공포 영화를 발견하고 채널 방랑을 마쳤다.

영화 속 주인공은 살인마가 등장하자 비명을 지르며 주저앉았다. 이보배는 발을 까딱이며 혀를 찼다.

"그냥 도망가면 될 걸 왜 저래? 진짜 웃긴다."

어디 맞지도 않았으면서 쩔쩔매는 주인공이 이보배 보기엔 그저 우스웠다. 주인공의 공포에 이입하지 못하니 영화도 재미없었다. 이보배는 하품을 하다가 결국 눈을 감았다. 영화 속 배우의 비명을 자장가 삼아 천천히 잠들었다.

잠든 이보배를 깨운 건 날카로운 비명이었다. 이보배는 깜짝 놀라 덜 깬 눈으로 TV를 보았다. 영화는 이미 끝나 광고가 나오고 있었다.

"방금 뭐였지?"

이보배는 바깥이 소란스럽다 여기고 현관으로 걸어갔다. 문을 열려는데 다시금 끔찍한 비명이 들렸다. TV나 집 안이 아니라 집 밖에서.

"꺄아아악!"

"도망쳐!"

비명을 들었을 때 이보배는 이미 현관문을 열고 난 뒤였다. 현관문이 매끄럽게 열리면서 피로 물든 정원이 드러났다.

귀신이나 괴물, 살인마가 있으면 조용히 입 다물고 밀실에 숨으면 되잖아. 이보배는 종종 말하던 건방진 입버릇을 잊고 그녀도 모르게 입을 열었다.

"엄마? 아빠?"

"보배야, 나오지 마! 문 잠가!"

숨으라고 외치던 아버지의 목소리가 중간에 끊겼다. 가래 끓는 소리는 이내 질척이는 소리로 바뀌었다. 이보배는 핏기가 가신 얼굴로 다시 말했다.

"엄마? 아빠?"

이보배는 바닥에 달라붙은 발을 질질 끌어 억지로 걸었다. 신선한 혈향은 꽃을 옮겨 심기 위해 판 화단의 흙과 비료 냄새를 압도했다. 지나치게 신선해 역겹단 생각도 들지 않았다. 이보배는 덜덜 떨면서 계속 부모를 불렀다.

"어, 엄마. 아빠."

머리로는 더 가선 안 된다는 걸 아는데 몸이 마음대로 움직였다. 부모님의 비명이 들린 곳은 벽에 가려 보이지 않았다. 이보배는 다리를 질질 끌고 가 천천히 고개를 돌렸다.

태어나서 처음 보는 괴물이, 꿈에 볼까 무서운 괴물이 거기 있었다. 이보배의 몸은 공포에 굴복했다.

비명이 나오려는 입과 괴물의 아래에 있는 부모님에게로 향하는 눈을 뜨거운 손이 막고 가렸다.

"닥쳐, 바보야."

이보배는 비명을 안으로 삼키고 꺽꺽 울었다. 눈가를 가리던 손이 떨어졌다.

"천천히, 조용히 뒤로 걸어. 저긴 보지 말고."

항상, 닿을 때마다 진저리치던 이한생의 손이 이보배를 강하게 끌어안았다.

이보배는 이한생에게 이끌려 뒷걸음질 쳤다. 다리는 여전히 움직이지 않았다. 다리가 바닥에 질질 끌리는 소리에 남매에게서 등을 돌린 채 부모의 시체를 유린하던 괴물이 갑자기 고개를 돌렸다.

"꺄아아악!"

이보배는 멍청하게 비명을 질렀다. 하이톤의 비명이 눈앞에 있는 괴물은 물론이고 주위에 있던 다른 괴물도 자극했다.

"멍청아!"

이한생이 이보배의 손을 잡고 달렸다. 어디로 달리는지, 어디로 가고 있는 것인지 이보배는 하나도 인식하지 못했다. 땅에 달라붙은 다리를 억지로 떼었다가 제 다리에 걸려 넘어졌다. 그런 이보배를 이한생이 두 손으로 잡아당겨 질질 끌었다.

괴물이 다가왔다. 강한 이명 때문에 이보배는 아무 소

리도 듣지 못했다. 세상을 잠식한 삐- 소리와 거칠게 뛰는 심장 박동이 그녀가 들은 소리의 전부였다.

땀과 피에 젖은 뜨거운 손이 이보배의 눈을 가렸다. 철없고 재수 없던 이보배의 세계는 그렇게 암전했다.

이보배는 눈을 떴다. 균열의 날이 꿈에 나오는 건 오랜만이었다. 눈뜨자마자 꿈인 걸 알았지만 불안한 가슴은 진정되지 않았다.

이보배는 슬그머니 방을 나가 막내 오빠의 방문을 열었다.

슬라임 침대에 누운 이한생이 햄스터 인형을 끌어안고 자고 있었다.

이보배는 계단을 내려갔다. 작은오빠의 방문을 열자 이해기가 바로 눈떴다. 이해기가 상체를 일으키자 옆에 누운 뱀 인형 꼬리가 흔들렸다.

"무슨 일이니?"

"그냥, 잘 자나 궁금해서."

"잠이 안 오면 옆에 있어줄까?"

"아냐, 그냥 물 마시러 내려온 김에 열어봤어."

이해기는 이보배가 거절하자 더는 묻지 않았다. 이보배는 작은오빠의 방문을 조용히 닫고 큰오빠의 방문을 열었다. 이귀한은 자지 않고 침대에 누워 핸드폰 게임을 하고 있었다.

"큰오빠, 안 자?"

"8시간 잘 지키고 있어."

"오늘 낮엔 낮잠 못 자는 거 알지?"

"막내는."

왜 안 자냐는 질문이 나올 줄 알았는데 아니었다.

"악몽 꿨구나."

"어떻게 알았어?"

"악몽도 나의 영역이니까."

이 세상 모든 악하고 삿된 것들은 제 관할이라며 이귀한이 씨익 웃었다. 이보배는 절로 슬픈 미소를 지었다. 이귀한이 안고 있던 강아지 인형의 앞발로 이보배의 이마를 토닥였다.

"이제 안 꿀 거야. 계속 자도 돼, 막내야."

"고마워. 큰오빠도 게임 그만하고 자."

이보배는 가끔 생각한다. 이해기가 조금 더 과거인 8년 전으로 회귀했으면 어땠을까. 회귀자의 가호로 부모님은 돌아가시지 않고 이한생도 식물인간이 되지 않았을 것이다. 미래를 아는 회귀자의 품에서 안락하게 자란 이보배는 지금의 이보배와 많이 다르겠지. 24살이나 되어서도 여전히 철없고 재수 없고 싸가지가 없을지도 모른다.

실종 전의 이귀한은 이보배가 갑자기 철든 것이 섭섭하

고 미안하다고 말했었다. 들을 당시엔 그게 무슨 뜻인지 몰랐는데 이제는 안다. 상실로 학습한 동생이 안타까웠던 것이다.

이보배는 방으로 돌아가 이불에 누웠다. 베개에 얼굴을 붙이고 눈을 감아도 무섭지 않았다.

언제 잠들었는지도 모르게 곤히 잠든 그녀를 알람이 깨웠다. 아침 7시. 이보배는 아직 아무도 일어나지 않은 걸 보고 쓴웃음을 지었다.

"이젠 엄마 딸이 이 집에서 가장 부지런하다니까."

이보배는 슬쩍 제 볼을 꼬집었다.

이보배는 퇴사 1년 만에 열게 된 개인 공방 앞에서 감동의 눈물을 흘렸다.

"흑흑, 엄마 아빠. 저 사장 됐어요."

사실 1년은 과장이고 10개월이 걸렸다. 다만 쳇바퀴 돌아가듯 늘 똑같던 5년에 비하면 지난 1년은 참 파란만장했다. 그래서 더욱 감회가 새로웠다.

서울 외곽, 재개발 진행 여부로 주민들이 다투던 오래된 건물과 구옥이 대부분이었던 노후한 동네. 인근 지역이 침식되면서 집값이 떨어지고 재개발도 전면 취소되어 서울이라는 이름 하나만 간신히 달고 있는 곳이다.

도시 계획이 없던 시절 지어져 좁은 골목길이 복잡하게 얽혀 있는 마을에서 그나마 큰길이라고 할 만한, 하지만 도로라고 하기엔 어정쩡한 곳에 있는 상가 건물의 작은 1층 점포. 이곳이 이보배의 공방이자 가게였다.

〈보배 공방〉

이보배는 간판을 보며 눈물을 주룩주룩 흘렸다. 좀 촌스럽다고 생각했지만 이것 말곤 생각나는 상호명이 없었다.

"으헝헝, 평생 개업 못 하는 줄 알았어."

각성 시스템교에 다녀온 걸 오빠들에게 들키는 바람에 이보배는 하마터면 공방을 못 차릴 뻔했다. 다시는 그런 위험한 짓을 하지 않겠다고 싹싹 빈 끝에 쟁취한 가게다.

가게는 인테리어 공사가 이제 막 끝나 텅 비어 있었다. 그런 가게에 장정 셋이 흙발을 들였다.

"텅 비었네?"

"흠, 인테리어가 어째 좀."

"왜 이렇게 작느냐?"

"막내야, 개업 떡은? 돼지머리는? 돼지머리!"

"청소했다는데 먼지가 많구나. 다시 청소해야겠다. 이래서야 손님들 맞이하기 부끄럽잖니. 그런데 인테리어가……. 보배야, 이게 정말 최선이었니? 내가 미래에 유행하는 인테리어를 알려줄 걸 그랬나."

"여긴 무엇이냐? 아, 창고로군. 여기는? 아, 화장실. 에에에, 에취!"

큰 새끼는 돼지머리 타령에 작은 새끼는 인테리어가 촌스럽다고 트집 잡았다. 망나니는 여기저기 휘젓고 다니면서 문을 열어보더니 먼지가 인다고 기침했다.

"청소할 거니까 안 도와줄 거면 나가."

이보배는 고무장갑을 꼈다. 이해기의 말대로 한 번 더 청소한 후 상품을 진열해야 했다. 카운터에 있는 카드 리더기가 잘 작동하는지 확인도 해봐야 하고 그 외에도 해야 할 게 산더미였다.

'다들 올지 안 올지 모르겠지만 청소는 해야 해.'

사실 오늘은 정식 오픈일이 아니라 가오픈 날이다. 정식으로 오픈한 후 지인들을 초대하면 여러모로 귀찮은 일이 생길 것 같아 지인들에게만 미리 알렸다.

다들 쟁쟁하고 한가락 하는 바쁘신 분들이라 올지 안 올지 모른다. 하지만 아는 사람들이기에 더욱 이 너저분한 가게를 보여줄 수 없었다.

이해기가 따라서 고무장갑을 꼈다. 이보배는 청소할 생각 없는 이귀한과 이한생을 내쫓았다.

"청소 안 할 사람은 집에서 대기해 주세요. 쉿쉿."

"엥, 싫어. 나 막내 구경할래."

"돼지와 사기꾼이 청소하는 것을 감독하도록 하마. 내

게 감독받는 걸 영광으로 알도록 하여라."

"그럼 큰오빠는 물티슈 들고 선반이라도 닦아줘."

이보배는 이귀한에게도 고무장갑을 건넸다. 그리고 체키빙 공자에겐 중대한 임무를 맡겼다.

"막내 오빠는 여기 뭐 생겼냐고 물어보는 사람에게 대답해 줘."

마트와 편의점 외엔 장사가 안 되어 그나마 있는 상가도 주거용으로 세를 주는 동네였다. 인테리어 공사를 할 때부터 궁금해하는 사람이 제법 있었다.

실제로 이보배가 부탁하기 무섭게 동네 주민이 기웃거렸다.

"공사 다 했네. 여기 뭐 생겨요?"

"신의 축복을 받지 않은 자들은 발 들일 수 없는 곳이니 신경 끄거라."

"어, 사남매네 셋째 총각이네. 시스템교 지부 생기는 거야? 구역 확장?"

동네 주민이 이한생을 보고 엉뚱한 오해를 했다. 이보배는 고무장갑 낀 손으로 이한생의 뒷덜미를 잡아 밀친 후 자신이 나섰다. 뒤에서 항의하는 망나니는 무시했다.

"아하하, 오해세요. 포션 공방이에요. 비각성자 판매 허가는 못 받아서 각성자에게만 판매합니다."

"포션이면 거 헌터들이 자주 다니는 동네나 헌터 거리,

그런 데 내야 하는 것 아니에요? 왜 이 동네에."

"거기는 월세가 비싸서요. 그리고 주문 제작이랑 단골 위주로 판매할 예정이라 괜찮아요."

설명하는 이보배의 뒤통수에 걸레가 작렬했다. 망나니가 치를 떨었다.

"감히 걸레 만진 더러운 손으로 나를 만진 후 무시하다니!"

동네 주민의 얼굴에 3초 동안 안쓰러움이 나타났다가 사라졌다.

"하긴, 오빠들이 저래서 멀리 출근하기 걱정되겠네. 여기는 집도 가깝고요."

"아하하. 네, 그렇죠."

얼굴도 낯선 동네 주민이 이보배에게 연민의 눈빛을 보내고 갈 길을 떠났다. 이보배는 방긋 웃었다. 방금 대화로 그녀의 말 한마디면 온 동네 사람을 모두 무릎 꿇릴 수 있다는 확신이 섰다.

'젠장.'

이보배는 뒷목을 잡고 돌아섰다. 돌아선 그녀가 본 것은 이한생 얼굴에 걸레를 문대는 이해기였다.

"작은오빠, 막내 오빠 괴롭히지 말랬잖아."

"이 새끼가 너한테 걸레를 던져서 교육하는 중이란다."

"읍! 으읍 더러워!"

"셋째야, 입 열면 걸레 물 들어간다."

걸레를 견디지 못한 화르세인지가 이보배에게 도망쳐 왔다. 이보배는 막내 오빠를 감싸 화장실에서 씻을 수 있게 도왔다.

"진짜 너무하네."

"괜찮아, 깨끗한 마른걸레거든."

이해기가 손에 든 걸레를 펼쳤다. 이해기 말대로 깨끗한 걸레였다. 피부가 벗겨져라 얼굴을 문대던 망나니가 항의했다.

"거짓말하지 마라, 사기꾼아! 분명히 축축했다!"

"그건 물티슈."

"물티슈든 뭐든 사람 얼굴에 억지로 문대지 말란 말이야."

이번 건은 누가 봐도 이해기가 잘못했기에 이보배는 오랜만에 〈사랑의 매〉를 썼다. 형제 중에 가장 열심히 청소해 놓고 혼나는 게 너무 작은오빠다웠다.

청소는 금방 끝났다. 포션은 진열해 두면 도난 위험이 있기 때문에 모형을 진열했다. 이것도 금방 끝났다.

이보배는 오빠들의 공을 치하했다.

"다들 고마워. 조금 이르지만 점심 얼른 먹고 치울까? 짜장면 어때?"

이보배는 청소하느라 열어둔 가게 문에 붙은 중국집 전단지를 뜯었다.

"나 탕숙."

“양장피.”

“칠리새우.”

하여간 짜장만 먹는 법이 없었다. 먹는 데 돈 아끼면 서럽기 때문에 이보배는 원하는 대로 주문했다. 돼지에 새우가 나와 대지와 바다가 등장했으니 하늘이 빠지면 섭섭해 유린기를 추가했다.

짜장 둘, 짬뽕 둘, 탕수육, 양장피, 칠리새우, 유린기를 중자로 주문하니 중국집에서 참 좋아했다.

“가게에 음식 냄새나지 않겠니?”

“지금 11시밖에 안 되었고, 알린 오픈 시간은 2시니까 괜찮을걸.”

넷이 앉아서 먹기엔 가게 테이블이 너무 작았다. 넷은 가구를 옮기고 바닥에 돗자리를 깔았다. 바닥에 앉은 이해기가 새삼스레 공방을 둘러보았다.

“우리 보배가 다 커서 이렇게 자기 가게도 차리고…….”

“막내가 다 컸어.”

“너무 작지 않으냐?”

“정말…… 오빠는…….”

이해기는 목이 잠겨 말을 잇지 못했다. 이보배가 개업하는 걸 내내 방해하고 방치했지만 막상 가게를 보니 감동받은 눈치였다.

“이제 네가 좋은 사람 만나 행복하게 살면 더 바랄 게 없는데 말이다."

"작은오빠 그게 문제야. 잘 나가다가 꼭 초를 쳐."

밖에서 오토바이 경적이 울렸다. 바닥에 앉은 게 창피해서 문을 잠가둔 터라 이보배는 벌떡 일어나 문을 열었다.

"배달 왔나 봐. 나가요!"

이보배는 맨발로 달려가 문을 열었다. 철가방이 번쩍이며 햇살을 반사하는데 그 옆에 광나는 검은 구두가 보였다. 이보배는 저게 웬 구둔가 싶어 고개를 들었다. 한현우가 꾸벅 인사했다.

"안녕하십니까."

배달 기사가 음식을 내려놓으며 말했다.

"이 사람이 길 헤매고 있어서 같이 왔는데, 아는 분 맞으시죠?"

"네, 맞아요. 안녕하세요, 한현우 씨."

"개업 축하드립니다. 꽃이 아직 안 왔나 보군요."

꽃은 아마 2시 이후부터 배달될 것이다. 이보배는 청소와 진열을 마쳐서 다행이라고 생각했다.

"바쁘신데 여기까지 와주시고……. 일단 들어오세요."

가게 정리를 다 했으면 뭐 하나. 돗자리 펼쳐놓고 밥 먹을 준비 하고 있었는데. 이보배는 얼굴을 붉히지 않으려고 노력했지만 피는 그녀 마음대로 흐르지 않았다.

"아닙니다, 식사 중이신데 방해할 수 없죠."

"아이고, 그러면 안 되는데."

여러모로 신세 진 한 선생님을 그냥 보낼 순 없었다. 이보배가 근처 카페에서 커피라도 대접해야 하나 고민하는데 이해기가 또 초를 쳤다.

"현우야, 들어와! 같이 먹자."

'저 새끼가.'

돗자리를 깔았다지만 존경하는 한 선생님을 바닥에 앉힌다니. 이보배 생각엔 이대로 돌려보내는 것보다 그게 더 무례한 일이었다.

"작은오빠! 한현우 부길드 마스터께 무슨 무례야!"

"아니요, 괜찮습니다."

"이분은 오빠들처럼 백수가 아니셔! 일분일초를 효율적으로 짜서 관리하는 철저한 분이시라고!"

이보배가 손짓까지 해가며 열변을 토하는데 한현우가 손을 내밀었다. 그는 허공을 휘젓던 이보배의 손을 내려 진정시킨 후 단호하게 말했다.

"오늘은 안 바쁩니다."

"그러면 쉬셔야죠."

"네, 그래서 왔습니다."

"시간 있다잖아! 현우야, 들어와."

"실례하겠습니다."

한현우가 이보배에게 고개 숙이더니 안으로 들어가 버

렸다. 괜찮다는 사람 말리기 뭣해 이보배는 난처해졌다.

"밥 모자라. 하나 더 시켜."

"그래야겠네. 현우야, 먹고 싶은 거 있으면 편하게 말해."

"마파두부 있습니까?"

"있어. 기사님, 여기 마파두부랑 공깃밥 하나 추가해 주세요!"

"계산은 제가 하겠습니다."

한현우가 말도 안 되는 소리를 했다. 문가에 서서 이러지도 저러지도 못하고 있던 이보배는 그 소리에 퍼뜩 정신 차렸다.

"그건 절대 안 되죠!"

이것만은 반드시 막아야 한다. 이보배는 결사적으로 항전했다. 몸으로 문을 막았다.

"계산 제가 해요. 앉아서 편히 드세요."

"막내야, 언능 와."

"와서 돼지답게 먹거라."

"해기 형, 짬뽕을 거기에 두면 동선이 꼬입니다. 짬뽕 하나는 여기에 두어야 맞습니다."

"아, 그러네."

"마파두부가 금방 올 테니 그 공간도 비워놔야 편합니다."

"역시 현우야."

이보배가 걱정한 것과 다르게 한현우는 태연하게 앞접

시를 나누고 래핑을 뜯었다. 계산 마친 이보배가 주저하며 앉자 한현우가 젓가락을 건네며 말했다.

"레이드 뛰느라 밤새울 때 자주 이렇게 먹었습니다."

한현우가 짬뽕을 앞접시에 덜었다. 이보배는 비싼 정장에 짬뽕 국물이 튈까 싶어 눈을 떼지 못했다.

"앞에 두르게 수건이라도 드릴까요?"

"괜찮습니다."

"짬뽕 국물이 튀면 잘 안 빠지는데."

"새로 사면 됩니다."

'그래. 내가 누굴 걱정하냐.'

한현우는 무려 국방부에 갑질하는 높으신 분이시다. 걸어 다니는 중소기업의 옷 걱정은 참 쓸데없는 걱정이었다.

"이야, 현우는 인기 많겠네. 만나는 사람은 있어?"

"없습니다. 좋은……."

"왔다."

한현우가 '좋은'까지 말했을 때 이귀한이 문 쪽을 보고 말했다. 이보배는 아무것도 못 들었지만 벌떡 일어났다.

"오토바이 소리였어. 떡 아니면 마파두부다."

"꽃일 수도 있습니다."

개업 축하 화환은 오토바이로 운반하기 힘들지만 배송기사가 각성자라면 아무 문제 없다. 이보배가 문을 열자 철가방이 바닥에 내려왔다.

"여기 식사요."

"감사합니다."

"이건 추가 서비스."

서비스로 이미 군만두가 두 접시 왔는데 물만두 두 접시가 추가되었다.

"더 필요한 거 없으시죠?"

"네, 정말 감사합니다."

이보배는 마파두부와 공깃밥을 챙겼다. 언제 왔는지 한현우가 물만두 접시를 들었다.

"아앗, 그냥 두셔도 되는데."

"제가 주문한 음식 아닙니까."

'손님이 음식을 운반하게 두다니.'

이보배는 철없는 오빠들을 흘겨보았다. 두 놈은 움직일 생각을 안 하고 한 놈은 자신의 자리가 가장 문에서 멀다고 눈짓했다.

'좋은 날이니까 참는다.'

이보배는 음식을 둔 후 문을 잠갔다. 자리에 돌아와 앉으려는데 이귀한이 고개를 저었다.

"막내야, 또 왔어."

"들었으면 말만 하지 말고 일어나서 문 열면 안 돼?"

"둘째야, 가라."

"한생아, 들었지?"

"돼지야, 네 차례다."

더러운 연공서열. 돌고 돌아 도로 이보배의 일이 되었다. 이보배는 군소리 없이 일어났다. 존경하는 한 선생님 앞에서 남매끼리 유치하게 다투기 민망했다.

'차 소리는 못 들었는데. 꽃이랑 떡은 아닌가?'

이보배가 문을 열자 박마노와 최요한이 손을 흔들었다.

"개업 축하축하!"

"안녕하세요, 보배 씨. 개업 축하해요."

반가운 얼굴의 방문에 이보배는 활짝 웃었다.

"마노 선배, 요한 씨! 어서 오세요! 와주셔서 감사해요. 바쁘셔서 못 오실 줄 알았는데."

"응, 그래서 좀 일찍 왔어. 가게 문 안 열었으면 집으로 가보려고 했지. 오, 한현우 부길드 마스터가 아닙니까! 잘 지냈죠?"

"다들 안녕하세요."

"식사하셨어요? 같이 드실래요?"

이보배는 박마노와 최요한을 얼른 가게로 들였다. 박마노는 내부에 벌어진 먹자판을 보고 반색했다.

"오, 중국집 메뉴판이 여기 있네. 이걸 보면 없는 걸 시켜서 채워야 할 것 같잖아. 나는 팔보채에 우동."

"나머지는 제가 채워야겠네요. 볶음밥이랑 고추잡채 부탁드려요."

이보배는 중국집에 전화해 그대로 읊었다. 중국집은 10초간 침묵한 뒤 이렇게 말했다.

–지금 점심시간인 거 알고 계시죠?

지금까지 이런 주문은 없었다. 이건 손님인가 손놈인가. 주문량은 손님인데 메뉴와 시간대가 손놈이었으니.

천만다행히도 이번이 마지막이었다. 솔직히 박마노와 최요한은 늦게라도 와줄 걸 예상했다. 한현우가 뜻밖의 손님이었다.

"이번이 마지막이에요."

–개업 파티를 하실 거면 미리 알려주면 좋았을 텐데. 가능한 한 빨리 보내 드리겠습니다.

"감사합니다."

주문을 마치고 가게로 들어간 이보배는 충격적인 광경에 멈칫했다. 박마노와 최요한이 식은 음식을 먹고 있었다. 이보배는 닭살이 돋을 정도로 놀랐다.

"곧 배달 올 건데 따뜻한 음식 드세요."

"괜찮아."

"요즘 같은 시대에 음식 투정하면 벌 받는걸요."

"우리 이름으로 행운목 하나 보냈는데 아직 안 왔나 봐?"

"제가 보낸 꽃도 아직 안 왔습니다."

"꽃이나 나무 같은 건 다른 데서 주문해도 배달은 한곳에서 도맡는 경우가 있던데. 같이 오느라 그런 거 아닐까요?"

주문한 음식이 적진 않았지만 죄다 각성자다 보니 음식이 동난 뒤에도 젓가락을 놓는 사람이 없었다. 박마노와 최요한은 대놓고 한현우의 마파두부를 뺏어 먹었다.

손님들이 음식 가지고 다투는 걸 본 이보배의 등에서 식은땀이 흘렀다.

'늦네.'

가능한 한 빨리 보내준다던 말은 거짓말이었나. 이보배가 전화해 볼까 고민하는데 이귀한이 핸드폰에서 눈을 뗐다.

"왔다."

"그러니까 왔으면 문을 열라고."

이보배는 큰오빠에게 핀잔을 주고 문을 열었다. 기다리던 중국집 오토바이 대신 떡집 오토바이가 가게 앞에 섰다.

'떡이라도 온 게 어디야.'

이보배가 떡 상자를 받아 들려는데 최요한이 불쑥 나타나 손을 내밀어 대신 받았다.

"제가 들어도 되는데! 이 정도는 무겁지 않거든요."

"하하하, 과장님이 얼른 가져오라고 하셔서요. 이귀한 씨도 기다리시던 것 같고."

최요한이 이보배는 다시 태어나도 따라잡을 수 없는 속도로 이동했다. 너무 순식간이라 말을 마치자마자 순간 이동한 것 같았다.

"떡이다, 떡!"

"내 우동은 언제 오려나. 이거라도 먹자."

"악마 새끼가 돼지머리 얘기하던데 돼지머리는 없는 것이냐?"

"보배가 있는데 굳이 돼지머리 주문할 필요 없지. 한생이 네가 시루떡 싫어해서 일부러 인절미랑 백설기로 맞춘 거니까 많이 먹어."

돼지가 있으니 돼지머리는 필요 없다는 이해기의 논리에 이보배는 이를 갈았다. 굶주린 관리국 헌터는 팥시루떡이 아니라 인절미와 백설기가 나오자 환호했다.

"우와, 떡 두 종류나 했어? 시루떡 생각했는데 백설기랑 인절미 나오니까 기분 좋네."

"저도 인절미 조금만 주십시오."

밥 배와 떡 배 따로 있는 각성자 무리 덕분에 개업 떡이 간식이 될 위기에 처했다. 이보배는 잠시 고민하다 좋은 게 좋은 거란 결론을 내렸다.

'정식 오픈일에 돌릴 떡은 추가로 주문하면 되니까.'

떡집 오토바이가 떠나고 큰 트럭이 근처에 섰다. 꽃 배달이라는 감이 왔기에 이보배는 가게에 들어가지 않고 기다렸다.

"여기가 보배 공방 맞죠?"

"네."

"행운목 하나."

박마노와 최요한의 이름이 적힌 리본을 단 행운목 하나

가 가게로 운반되었다. 가게 밖으로 나와 떡을 우물거리던 박마노가 씨익 웃더니 인벤토리에서 박스를 꺼내 건넸다.

“저건 요한이랑 같이 한 거고 이건 내 개인 선물.”

박마노가 캡슐 커피 머신과 캡슐 커피를 건넸다. 이보배는 입을 틀어막았다.

“마노 선배……. 감사해서 어떡해요. 이렇게 신세만 지고.”

“지인 할인, 해줄 거지?”

“당연히 해드려야죠!”

“B급 포션 예약도 받아줄래?”

“과장님, 그만하세요.”

최요한이 웃으며 말리자 박마노가 딴청 피웠다.

“보자, 화환이 몇 갠가. 오, 많네. 와따, 저건 겁나 크네.”

가장 먼저 나온 화환 하나가 매우 크고 아름다웠다.

‘저것 때문에 늦었구나.’

이보배는 저 크고 아름다운 화환 때문에 배달이 늦은 것이라 짐작했다.

“우와, 사계절 부길드 마스터가 보냈네. 유명한 헌터신가 봐요?”

사인받기 위해 수령지를 본 배달원이 깜짝 놀랐다. 이보배는 한현우를 돌아보고 목례했다. 한현우도 가벼운 목례로 감사 인사를 받았다.

“하하, 꽃은 이렇게 보내는 게 아닌데.”

"무슨 말씀이신지 모르겠습니다, 박 과장님."

"모르면 모르는 대로 두자고."

박마노를 시작으로 안에 있던 사람들이 가게 밖으로 나왔다. 화환을 구경하러 나온 것이다. 이후에 나온 화환은 평범했다.

재료상이 보낸 화환이 하나, 사계절 길드 포션1팀에서 보낸 게 하나, 인테리어 업체 이름으로 보내진 게 하나.

'이건 아라크네가 보낸 거구나.'

이보배는 아라크네 몫의 개업 떡을 빼놓기로 했다.

"난초도 하나 왔습니다. 이건 안에 들여놓을까요?"

배달원이 잘 뻗은 난초 화분을 들었다. 받을 거 다 받았다고 생각했던 이보배가 눈을 깜빡였다.

"보낸 사람이 누군가요?"

"잠시만요, 아, 이거 못 읽겠는데."

난초 화분엔 멋들어진 필체의 한자가 적힌 리본이 묶여 있었다. 배달원이 착잡한 표정을 짓고 도움을 요청했다.

"죄송합니다, 저도 일이 일이라 한자는 대강 읽는데 이건 너무 흘려 써서……."

기사가 직접 읽어보라는 듯 주문표를 보여줬다. 이보배는 옆에서 떡을 씹는 박마노에게 도움을 요청했다. 박마노는 말없이 떡만 씹었다.

"아, 현기증."

이보배는 한현우에게 고개를 돌렸다. 한현우도 박마노처럼 안색이 안 좋았다.

"여기 놓고 가면 될까요?"

"잠시만요. 누가 보냈는지 알아야 감사 인사를 하는데……. 작은오빠! 한자 좀 읽어줘!"

배달원은 이보배에게 사인을 요청했다. 배달이 밀려 빨리 가야 한다는데 누가 보냈는지 모르는 화분을 받을 순 없었다.

몸은 20대지만 마음은 40대인 작은오빠가 이보배의 유일한 희망이었다. 큰오빠가 한자를 기억할 리 없거니와 판타지 세계에서 살다 온 망나니가 한자를 알 리 없었다.

이해기는 한자를 보고 침묵했다.

"보배야, 나이가 많다고 한자를 잘 안다는 건 편견이란다. 오빠는 우리 보배가 편견 없는 성인이었으면 해."

"아, 쫌, 말이나 적으면."

"이 꼬부랑글자는 중국어지! 그건 안다!"

"아니야, 셋째야. 중국어는 간체고 이건 번체."

"저도 한자는 하늘 천 땅 지가 전부라."

대한민국을 대표하는 두 헌터에 숨겨진 실력자가 둘. 세계 최강자가 하나에 세상에서 유일하게 힘을 쓸 수 있는 각성자까지 있었지만 한자 앞에선 평등했다.

평등하게 일자무식이었다.

"크아아악! 성인만 일곱인데 읽을 수 있는 사람이 하나도 없다니!"

"잠깐만 기다려요, 마노 씨. 핸드폰으로 검색할게요."

"저도 검색할게요, 과장님."

"더는 못 참아! 한현우 부길마, 안경을 꺼낼 땝니다."

"박 과장님."

"얼른. 비싼 거 아껴 쓰지 말고 팍팍 씁시다. 닳는 것도 아닌데."

한자를 못 읽어서 [현자의 외알 안경]을 장비해야 한다니. 이보배는 잔인한 현실에 좌절했다. 한현우도 같은 마음인지 탐탁지 않은 얼굴로 [현자의 외알 안경]을 꺼냈다.

"아이참, 보기 답답해서 어쩌나."

나긋나긋한 목소리가 바로 뒤에서 들려왔다. 길고 매끄러운 손가락이 이보배의 어깨에 올라왔다. 놀라서 뒤를 돌아보니 붉은 치파오가 선명하게 날아와 박혔다. 이보배는 치파오에 묻히지 않는 화려한 미모에 숨을 삼켰다.

"검성 고진수가 보낸 거예요. 별다른 내용은 없고 개업 축하한다네요."

아라크네가 붉은 입꼬리를 올리고 웃었다.

"어쩜, 쟁쟁한 분들이 모여 그거 하나 못 읽고 계실까."

아라크네가 눈웃음쳤다. 박마노와 최요한이 언제든 달려들 듯 긴장했다.

"거미 새끼!"

"정보 팔이!"

"오늘은 우리 고객님 개업 축하드리러 온 거니까 너무 그러지 마세요, 박 과장님."

아라크네가 대놓고 이보배 뒤에 숨었다.

이보배를 사이에 둔 대치가 오토바이 소리에 깨졌다.

"식사 왔습니다."

"그, 그러니까, 마노 선배, 요한 씨. 식사부터 하세요."

"아오, 저 거미 저거."

"과장님, 여기는 주택가에 보배 씨 가게 앞이니까요."

박마노가 이를 갈고 최요한이 달랬다. 철가방에선 둘이 주문한 음식 외에 서비스가 나왔다.

박마노는 배갈을 보더니 잽싸게 집어 가게로 들어갔고 최요한은 양손에 배달된 음식들을 들고 들어갔다.

이보배도 계산하고 들어가기 위해 배달 기사에게 다가갔다. 배달 기사는 대놓고 투덜거렸다.

"마지막이라더니 또 추가하시기예요?"

"네?"

"여기 전가복이요. 이거 때문에 늦었습니다."

전가복이라니. 금시초문이었다. 이보배가 눈을 동그랗게 뜨고 깜빡이자 배달 기사가 카드를 요구했다.

"저는 전가복 주문한 적 없는데요?"

"추가로 주문하셨잖아요."

"제가 시켰어요."

아라크네가 매끈하게 잘 뻗은 팔다리를 자랑하며 전가복을 주문한 이유를 밝혔다.

"전가복은 가족의 화목함을 상징하는 음식이랍니다. 사랑하는 고객님의 가정이 늘 화목하도록 특별히 주문했어요."

"와, 전가복."

이귀한은 전가복이 마음에 들었는지 몸소 움직여 가게 안으로 가져갔다.

전가복은 동네 중국집에서 제일 비싼 요리다. 이보배는 당당하게 전가복을 주문한 아라크네의 뻔뻔함에 감탄하면서 카드로 계산했다.

이보배의 시선을 본 아라크네는 어깨를 으쓱이며 요염하게 웃었다.

"후훗."

"진짜 컨셉을 잡으려면 제대로 해야죠. 이렇게 먹을 거 밝히는 정보상이 어디 있어요."

"나만의…… 개성?"

"먹성이겠죠."

저렇게 먹어도 몸매는 버들가지처럼 낭창했다. 마냥 하늘거리지 않고 봄에 물 먹은 가지처럼 탄탄한 것이 참 부러웠다. 아라크네는 가게로 들어가며 외쳤다.

"어머머, 이분들 좀 봐! 전가복은 제 거예요!"

"거미 새끼 주느니 내가 먹는다!"

아라크네까지 왔으니 진짜 올 사람은 다 왔다. 근무 중인데 배갈 뚜껑을 딴 박마노를 걱정하는 이해기의 목소리가 밖까지 흘러나왔다.

이보배는 꽃으로 화사해진 가게 앞을 보고 숨을 크게 마셨다. 꽃향기와 잘린 줄기의 풋내가 좋았다. 예쁜 꽃보다 바쁜데도 와준 사람들이 고마웠다.

이보배는 피식 웃었다. 개업하면 누구나 비슷한 생각을 하겠지만.

'느낌이 좋아.'

보배 공방, 엘릭서 연구 모두 잘되리란 근거 없는 확신이 든다. 이보배는 근거 없는 자신감을 억누르지 않고 마음껏 누렸다.

오늘의 주인공, 아니, 어제 오늘 내일의 주인공은 포부당당하게 가게로 들어갔다.

외전 8. 피는 물보다 진하고

균열의 날 이후 탄생한 신규 직업 하면 사람들은 헌터와 균열 짐꾼을 꼽는다.

세간의 인식과 다르게 균열 짐꾼과 채집꾼의 입지는 태생부터 모호했다.

균열의 날 이후 먹고살기 위해, 균열 너머에 무엇이 있는지 궁금해서, 균열에 들어가면 각성 확률이 높아진다는 소문을 듣고.

갖가지 이유로 균열에 진입한 비각성자들이 균열 짐꾼과 채집꾼의 시초였다.

각성자가 먼저 짐꾼과 채집꾼을 고용한 게 아니라 짐꾼과 채집꾼이 각성자와 함께 균열에 진입한 것이다.

사실 각성자 입장에선 채집꾼이면 모를까 짐꾼을 고용

할 필요가 없다.

모든 각성자는 시스템의 은혜인 인벤토리를 갖고 있다.

인벤토리는 수납한 물품을 수납 시의 상태 그대로 완벽하게 보존한다.

그런 인벤토리를 두고 굳이 사람을 쓰고 싶겠는가?

인벤토리가 꽉 차 짐을 넣을 수 없다 쳐도 그렇다.

어지간한 각성자는 비각성자보다 근력이 좋다. 각성자가 직접 짐을 들면 된다. 괜히 균열에 비각성자를 들여 보호해 줘야 하는 귀찮은 일을 할 이유가 없다.

그래서 균열 짐꾼은 사실 균열 채집꾼에 가까웠다.

채집꾼 대신 짐꾼이라는 명칭이 자리매김한 것은 판타지 소설 때문이다. 사람들은 판타지 소설에 등장하는 짐꾼이라는 용어에 익숙했고 사실과 다르더라도 그냥 입에 익숙한 용어를 선호했다.

각성자가 짐꾼과 채집꾼을 고용한다는 세간의 인식도 실제와 다르다. 정부에서 균열을 할당받은 길드(또는 각성자 파티)에서 동행할 짐꾼의 수를 공지하면 거기에 응모하는 식이다.

당연히 모집 공고에 균열 정보는 미기재다. 짐꾼은 오직 길드 이름만 보고 사지로 지원해야 했다.

각성자는 짐꾼을 고를 수 있지만 짐꾼은 각성자를 고를 수 없다. 각성자 동행 없는 비각성자의 균열 진입이 불법이 되었기 때문에 각성자는 갑이고 갑님이고 갑신이셨다.

각성자 사이에서 블랙 리스트에 오르면 다시는 균열에 진입할 수 없었다.

그 결과 여봐란듯이 각성자 갑질은 점점 심해졌다. 균열 부산물을 일괄 매수하는 것도 모자라 보호비를 걷기 시작한 길드도 있다니 말 다 했다.

태생부터 모호했던 균열 짐꾼의 근무 환경은 날이 갈수록 악화되었으나 지원자는 날이 갈수록 늘어났다. 빈부격차가 심화되고 계층 분리가 뚜렷해지는 균열 시대에 각성이 유일한 희망이었기 때문이다.

이해기 또한 각성을 꿈꾸는 청년이었다.

집합 장소에 모여 출석 체크를 마친 이해기의 핸드폰으로 균열 진입 전 안내 사항과 균열에 대한 정보가 담긴 파일이 전송되었다.

파일을 열람한 짐꾼 몇이 신음했다.

"젠장, 또 미공략이야."

균열 및 각성자 관리국에선 공략이 완료된 균열에만 짐꾼을 진입시키길 권고했다. 균열핵을 소지한 상태니 위험해지면 바로 균열을 소멸시킬 수 있기 때문이다.

그러나 어디까지나 권고일 뿐 강제성이 없기 때문에 준수하는 길드는 몇 없었다.

사계절이 권고 사항을 준수하는 대표적인 길드였다. 하지만 사계절은 이런 식으로 일용직 짐꾼을 모집하지 않았다.

"사계절 다음 공채 언제냐."

"공채 없앤다더라. 추천제랑 경력직 수시 채용으로 바뀐다는 카더라가 있던데."

"뭐? 진짜?"

짐꾼 세계에서 안전과 월급이 보장된 사계절은 꿈의 직장이었다.

짐꾼은 하늘이 무너진 것처럼 실망하더니 홱 이해기에게 고개를 돌렸다.

"진짭니까?"

"저도 잘……."

"동생이 사계절 다니잖아요. 뭐 들은 거 없어요?"

"제 동생은 일밖에 모르는 아이라서요. 그리고 제가 물어보지 않습니다. 안 그래도 힘든데 신경 쓰게 하고 싶지 않아서요."

이해기는 개인사를 밝히지 않았지만 동생이 사계절에 다니는 연금술사라는 사실은 어느 정도 퍼졌다. 이해기의 포션 덕을 본 사람이 있기 때문이다.

그 사실을 몰랐던 짐꾼들의 눈에 질투가 퍼졌다.

각성이 곧 로또인 세계에서 각성자 가족, 하물며 대한민국 빅파이브에 드는 대형 길드 소속 각성자 가족은 안정의 증거였다.

“쉬불, 동류인 줄 알았더니 금수저 양반이었어?”

“진흙탕 구경하러 온 거야, 뭐야.”

“사계절이 뭐가 좋아, 게임에 미친 새끼들이지.”

“와, 누군 평생 일해도 포션 구경할까 말까인데 누구는 동생 잘 둬서 포션을 물처럼 마시네.”

이해기가 동생에게 받는 포션은 품질 규정을 통과하지 못한 등급 미달 포션이다. 그나마도 다른 사람을 돕기 위해 썼지 스스로를 위해 쓴 적은 없다.

그리고 동생이 연금술사라고 금수저라니. 뭘 모르는 소리다.

‘진짜 금수저라면 저 정도는 되어야지.’

이해기는 균열 진입 전 장비를 점검하는 신라 길드 공략대를 응시했다.

무리의 정중앙에서 길드원에게 둘러싸인 헌터야말로 진정한 금수저였다. 대기업 퓨처사의 로열패밀리로, 그가 각성했기 때문에 퓨처는 신라 길드에 투자했고 그것을 시작으로 균열 산업에 뛰어들었다.

균열의 날 이전에나 이후에나 수저 재질을 유지한 부러운 사례였다.

‘나도 나름 은수저는 되었었는데.’

이해기는 그리운 과거를 회상하며 비아냥거리는 소리를

무시했다.

할 일이 없어 가방 가슴 끈만 고치는데 익숙한 목소리가 이해기를 두둔했다.

"쌉소리 말고 장비나 정리해. 저 형씨 경력이 너희보다 기니까."

"도훈 형님."

모인 짐꾼 중 최고참인 왕도훈이 이해기의 등을 두드렸다.

"이 형씨가 사람이 진국이라니까."

"하하하."

"농담이 아니라 정말로. 이 직업이 돈은 좀 만지는 거 같아도 사람 죽어 나가는 거 보면 멘탈 나가서 꾸준히 오래하는 사람이 드물거든. 근데 이 형씨는 쉬는 걸 못 봤어. 내가 짐꾼이 보통 일이 아닌데 왜 그렇게 열심히 일하냐고 물었더니 뭐라 대답했는지 알아?"

"뭐랬는데요?"

"아, 형님. 민망하니까 그만하시고."

이해기가 말려도 소용없었다. 왕도훈은 재차 이해기의 등을 두드리며 말했다.

"빨리 각성해서 동생 호강시켜 주고 싶대."

과거 전 국민의 꿈이 흰쌀밥에 고깃국이었던 시절이 있었다면 균열 세대의 꿈은 각성해서 S급 헌터가 되는 것 아니겠는가.

“동생이 연금술사에 사계절 다니는 거 다 아는데 호강시켜 주고 싶다고?”

“누굴 바보로 아나.”

말은 곱지 않았지만 이해기를 질투하던 짐꾼들의 눈빛이 부드러워졌다. 이 시대 청춘들의 보편적인 꿈에 공감하는 것도 잠시였다.

“푸하하!”

대놓고 비웃음이 들렸다. 짐꾼이 아닌 신라 길드원이 모인 방향이었다.

이해기는 비웃음이 들린 방향으로 고개를 돌렸다. 눈이 마주치면 시비 걸릴 걸 알지만 어쩔 수 없었다.

“각성은 아무나 하는 건 줄 아나?”

신라 길드 소속 헌터 몇이 이해기와 짐꾼을 비웃었다.

“지들이 각성할 거라고 생각하나 봐.”

“각성해서 갑질하는 헌터들 혼내주는 생각? 어림도 없지.”

“왜, 망상은 자유잖아. 내버려 둬. 지금 직업이 짐꾼이니까 자기들이 소설 주인공이라도 된다고 생각하나 보지.”

“짐꾼인 내가 각성하니 S급 헌터! 나도 그런 거 많이 봤어. 마음 알지. 응, 알지.”

짐꾼을 비웃은 헌터 중 한 명이 다가왔다.

평소 짐꾼 사이에서 악명 높은 C급 헌터였다. 이름 말하기도 재수 없다고 다들 '그 새끼'나 '저 새끼'로 불렀다.

'그 새끼'의 접근에 이해기를 포함한 짐꾼들은 긴장했다.

"어차피 하루 벌어 하루 사는 하루살이 하류 인생들이라 불쌍해서 말 안 하려고 했는데, 지금 헌터들 균열 진입 앞두고 긴장한 거 안 보입니까? 댁들은 우리 보호받아 가며 바닥 기면서 풀이나 뜯으면 그만이지만 우리는 목숨 걸고 몬스터와 싸워야 한다고. 전투 앞두고 명상하며 마음 가다듬고 있는데 옆에서 똥파리가 앵앵거리면 얼마나 신경 쓰여. 안 그래요?"

똥파리 소리에 신라 길드원들이 웃음을 터뜨렸다.

짐꾼들이 얼굴을 붉혔다. 이해기도 얼굴이 화끈해지는데 이름이 불렸다.

"특히 이해기 씨."

"네."

"이상하게 이해기 씨만 끼면 짐꾼 물이 흐려지던데 조심 좀 합시다. 동생이 각성자에 사계절 다니는 거지 이해기 씨가 각성해서 사계절 다니는 게 아니잖습니까?"

"죄송합니다."

"동생 팔아먹지 맙시다. 이해기 씨가 주인공이 되어야지. 응?"

'그 새끼'는 이해기의 이마를 검지로 쿡쿡 찌른 뒤 침을 뱉고 떠났다.

"……."

서로 정보와 근황을 교환하던 짐꾼 무리는 찬물을 끼얹은 듯 조용해졌다.

[괜찮냐? 저 새낀 왜 너만 보면 지랄인지 모르겠다.]

왕도훈이 문자로 이해기를 위로했다.

이해기는 쓴웃음을 짓고 더러운 기분을 떨치기 위해 노력했다. 자신을 모욕하는 건 참을 수 있어도 동생을 걸고 넘어지는 건 참기 힘들었다. 그래도 오늘은 평소보다 참기 쉬웠다. 이상하게 느낌이 좋았기 때문이다.

'운수 좋은 날 엔딩은 아니겠지?'

"짐꾼 집합!"

헌터들이 진입한 후 짐꾼 차례가 되었다.

이해기는 전투화 끈을 꽉 조인 후 천천히 발을 옮겼다.

언젠가 각성할 날이 올 것인가. 언젠가 정말 소설 속 주인공처럼 각성하여 이 일을 때려치우고 갑질하는 헌터들에게 웃어줄 날이 올까. 죽지 않았는데 죽은 것처럼 일하는 동생을 호강시켜 줄 수 있을까. 그렇게 실종된 형과 한 약속을 지킬 수 있을까.

어느새 균열이 지척이었다. 한 발짝만 넘어가면 그곳은

다른 세상이다.

어째서일까. 평소보다 흥분되었다. 이해기는 복잡한 속내를 떨쳐내고 딱 한 가지만 생각했다.

"꼭 돌아와야 해."

눈물을 잊은 동생의 말을 떠올리자 각오가 섰다.

각성하지 못해도 좋다. 반드시 집에서 기다리는 동생에게 살아 돌아갈 것이다.

귀환을 최우선으로 생각하니 흥분됐던 심장이 가라앉았다.

이해기는 균열로 진입했다. 어쩐지 느낌이 좋았다.

결론부터 말하자면.

"하핫, 어쩐지 느낌이 좋더라니."

운수 좋은 날 엔딩이었다.

피를 흘리며 자조하는 이해기의 머리로 가래침이 떨어졌다.

"짐꾼 주제에 나대더니 꼴좋다."

이해기는 나댄 적 없지만 '그 새끼'는 이해기가 나댔다고 믿는 듯했다. 부상자를 버리지 않고 부축하겠다는 주장이 나댄 것이라면 할 말은 없었다.

"끄윽!"

'그 새끼'는 이해기의 어깨를 꿰뚫은 검에 힘을 실었다.

이해기는 검에 꿰인 채 벽에 꽂혀 꿈틀거렸다.

분명 시작은 괜찮았다. 진입한 균열은 필드형이었고 초원 지형이었다.

도련님을 모시고 온 공략이라 그런지 균열 등급보다 헌터 수준이 높았다.

헌터는 헌터대로, 채집꾼은 채집꾼대로 무난한 시간이 흘렀다. 그러다 이해기가 던전 입구를 발견했다.

그때까지 자신의 '좋은 느낌'을 믿고 있던 이해기는 당황했다. 용 다섯 마리가 여의주 물고 승천하는 꿈을 꾸고 로또 사기 전에 먹은 RTA 라면에서 다시마 다섯 장이 나온 기분이었기 때문이다.

던전 입구를 발견했으니 포상금이 나오겠지만 각성하는 것에 비하면 새 발의 피였다. 운수 좋을 거라던 느낌을 던전 입구 발견으로 끝내자니 많이 아까웠다.

하지만 어쩌겠는가, 인생은 원래 마음대로 되지 않는 법이다. 이해기는 곧 현실에 수긍하고 헌터에게 던전 입구를 보고했다.

신라는 임전무퇴가 원칙이기 때문인지, 아니면 도련님

업적 만들어주기 때문인지 던전 공략을 강행했다.

짐꾼들은 반대했지만 균열 공략에서 짐꾼의 의견은 없는 것이나 마찬가지다.

헌터에게 보호받지 않으면 균열 출구로 나갈 수 없다. 짐꾼들은 울며 겨자 먹기로 던전 입구에 남았다. 입구에 남지 않고 던전에 진입한 짐꾼도 있었다.

이해기와 왕도훈 같은 고참 짐꾼 몇이 채집꾼 명목으로 던전에 함께 진입했다.

던전의 이름은 〈용의 무덤〉.

입구에 있는 긴 계단을 내려가자 정사각형 방이 줄지어 있는 일직선 구조가 보였다. '무덤'이란 이름 때문에 다들 언데드 몬스터의 등장을 걱정했지만 다행히 언데드 몬스터는 출몰하지 않았다.

〈용의 무덤〉의 주요 출몰 몬스터는 골렘이었다. 파충류를 닮은 골렘이 직립보행하며 침입자를 공격했다.

골렘의 핵이 되는 마석은 여봐란듯이 이마 정중앙에서 빛났다.

신라 길드의 헌터들은 핵을 공격해 골렘을 무력화하고는 즐겁게 웃었다.

"와, 여기 노다진데. 이거 다 마석이야."

"노다지는 아니야. 이렇게 흠집나면 제 가격 못 받아. 핵을 건드리지 않고 무력화한 다음 뽑아야지."

헌터들이 마석에 홀려 있는 동안 이해기는 헌터와 골렘의 전투를 복기했다.

한 대 맞으면 사망할 만한 골렘의 공격을 쉽게 피하거나 흘려보내고 반격하는 헌터들. 화려하고 현란하면서 파괴적인 그들의 스킬이 이해기를 매료했다. 인성은 존경할 수 없지만 그들의 실력은 부러웠다.

헌터와 짐꾼은 큰 피해 없이 1층의 끝에 도달했다. 1층은 별생각 없이 진행했으나 2층부턴 다르다.

이해기를 유독 미워하는 '그 새끼'가 이해기를 지목했다.

"너. 내려갔다 와봐."

"전 짐꾼입니다."

"헌터 지망생이잖아. 계단 내려갔다 오는 것 정돈 할 줄 알아야지. 계단 기어 내려가 아래에 뭐 있는지 보고 오는 것도 무서워?"

말리는 사람은 없었다.

대화나 항의가 통할 상대가 아니었기에 이해기는 묵묵히 계단을 내려갔다.

조심스럽게 아랫단을 디디며 몬스터가 등장하면 뛰어 올라갈 생각만 했다.

다행히 2층의 첫 번째 방엔 몬스터가 없었다. 좌우로 석상이 있어 잠깐 놀랐지만 골렘이 아닌 평범한 석상이었다.

좌우 석상의 대칭이 살짝 안 맞는 듯해서 이해기는 눈

여겨보았다.

석실엔 1층처럼 다음 방으로 이어지는 통로가 보였다. 1층과 다른 점이라면 통로가 하나였던 1층과 다르게 세 방향 전부 있다는 것이다.

'여기서부턴 길이 꼬이겠는데.'

빈방이지만 혹 다른 단서가 있을지 모른다.

이해기는 꼼꼼히 방을 살핀 후 1층으로 돌아갔다. 본 것을 보고하니 보상 대신 조소가 뒤따랐다.

"첫 번째 방에 아무것도 없으면 다음 방에 뭐가 있는지라도 보고 와야 할 것 아냐. 이래서 하류 인생은. 그리고 석상 위치가 좌우 대칭이어야 한단 법이 있어? 왜? 위치 맞추면 히든 피스라도 나올 것 같아서?"

이해기는 화가 났지만 아무 말도 하지 못했다. 막말로 '저 새끼'가 여기서 이해기를 포함한 짐꾼을 살해해도 헌터들끼리 몬스터에게 당했다고 입을 맞추면 끝이다.

이해기는 돌아가지 못할 테고 동생은 영영 혼자 남게 되겠지. 시체나 다름없는 가족을 지키며.

그 모습을 상상하니 절로 이맛살이 찌푸려졌다.

'그 새끼'는 그런 이해기를 보고 다시 시비 걸었다.

"꼽냐? 꼬우면 덤비든가."

"아닙니다. 잘못했습니다."

"쪼는 것 봐! 겁쟁이 새끼."

괜찮았던 시작에 순탄했던 과정. 일이 꼬이기 시작한 건 이때부터였을 것이다.

양아치 짓에 갑질이 심하긴 해도 신라는 대형 길드였다. 헌터들은 합리적으로 판단했다.

"2층부터 갈림길이면 계단 근처만 둘러보자. 던전은 일반 균열과 다르니까 재정비하고 와야 돼."

"석상 좌우 대칭 다른 것도 신경 쓰여. 던전 생겨 먹은 게 함정 많아 보이니까 관련 스킬 있는 사람 데려오자고."

"던전 이름이 무덤이니 보스가 언데드일 가능성이 높습니다. 그게 아니더라도 용종 몬스터가 등장할 가능성이 높으니 대비하죠."

예상치 못한 던전 진입에 불안해하던 짐꾼들은 조금만 더 둘러보고 빠져나간단 소리에 안도했다.

2층의 첫 번째 방을 지나 정면에 있는 두 번째 방에 진입했을 때 방이 흔들렸다. 눈치 빠른 헌터가 외쳤다.

"던전이 움직인다! 빨리 올라가!"

끝에서부터 벽이 밀려와 통로가 막혔다.

벽이 밀려오는 것이 아니라 방 자체가 움직이는 것이었지만 이해기는 그런 걸 생각할 겨를 없이 정신없이 뛰었다.

헌터들은 이미 저만치 앞에서 계단으로 올라갔고 짐꾼들만 뒤처져 숨을 헐떡였다.

"으악!"

이해기의 뒤에서 잘 뛰던 왕도훈이 계단에서 넘어졌다. 이해기는 손을 내밀어 그가 빨리 일어서도록 도왔다. 왕도훈은 고맙다는 말도 없이 계단을 뛰어오르려다가 재차 비명을 지르며 고꾸라졌다.

"으윽!"

왕도훈이 급히 뛰다 발을 삔 듯했다.

"아파도 어쩔 수 없어요! 저 붙잡고 빨리 가요!"

이해기가 그렇게 말해도 왕도훈은 쉽게 일어나지 못했다. 결국 이해기는 그를 부축하고 계단을 올랐다.

"이해기 씨 뭐 하는 거야! 그 새낀 버리고 와!"

"무슨 소릴 하는 겁니까! 계단만 오르면 괜찮……."

1층으로 올라온 이해기는 울컥하여 처음으로 소리쳤다.

던전 출구가 멀지 않고 크게 다치지도 않았는데 부상자를 버리고 오라니. 이해기의 상식으론 있을 수 없는 일이었다.

하지만 고개를 든 이해기는 입술을 깨물었다. 평지였던 1층의 통로가 전부 계단이 되어 그를 맞이했다.

그뿐만이 아니다. 계단 각 칸의 높이가 점점 높아졌다. 서둘러 가지 않으면 계단이 아닌 벽이 그를 가로막을 것이다.

기가 질렸지만 이해기는 곧 마음을 고쳐먹었다.

몬스터는 오는 중에 정리했고 통로가 계단이 되었을 뿐 방의 위치는 일직선 그대로다. 헌터들은 근력이 좋으니 그들이 도와주면 얼마든지 빠져나갈 수 있었다.

"제발 도와주십시오!"

하필 후미에 남은 게 '그 새끼'였다.

이해기는 부탁하기 전에 포기하는 우를 범하지 않았다.

'나를 싫어하긴 하지만 뒤처진 짐꾼들 살피려고 후열에 남았잖아. 도와줄 거야.'

왕도훈을 고쳐서 부축하는데 신음하던 왕도훈이 이해기에게 속삭였다.

"형씨, 그냥 혼자 가."

"그게 무슨 말이에요. 고작해야 발 삔 거 갖고……."

이해기는 그제야 고개를 숙여 왕도훈의 다리를 살폈다.

순간 이해기는 전신의 피가 식었다. 계단에서 넘어져 발을 삐었다고 생각한 왕도훈의 다리에 피가 흥건했다.

이해기의 머릿속에서 짐꾼들 사이에 떠도는 괴담이 떠올랐다. 헌터 중엔 일이 계획대로 진행되지 않을 때 액땜한답시고 짐꾼을 제물로 바치는 헌터가 있다고.

이야기를 들을 때만 해도 이해기는 질색했다.

설마요. 헌터도 같은 사람인데 그러겠어요. 너무 흉측한 괴담인데요.

"그냥 처오라니까 말을 안 들어."

"사람으로 안 보니까."

하루살이나 똥파리에 불과하니 고작 이런 일에도 제물로 쓸 수 있는 것이다.

깨달음과 함께 강한 충격이 전해졌다.

이해기는 왕도훈과 엉켜 계단에서 굴러떨어졌다. 던전이 움직이는 와중 계단에서 굴러떨어지니 어디가 위고 아래인지 분간이 되지 않았다.

현기증과 통증을 호소하는 몸에 새로운 고통이 추가되었다.

이해기는 어깨에서 느껴지는 불에 덴 듯한 통증에 간신히 눈을 떴다.

'그 새끼'의 검이 그의 몸을 관통해 벽에 박혀 있었다.

"새끼가, 꼴 보기 싫어도 동생이 사계절 다닌대서 살려주려고 했더니 꼭 말을 안 들어서 일을 키워."

'그 새끼'가 이해기의 복부를 걷어찼다. 내장이 진탕되는 느낌에 속이 뒤집혔다.

이해기는 기침하면서 피를 뱉었다.

"쓰레기 같은 자식."

"쓰레기는 너겠지. 그래도 다행이지? 뒤처지다 낙오한 짐꾼이 어떻게 죽었는지 궁금해할 사람은 아무도 없으니까."

"하핫, 어쩐지 운수가 좋더라니."

죽음 앞에서 자조하는 이해기에게 가래침이 떨어졌다.

인간쓰레기는 이해기를 더 모욕하더니 위에서 전해지는 진동에 인상을 썼다.

"젠장, 설마 벌써 막힌 건 아니겠지."

인간쓰레기는 이해기의 어깨에서 검을 뽑은 후 허벅지를 베었다. 쓰러진 이해기를 석상 옆으로 끌고 가 던졌다.

"균형 안 맞는 게 수상하댔지? 죽을 때까지 실컷 살펴봐라!"

인간쓰레기는 웃으며 1층으로 올라갔다.

얼마 지나지 않아 계단이 벽으로 바뀌더니 진동이 완전히 멎었다.

이해기는 멀쩡한 팔을 움직여 바닥을 기었다.

"형님 괜찮아요? 제 가방에 포션이 있으니까 꺼내주세요. 형님, 형님, 제 말 들려요?"

이해기는 억지로 방향을 비틀어 전진한 후에야 왕도훈이 대답하지 않는 이유를 알았다. 계단을 구를 때 잘못되었는지 왕도훈의 고개가 기이한 방향으로 꺾여 있었다.

이해기는 파리하게 질린 입술을 떨다가 짓씹었다. 가방에서 동생이 준 포션을 꺼냈지만 마실 생각이 들지 않았다.

"느낌이 좋았는데. 느낌 안 좋다던 네가 맞았네."

당장의 목숨은 동생이 준 포션으로 부지할지 모른다.

하지만 앞으로가 문제였다. 이해기는 신라 길드 소속의

헌터가 벌이는 살인을 목격했다. 천운이 따라 균열에서 무사히 빠져나간다 한들 무사할 수 있을지 의문이었다.

"반드시 돌아간다고 약속했는데……."

동생의 안위를 생각한다면 여기서 죽는 게 나을지도 모른다. 이해기는 포션 뚜껑을 열지 못하고 망설였다.

"내가 주인공이라면 말이다. 이럴 때 각성해서 강한 헌터가 되는 거지. 내가 주인공이라면 이럴 때 히든 피스 하나 정도 발견해서, 던전을 공략하고 균열도 공략하고, 나가선 그 쓰레기에게 시원하게 보복해 준 다음 관리국에 신고하는 거야."

호기심이 고양이를 죽인다.

이해기는 등에 기댄 석상을 슬쩍 밀었다. 육중해 보이는 석상은 밀려고 하자 의외로 쉽게 밀렸다. 아마 기관 장치가 있어 쉽게 밀리는 듯했다.

두 석상의 대칭이 맞자 바닥이 꺼졌다.

이해기는 추락하며 너털웃음을 지었다. 어쩐지 대놓고 있더라니 함정이었다.

이해기는 동생이 준 포션을 꼭 쥐고 눈을 감았다.

'미안하다, 보배야.'

이보배의 작은오빠 이해기가 균열에 낙오된 지 두 달이 지났다.

그동안 신라 길드는 던전 공략을 위해 갖은 애를 썼지만 계속 실패했다. 길드의 역량 부족을 인정하고 다른 길드에게 균열을 넘겨야 한다는 여론이 강해졌다.

하지만 신라 길드는 균열을 포기하지 않았다. 던전에 아직 생존자가 남아 있다는 것이 그 이유였다.

"웃겨, 정말. 생존자 있으면 역량 되는 다른 길드에 빨리 넘기는 게 옳지 않아요?"

"자기 길드원이니까 자력으로 구해야 한다나 뭐라나. 그러다 간신히 생존한 길드원도 다 죽이겠네."

"저번 주에 포션 기계가 부길마 붙잡고 공략해 달라고 애원했단 얘기 들었어요? 진짜 딱해 죽겠어."

"솔직히 신라가 규모로만 빅파이브지 내실은 우리랑 급이 다른데……. 왜 안 넘기나 몰라요. 똥고집 쩔어."

"아예 반야에서 나서주면 좋을 텐데. 그럼 신라도 더는 못 버틸 거 아니에요. 반야는 뭐 한대요?"

"몰라요, 다른 A급 균열 공략한다는 이야기가 있던데, 또 어디선 균열 공략이 아니라 영화 찍고 있다는 얘기도 돌고."

"반야가 영화를 왜 찍어요! 소문 진짜 웃긴다!"

"근데 목격자가 있대요."

이보배가 휴게실에 들어서자 쥐 죽은 듯 고요해졌다.

직원들은 이보배의 눈치를 살피다 흩어졌다. 이보배와 같은 포션팀 소속 직원은 망설이다 말했다.

"이보배 씨 어제도 집에 안 들어갔다면서요."

"네."

"조금 쉬는 게 어때요? 특별 휴가도 거절했다고 그러고."

"저 괜찮은데요. 왜요? 제가 쉬어야 할 사람처럼 보여요?"

팀원은 고개를 끄덕였다.

지금의 이보배는 누가 보아도 휴식이 절실했다. 안색은 파리하게 질려 핏기가 하나도 없는데 두 눈은 충혈로 새빨갰다. 눈엔 초점이 없고 입술은 다 터서 딱지가 앉았다.

"이보배 씨, 우리가 무슨 말을 하든 겉핥기식 위로밖에 안 되겠지만요. 그래도 산 사람은 살아야죠."

"무슨 소린지 모르겠어요. 우리 오빠 안 죽었어요."

"이보배 씨."

팀원이 이보배의 손을 붙잡았다. 따뜻했지만 이보배는 야멸차게 뿌리쳤다.

"우리 오빠 안 죽었거든요! 맘대로 죽이지 말아요!"

"그럼 왜 집으로 안 돌아가는데요!"

이보배의 말문이 막혔다. 긴급 물량을 채울 때가 아니라면 병원과 집으로 반드시 돌아가던 그녀가 돌아가지 않는 이유야 뻔하지 않은가.

"집에 가면 혼자만 남은 게 실감 나니까 싫어서 그런 거잖아요!"

정곡을 찌른 팀원은 동생이 균열의 날 실종되었다고 했다. 그는 동생이 살아 돌아올 걸 믿기 때문에 잘 먹고 잘 싸고 잘 잔다고 말했다.

"그러니까 이보배 씨도 기계처럼 일만 하지 말고 좀 쉬자고요. 네?"

이보배의 바싹 마르고 충혈된 눈에 눈물이 고이는데 누군가 휴게실 문을 열고 외쳤다.

"〈용의 무덤〉 우리가 공략한대요!"

본래라면 포션팀에 긴급이 떨어질 사안이었다.

하지만 사계절 포션 1팀의 에이스, 포션 기계 이보배가 침식을 잊고 포션 제작에 몰두한 결과 비축은 충분했다.

사계절 내에선 오래전부터 균열 공략을 이어받을 준비가 되어 있었기에 준비는 빨랐다.

길드 마스터 4인이 전원 참가한다는 이야기에 업계 사정에 밝은 이들은 성공적인 공략을 점쳤다.

그렇다고 마냥 안심해선 안 된다. 내실이 다르다곤 해도 같은 빅파이브인 신라가 연이어 공략에 실패한 던전이다. 길드 마스터 전원 참가는 최악의 경우 길드 마스터 전원 사망이라는 결과로 끝날 수 있었다.

사계절 길드 내에 팽팽한 긴장이 감돌았다.

균열 진입 전날, 사계절 길드의 부길드 마스터 전투 연금 한현우가 이보배를 찾아왔다.

"오빠분의 인상착의를 알려주시겠습니까? 실종자 명단에서 사진 자료는 봤지만 혹시나 해서요."

"우리 오빠 안 죽었어요."

"생존했더라도 의식이 없거나 본인 확인이 불가능한 상황일 수 있으니까 말입니다."

"작은오빠는, 군복이랑 전투화, 가방은 갈색 가방인데, 그러니까."

내내 '오빠는 죽지 않았다'는 말만 반복하던 이보배가 이를 악물었다.

"모르겠어요. 저 자고 있었거든요. 바보같이 뭐 입고 나가는지 보지도 않고 방에서 처잤거든요!"

"저도 누나가 죽은 날 게임하고 있었습니다."

놀란 이보배가 눈을 크게 뜨자 한현우가 천천히 말했다.

"자책하지 말고 차라리 화를 내세요. 자책은 화보다 건강에 안 좋습니다."

이보배는 솟구치는 눈물을 참고 말했다.

"전부가 아니더라도요, 일부라도요. 어떤 모습이라도 알아볼 수 있으니까요. 피는 물보다 진하니까. 그러니까 작은오빨 데려와 주세요. 부탁드립니다."

이보배는 작은오빠가 실종된 후 처음으로 그가 사망했

을 가능성을 언급했다.

사실은 처음부터 알고 있었다. A급 던전에서 각성자 아닌 비각성자가 생존할 가능성은 없다는 것을. 잘 알기 때문에 부정했다.

막내 오빠는 식물인간이 되었고 큰오빠는 실종되었다. 정말 힘들었지만 그나마 둘이라서 버틸 수 있었다. 그런데 갑자기 혼자가 되어버리면 이보배는 버틸 수 없게 된다.

이보배가 버티지 못하면 막내 오빠가 죽는데, 그럼에도 버티지 못하게 된다.

감히 울 주제가 못 되어 이보배는 눈물 흘리지 않았다.

꾸벅꾸벅 고개를 숙이자 한현우는 잠시 서 있다가 떠났다.

이보배는 긴 한숨을 내쉰 뒤 포션 제작실로 돌아갔다.

이해기는 어둠 속에서 눈을 떴다.

규칙적인 소음이 그의 귀는 물론이고 머릿속에서도 울렸다.

이해기는 멍하니 어둠을 응시하다가 주위가 어둡지 않고 시야가 흐려졌던 것임을 깨달았다. 정신이 돌아오고 시야 바깥에서부터 천천히 세상이 밝아졌다.

시력이 정상적으로 돌아왔을 때 이해기는 그의 시선 정중앙에 위치한 것을 읽었다.

[당신은 각성했습니다.]

이해기를 깨운 소음은 시스템 알림음이었다.

눈동자만 굴렸을 뿐인데 끔찍한 통증이 전신을 급습했다.

이해기는 신음하며 몸을 비틀어 움직였다.

추락하는 것엔 날개가 없다. 이해기에게도 날개가 없었다.

손에 쥐었던 포션병은 깨졌는지 보이지 않았고 몸이 축축했다. 추락하면서 생긴 충격으로 포션병이 깨지면서 몸에 난 상처를 치료한 듯했다.

“이것만으론 무리일 텐데.”

이해기는 자문해 놓고 자답했다.

“아, 맞아. 나 각성했지.”

C급 포션 하나로 모든 상처를 치료할 수 없지만 각성했다면 이야기가 다르다. 각성하면서 기존에 갖고 있던 장애나 질병, 상처가 낫는 경우가 있다. 이해기가 그런 케이스라면 죽지 않고 살아 있는 이유를 설명할 수 있었다.

이해기는 천천히 몸을 일으키고 상태를 확인했다.

다행히 통증만 남았을 뿐 부상이 남은 곳은 없었다. 그가 쓰러진 곳 바로 옆엔 사망한 왕도훈의 시체가 검에 꽂혀 있었다.

"운이 좋았군."

이해기의 바로 옆엔 녹슨 창과 검과 같은 무기가 즐비했다.

이해기와 왕도훈의 위치가 반대였다면 각성했더라도 사망을 면치 못했을 것이다.

이해기는 사망한 후에도 쉽게 평온을 누리지 못하는 왕도훈의 시체를 끌어 내린 후 고인의 명복을 빌었다.

이해기는 고인의 짐을 뒤져 쓸 만한 것을 챙긴 뒤 시신을 인벤토리에 수납했다.

'헌터 인벤토리가 시신 두 구 넣기 딱 맞는 크기라더니…….'

인벤토리 용량은 사람마다 다르지만 막 각성한 헌터 인벤토리 크기는 관 두 짝 용량이라는 소문이 있었다.

소문이 사실일지 모르겠으나 적어도 이해기의 인벤토리 용량은 소문대로였다. 왕도훈의 시신을 수납하자 인벤토리가 딱 절반 남았다.

이해기는 쓴웃음을 짓고 눈을 감았다.

알림음을 들었고 인벤토리도 사용했다. 이제 그토록 말해보고 싶었던 단어를 말할 차례였다.

"상태창."

시스템창이 상태 화면으로 전환되었다.

이해기는 가장 먼저 직업 칸을 확인했다. 확인하자마자

실소가 튀어나왔다.

“용사?”

실소를 터뜨릴 수밖에 없었다. 소설 주인공도 아니고 각성 직업이 용사가 뭔가. 게다가 용사라고 선불리 좋아할 수도 없다.

이해기는 판타지 소설을 좋아했고 많은 소설을 읽었다.

용사라고 늘 좋은 건 아니다. 설정에 따라 이도 저도 아닌 잡캐에 가까울 수 있었다.

능력이 좋아도 딸린 규칙이 많아 없느니만 못한 경우도 있었다.

“어쨌건 전투계지. 지금 상황에선 나쁘지 않다. 다음으로.”

이해기는 능력치를 살폈다. 놀랍게도 모든 능력치가 1레벨 각성자의 평균 이상이었다.

“아무렴 용사인데 이 정도는 되어야지.”

마지막으로 스킬창을 확인한 이해기는 할 말을 잃었다. 이건 정말.

“대박.”

가장 낮은 등급의 스킬이 A급이며 SS급 스킬도 있었다. 하나만 있어도 사기라는 말을 들을 만한 스킬이 이해기의 스킬창을 꽉꽉 채우고 있었다.

짐꾼인 내가 각성했는데 S급 헌터?!

이해기의 꿈이 실현된 순간이다.

모두가 농담처럼 말했던 꿈이 정말 이루어지자 이해기는 참지 못하고 웃음을 터뜨렸다.

"와, 이게 되네. 진짜 되네. 정말 됐네."

이해기는 자신이 얼마나 깊은 곳까지 떨어졌는지 모른다. 구조대가 언제 올지, 와주긴 할지. 현재 소지한 식량과 식수로 얼마나 더 버틸 수 있을지 모른다.

하지만 이해기는 마지막까지 포기하지 않기로 했다.

왜냐하면 용사는 빛과 희망의 상징이기 때문이다.

"용사가 이런 데서 개죽음당할 순 없지."

이해기는 즐비한 녹슨 무기 중 검을 집어 들었다. 녹슬고 이가 빠졌지만 없는 것보단 나으리라.

"반드시 돌아오겠다고 약속했으니까."

이해기는 전투화 끈을 고쳐 묶고 호흡을 가다듬었다.

다음 방에서 몬스터를 발견했다. 1층에서 헌터들이 상대했던 것과 동일한 골렘이었다.

이해기가 접근하면 움직일 것이다. 이해기는 그가 목격한 헌터와 골렘의 전투를 복기했다.

불과 몇 시간 전의 이해기는 그 전투를 제대로 보지 못하고 따라 할 엄두도 내지 못했다.

하지만 지금의 이해기는 다르다. 헌터들이 어떻게 움직였는지, 언제 어떻게 골렘을 공격했는지 짐작이 갔다.

심지어 그들의 현란하고 화려했으며 파괴적이었던 공격을 따라 할 수 있을 것 같았다.

"핵은 외부에 돌출되어 있고 핵만 공격하면 무력화된다. 지금의 내겐 최고의 전장이다."

최고의 전장?

아니다. 이해기를 위해 짜인 밥상이다.

생애 첫 전투를 앞뒀고 실수하거나 패배하면 죽을 걸 아는데, 놀랍게도 두렵지 않았다.

이해기는 천천히 골렘에게 다가갔다. 침입자를 감지한 골렘이 전투 자세를 잡았다.

강자를 앞에 두자 SS급 스킬 〈용사의 특권〉이 발동해 이해기의 모든 능력치가 상승했다.

골렘의 육중한 주먹을 이해기는 최소한의 움직임으로 회피했다. 다음 공격을 위해 움직인 골렘의 무릎을 밟고 뛰어올라 핵을 공격하자 골렘이 무력화되어 부서졌다.

레벨이 올랐다.

이해기는 끓어오르는 고양감에 압도될 것 같아 동생을 생각했다.

지금쯤 동생에게 소식이 닿았을까?

이해기가 살아 있다는 사실을 알기 전까지 동생은 얼마나 마음고생하고 있을 것인가.

들끓는 흥분을 걱정하고 있을 동생을 생각하며 가라앉

히고 이성을 되찾았다.

다음 방에서도 이해기는 수월하게 골렘을 일격에 쓰러뜨렸다.

어렵다는 레벨 업이 다시 이해기를 찾아왔다. 흥분되고 기분이 좋다. 무엇이든 할 수 있을 것 같은 느낌이 들면서 이 힘을 시험해 보고 싶어진다.

'이게 심해지면 각성 하이가 오는 거구나. 조심해야지.'

현재 이해기가 처한 상황에서 들뜨면 지옥행이다.

이해기는 이번에도 눈물이 바싹 마른 동생을 생각하며 들뜬 마음을 붙잡아 내렸다. 그런 이해기도 레벨 5를 찍고 나자 더는 마음을 다잡을 수 없었다.

"보배야."

동생을 찾긴 찾았는데 이유가 달랐다.

"보배야, 오빠 큰일 났다."

이해기는 자신이 쓰러뜨린 두 구의 골렘을 보며 중얼거렸다.

"이 망할 세상 누가 주인공인가 했더니 오빠가 주인공인가 보다. 세상에. 이걸 사네."

연속으로 단단한 핵과 부딪친 녹슨 검은 부러져 자루만 남았다. 하마터면 죽을 뻔했으나 이해기는 검 자루로 핵을 공격해 살아남았다.

본인이 한 일이지만 믿을 수 없었다.

이해기는 혀를 내두르며 몇 번이고 감탄한 후 추락한 방으로 돌아가 무기를 챙겼다.

그다음 방에서 이해기는 핵이 내부에 있는 골렘을 발견했다.

“오빠가 너무 나댔지?”

이해기는 스스로 반듯한 콧대를 꺾었다. 순간의 방심은 사망으로 끝난다.

동생과의 약속을 지키기 위해, 진짜 주인공처럼 살기 위해서라도 바퀴벌레와 같은 생명력과 순발력, 위기 상황 대처 능력을 발휘해야 했다.

방심은 금물이었다.

사실 사계절 길드는 생존자 구출에 회의적이었다. 구출을 꺼리는 것이 아니다. 생존자가 멀쩡히 살아 있을 가능성이 없다고 생각했다.

고립된 날로부터 두 달이 지났다. 숙련된 헌터들이 파티를 맺어 도망만 다녀도 슬슬 한계에 도달했을 기간이다.

생존자는 몬스터의 먹이, 또는 제물로 숨만 붙은 상태일 가능성이 높다.

굳이 입에 담는 이는 없었으나 대부분의 사계절 길드원

이 그렇게 생각했다. 최악의 경우 직접 생존자의 숨을 끊을 각오를 한 헌터도 있었다.

사체를 발견할 때마다 사계절 길드는 실종자 명단에서 일치하는 사람을 찾았다.

그렇게 한 줄 한 줄 명단을 지우다 보니 세 사람이 남았다.

한 명은 신라 길드의 헌터고 둘은 짐꾼이다. 둘 중에 사계절 길드의 포션 기계 이보배의 오빠가 있었다.

상식적으로 생각했을 때 생존자는 신라 길드원일 확률이 높았다.

그러나 사람들의 예상은 그 헌터의 사체를 발견하면서 깨졌다.

"골렘에게 당했어."

광전사 나여름이 머리가 완전히 박살 난 사체를 보고 사인을 추리했다. 이로써 가장 유력했던 생존자 후보가 사라졌다.

"이 양반이 그나마 유력한 생존자 후보였는데."

질풍 방패 추효풍의 말에 나여름이 후회했다.

"이럴 줄 알았으면 보스부터 찾을 걸 그랬나."

빙제 류시우는 인벤토리에서 쏟아진 듯한 물건들이 사체 주변에 늘어진 것을 보고 죽은 헌터가 빌런이라 추정했다.

하지만 지금 중요한 사안은 그게 아니다. 중요한 건 시신에서 얻은 다른 정보였다.

"앞서 발견한 시신보다 이 시신이 먼저 사망했어. 그런데 소지품을 뒤진 흔적은 동일해."

던전 내부가 지속적으로 이동하면서 신라 길드원은 쪼개지고 흩어졌다.

몇몇 시신에서 짐을 뒤진 흔적이 보여 생존자의 소행이리라 짐작했는데, 유력했던 생존자 후보도 죽은 채 발견되었다.

남은 실종자는 짐꾼 둘. 빙제는 짐을 뒤진 흔적을 노려보다가 저도 모르게 말했다.

"설마 그 둘이 살아 있는 걸까?"

"말도 안 돼. 비각성자가 여기서 두 달을 버틴다고?"

"효풍이 오빠 말대로야. 던전 보스가 제물로 끌고 가 숨만 붙여두고 있으면 모를까 비각성자가 어떻게 살아 있겠어."

"그렇게 비관적으로만 생각하지 마. 각성했을 수도 있잖아."

"만약에 각성했다고 해도 여긴 A급 던전이야. 스킬과 직업, 능력치가 전부 은신과 도주 특화가 아니면 생존할 수 없어."

〈용의 무덤〉엔 접근하지 않으면 선공하지 않는 골렘만 있는 것이 아니었다.

벽으로 위장해 파티를 압박하는 골렘, 집요하게 뒤를

쫓으며 암살할 기회를 엿보는 골렘, 마법을 쓰는 골렘 등등 구성이 다양했다.

전자의 골렘만 등장한다면 어찌어찌 운 좋게 생존했을 법하다. 하지만 던전의 등급을 보았을 때 그 가정은 헛소리에 불과했다.

"그냥 희망 사항이란 거지."

빙제는 가뜩이나 삶이 고된 길드 식구가 더 힘들어지지 않길 원했다. 광전사와 질풍 방패도 그 마음을 이해하기에 더는 말하지 않았다.

"대강 알았어요."

시체가 빌런임을 직감하자마자 지도나 파악하라고 옆 방으로 보냈던 한현우가 돌아왔다.

〈용의 무덤〉은 큐브처럼 생겼다. 왕년에 큐브 좀 해본 길드원들과 지도 제작 스킬을 지닌 길드원이 모여 쑥덕이더니 뭔가 발견한 듯했다.

"여섯 시간마다 네 번 움직여요. 순서는 좌우상하. 몇 칸씩 이동되는지는 랜덤인데 층마다 고정된 방이 있어요. 그러니 고정된 방을 중심으로 한 층씩 살피면 될 거예요."

정사각형의 방과 방을 이은 통로, 주기적으로 움직이는 던전 구조로 익히 예상한 바였다. 이런 식의 던전은 게임에서도 흔치 않았다.

"요즘은 게임에서 이런 식으로 던전 만들면 쌍욕 먹는데."

"우리가 생존자 수색하려고 해서 그렇지 보스 찾으러 가는 건 어렵지 않아. 할 만해."

던전 구조가 변경될 시점이 되자 미약한 진동이 시작되었다.

인접한 방에 분산돼 있던 길드원이 한데 모였다.

석실에 꽉꽉 들어차 광역 공격에 취약한 구성이 되었지만 어쩔 수 없었다.

사방의 통로에 탱커가 배치되고 마법사들은 즉시 방어 마법을 발동할 수 있도록 준비했다.

지도 스킬을 보유한 길드원은 집중해서 스킬을 사용했다.

방이 움직일 때마다 3D로 구현된 지도 속 파티의 위치가 동시에 움직였다.

진동이 멎었다. 사방에 난 통로는 고요했다.

어둠 속의 급습을 대비했던 헌터들은 아무 일도 없자 탱커를 앞세워 각자 정해진 방으로 이동했다.

개중 한 명이 외쳤다.

"길드 마스터! 생존자를 발견했습니다!"

듣던 중 반가운 소식이었다.

빙제 옆을 지키고 있던 질풍 방패가 생존자를 발견한 방으로 이동했다. 전투 연금이 자연스레 뒤따랐다.

생존자는 놀랍게도 이해기였다. 사진보다 많이 말랐지만 이목구비와 일부 복장이 일치했다.

방구석에 기대앉은 그는 일어날 기력도 없는지 눈만 굴려 사계절 길드원을 응시했다.

입을 벌리긴 했지만 입술은 물론이고 입안과 목도 바싹 말라 바람 새는 소리만 들렸다.

사계절 길드원은 기적적으로 생존한 생존자에게 바로 접근하지 않았다. 확실한 검사 결과가 나오기 전까진 균열 내에서 조우한 이를 신뢰해선 안 됐다.

추효풍 뒤에서 [현자의 외알 안경]을 장비한 한현우가 고개를 끄덕였다.

사계절 길드원들은 그제야 이해기에게 달려들어 이온 음료를 건네고 부상을 살폈다.

"이해기 씨, 말할 수 있겠습니까? 여기가 어딘지 알아요?"

"저흰 사계절 길드입니다. 이제 안심하셔도 됩니다."

질풍 방패는 놀라움을 금치 못했다.

"정말 살아 있었을 줄이야."

"각성했어요."

[현자의 외알 안경]으로 이름과 상태만 확인한 한현우가 말했다.

추효풍이 혀를 내둘렀다.

"각성했어도 혼자서 이렇게 버티다니. 근성이 장난 아니네. 하긴 동생 쪽도 근성 장난 아니라는 얘기는 들었지만. 보석 씨였나?"

"보배요."

"보배 씨도 이제 한시름 놓겠네."

한현우는 직접 다가가 이해기의 부상을 살폈다.

이해기는 언제 쓰러져도 이상하지 않을 몸을 정신으로 붙잡은 상태였다.

동생의 이름을 들었는지 약간의 적의와 경계가 뒤섞인 시선이 한현우에게 닿았다.

"안녕하십니까, 이해기 씨. 저는 사계절 길드의 부길드 마스터 한현우입니다. 이보배 씨의 부탁으로 구하러 왔습니다."

"보배는……."

"반드시 돌아오겠다고 약속했다죠. 약속을 지켜서 보배 씨가 아주 좋아하겠네요."

남매가 나눈 약속을 언급하자 이해기의 눈에 있던 경계가 풀렸다.

한현우는 이해기가 기절할 거라고 생각했지만 그는 계속 버텼다.

"다른 사람들은?"

"저희가 묻고 싶은 말이군요. 왕도훈 씨의 행방을 알고 계십니까?"

"사망했습니다. 시신은 제가 인벤토리에……. 그래서 다른 사람들은 어떻게 되었습니까?"

한현우는 던전에서 가장 먼저 빠져나온 퓨처 기업 도련

님과 소수를 제외하면 전멸임을 알렸다.

이해기는 전멸 소식을 듣고 슬퍼했다.

"그렇습니까. 다들……."

던전을 헤매면서 인간쓰레기의 시신을 확인했으나 다른 헌터들은 어떻게 되었는지 몰라 걱정하고 있었다. 짐꾼을 일부러 낙오시키는 것이 인간쓰레기의 독단적인 행동이라면 괜찮으나 동료들도 묵인하거나 동의했을 경우 혼자 살아남은 이해기를 살인 멸구하려 들 수 있기 때문이다.

'전부 죽어서 다행이다.'

나쁜 생각이지만 이로써 동생은 안전해졌다.

이해기의 얼굴에 미약한 안도가 스쳐 한현우는 자신의 눈을 의심했다. 다시 확인하고 싶었지만 이해기는 눈을 감더니 그대로 기절했다.

기절한 와중에도 한 손에 쥔 검을 놓지 않았다.

두 달 넘는 기간 동안의 고초가 짐작 가기에 사람들은 검을 억지로 떼지 않았다.

이해기는 눈을 떴다.

집은 아니지만 꽤 익숙한 천장이 그를 반겼다. 천장보다 더 익숙한 공기가 그가 깨어난 장소를 알려주었다.

"병원……."

"그래, 병원이야."

이해기는 목소리가 들린 방향으로 고개를 돌렸다.

유일하게 남은 가족이 거기 있었다.

동생의 눈가는 붉었지만 울어서 그런 게 아니었다.

이해기는 안다. 하나뿐인 동생은 눈물을 잊은 지 오래였다.

"느낌 좋다고 설레발 치더니 아주 꼴좋다."

이보배가 퉁명스럽게 쏘아붙였다.

동생의 퉁명스러운 얼굴을 보니 던전에서 빠져나왔다는 실감이 났다.

"너는 어떻게 오빠가 사지에서 돌아왔는데 울지도 않냐. 사람 섭섭하게."

"약속 먼저 어긴 게 누군데 그래?"

"돌아왔잖아."

"내가 집으로 돌아오랬지 병원으로 돌아오랬어?"

이해기가 생사를 넘나드는 동안 동생은 마음 졸이며 그를 기다렸다. 얄팍한 희망 하나 붙잡고 견디는 게 얼마나 힘든지 이해기도 알았다.

이해기가 아무 말 않자 동생은 대놓고 그를 타박했다.

"도대체가, 느낌이 좋긴 뭐가 좋아. 고생은 고생대로 하고 힘은 힘대로 들고, 이렇게 비쩍 말라서는 막내 오빠랑 똑같네. 우리 길드가 아니었으면 그대로 죽을 뻔했잖아. 내가 얼마나 걱정했는데. 그러니까 거길 왜 들어가냐고. 다른 짐꾼들은 다 던전 밖에서 기다렸다는데 뭐 얻어먹을 거 있다고 거길 들어가서 개고생을 해."

말하면서 화가 치밀었는지 이보배가 계속 눈가를 문질렀다.

이해기는 동생의 잔소리를 들으며 속을 다스렸다. 사실 그도 하고 싶은 말이 많았다.

'나 죽을 뻔했어. 그냥 죽는 게 아니라 살해당할 뻔했어. 세상에 왜 그런 사람이 있는지 모르겠다. 몬스터에게 죽는 상상은 몇 번 해봤는데 사람이 날 죽이려고 하니 정말 무섭더라. 그것 말고도 무서운 게 많았어. 식량과 물이 줄어들 때마다, 몬스터와 조우할 때마다, 주기적으로 던전이 움직일 때마다, 시체를 발견할 때마다, 숨 쉬고 뱉는 순간 순간이 무서웠다.'

기껏 각성해 놓고 던전에서 아사하는 건 아닐까. 사실 이 모든 일이 몬스터에게 잡혀 죽기 전에 꾸는 백일몽이면 어쩌나.

쉬지 않고 움직이는 동생의 입처럼 이해기도 하고 싶은 말이 많았다. 털어놓고 싶은 게 많았다.

하지만 이해기는 그러지 않았다. 던전에서 탈출한 다음 그가 동생에게 해줄 말은 처음부터 딱 한 문장으로 정해져 있었다.

"느낌이 좋긴 뭐가 좋아. 두 번 느낌 좋았다간 오빠 죽고 나도 죽겠네. 또 균열 들어간다고 하면 도시락 싸서 말릴 거야."

"그건 안 되겠다."

"이 난리를 당해놓고 균열에 또 들어가겠다고? 오빤 무섭지도 않아?"

이해기는 침대 옆 협탁에 놓인 주스병을 잡았다.

주스병을 인벤토리에 넣었다가 빼내니 동생의 눈이 휘둥그레졌다.

"설마."

"오빠가 느낌 좋다고 말했잖니. 나 각성했어."

"뭐? 정말? 진짜야? 이거 진짜지? 진짠 거지?"

동생이 놀라다 못해 자리에서 벌떡 일어났다. 거친 동작에 의자가 넘어져 뒤로 넘어졌다.

이보배는 이곳이 병실이란 사실을 잊고 비명을 질렀다. 펄쩍펄쩍 뛰었다.

"꺄아아아아악!"

좋아할 거라고 예상했지만 반응이 이해기의 상상을 뛰어넘었다.

이보배는 체면과 장소를 무시하고 기뻐했다. 비명을 듣고 온 경비원의 경고에도 아랑곳하지 않고 목이 터지라 외쳤다.

"우리 오빠가 각성했어요!"

"마음은 알겠는데 정숙해 주세요."

"각성했다니까요!"

"정숙!"

"우리 오빠가, 작은오빠가요. 각성하고 싶어서 위험하게 자꾸 균열 들어가다가. 이번에 진짜 죽을 뻔했는데. 나만 혼자 두고 갈 뻔했는데. 각성했어요. 흐윽."

세상을 다 가진 듯 좋아하던 동생의 말이 늘어지다 흐느낌으로 바뀌었다.

이해기는 화들짝 놀랐다. 이한생이 쓰러진 이후 여동생은 울지 않았다. 가끔 몰래 울었지만 요 몇 년 사이엔 그나마도 없었다.

"보배야, 왜 울고 그래."

"너무 좋잖아아아."

이해기는 동생을 달래기 위해 손을 뻗었다.

동생은 내민 손을 사양하지 않고 그의 손에 얼굴을 묻었다.

"좋은데 왜 울어. 웃어야지."

"흐윽흐윽."

"계열은 전투계고 직업이랑 스킬도 꽤 좋아. 이제 고생 끝 행복 시작이니까 울지 말자."

"으아아아앙!"

이해기의 동생은 아주 오랫동안 눈물을 잊었었다. 아무리 슬프고 힘들어도 울지 않았다. 하지만 기쁨의 눈물까지 잊지는 않았나 보다.

큰불 뒤에 쏟아지는 장대비처럼 이보배는 눈물을 쉽게 그치지 못했다.

뜨거운 액체가 방울방울 떨어져 이해기의 손바닥에 고였다. 이해기는 고개를 뒤로 젖히고 눈물을 참기 위해 이를 악물었다.

그의 형은 강하고 믿음직스러웠다.

이해기는 형을 닮지 못해 동생을 내내 고생시키기만 했다.

남동생처럼 목숨 걸고 동생을 지키지도 못했다.

그치만 앞으로는 다를 것이다. 형처럼 남동생처럼 막내를, 하나 남은 가족을 지킬 것이다. 호강시켜 줄 것이다.

공주처럼 모시고 여왕처럼 떠받들어 줄 좋은 사람을 만나게 해주자는 형과의 약속을 지킬 것이다.

이해기는 손을 적시는 동생의 눈물에 걸고 맹세했다.

그 뒤는 일사천리였다.

각성 전의 이해기와 각성 후의 이해기는 다른 사람이 되었고 다른 삶을 살았다.

용사는 이해기가 걱정한 어중간한 잡캐가 아니었다. 유니크한 직업만큼이나 스킬은 사기적이었고 성장 속도도 남달랐다.

이해기는 헌터가 되기 위해 태어난 사람처럼 가파르게 성장했다.

대형 길드의 러브 콜이 이어졌다.

국내뿐만 아니라 전 세계의 헌터 랭킹에 그의 이름이 오르기 시작했다.

이해기의 독주는 아무도 막을 수 없었고 사람들은 갑자기 튀어나온 천재에게 열광했다.

무서울 정도로 인생이 쉬웠다.

꼭 이 균열 난 세상의 주인공이라도 되는 것처럼 운이 따랐다. 부와 명예는 감사한 게 아닌 공기처럼 당연한 것으로 바뀌었다.

통장에 들어보지 못한 액수의 돈이 쌓였고 반지하 전세에서 마당 딸린 삼층집을 구매해 이사했다.

돈 때문에 야근을 자처하던 동생이 직장을 그만두고 원하는 일을 할 수 있는 기반을 마련했다.

조금 바빴지만 이해기는 만족했다.

그가 움직일수록 강해지고, 동시에 균열로 인해 발생할 불행을 막을 수 있다.

강해지면서 사람을 도울 수 있다니 실로 과분한 행운이

었다.

균열과 몬스터의 위험에서 자유로울 수 없는 인류에게 천재 헌터는 영웅 그 자체였다.

이해기가 각성 직업을 밝히지 않았어도 이미 그는 인류의 용사고 영웅이었다.

숨 쉴 틈 없이 질주하는 와중에도 운명은 그를 찾아왔다.

"구해줬는데 고맙다는 말을 못 했죠. 고맙습니다."

관리국의 박 과장, 박마노는 이해기에게 구출된 후 한 달이 지난 뒤 불쑥 찾아왔다.

그녀는 피로한 안색으로 작게 미소 지었다. 그 미소는 널리 알려진 호탕하고 오만한 웃음과 거리가 멀었다.

이해기는 박마노의 변화를 이해했다. 아끼던 부하가 죽었으니 상심이 클 것이다.

"요한이 장례식 때도 와주셨는데 그때도 인사 못 하고. 미안해요, 그때 제가 경황이 없어 가지고."

"괜찮습니다. 다시 한번 고인의 명복을 빕니다."

"용건은 이게 단데. 바쁜 사람 보자고 해서 미안합니다."

박마노는 인사치레용으로 가져온 멜론을 두고 일어났다.

"그럼 이만. 혹시 관리국에 관심 있으면 언제든 연락 주시고."

박마노는 밝게 말했지만 일부러 그러는 티가 났다.

밝은 미소 뒤에 그림자처럼 따라오는 자책과 후회가 이

해기의 시선을 사로잡았다. 아니, 실은 균열에서 그녀를 구한 후부터 줄곧 박마노를 잊을 수 없었다.

세상 두려운 것 없이 오만하던 웃음이 사라지고 쓸쓸한 미소만 남은 게 마음에 걸렸다. 자꾸 이해기의 속을 뒤집었다.

그래서 이해기는 저도 모르게 박마노를 불러 세웠다.

"박 과장님, 식사하셨습니까?"

박마노는 고개를 돌려 이해기와 눈을 마주쳤다.

이해기는 떨지 않도록 노력했다. 어지간한 균열의 보스 몬스터를 상대할 때보다 더 떨렸다.

"아직 식전이면 저와 같이 드시죠."

박마노는 대답하지 않다가 불쑥 질문을 던졌다.

"나 연애보다 일이 우선인 사람인데, 그래도 괜찮아요?"

"네."

"적도 엄청 많은데. 그래도?"

이해기는 망설임 없이 고개를 끄덕였다.

이해기는 그에게 찾아온 운명을 붙잡는 데 성공했다.

워낙 적이 많은 사람이라 이해기도 덩달아 적이 늘었으나 후회하지 않았다.

옳은 일을 하고 있단 확신이 있었기 때문이다.

모든 것이 완벽하진 않았다.

이해기가 정신없이 가파른 성장 계단을 뛰어오르고, 나쁜 악당과 싸우고, 등을 맡길 수 있는 동료와 우정을 나누고, 운명적인 연인과 사랑을 키우는 동안 하나 남은 동생과의 사이는 소원해졌다.

이해기가 생각하기에 자신의 탓은 아니었다.

동생의 고집이 문제였다.

세계에서 제일 강한 헌터를 오빠로 뒀으면서 동생은 고행을 자처했다. 직장을 그만둔 동생은 정체를 알 수 없는 포션을 제작하기 위한 연구에 몰두했다.

이해기는 그런 동생을 이해할 수 없었다.

"보배야, 언제까지 한생이에게 집착할 거니?"

"작은오빠야말로 왜 요즘은 막내 오빠에게 안 가봐? 일이 바쁘더라도 잠깐 들를 수는 있잖아."

"벌써 몇 년째니. 이제 한생이를 놔주자."

"무슨 소릴 하는 거야. 막내 오빠를 버리겠다는 거야? 돈 많잖아, 잘 벌잖아! 이젠 병원비가 부담되는 것도 아닌데 어떻게 그런 말을 해!"

"솔직히 저건 억지로 숨만 붙여둔 거지 살아도 산 게 아니다. 한생이도 저 상태로 있는 게 괴로울 거야. 난……한생이를 우리 욕심에 억지로 살려두는 것 같아 마음이 안 좋다.”

“우리가 아니겠지. 내 욕심이겠지. 작은오빠 막내 오빠 살릴 마음이 없는 거잖아.”

“어떻게 그런 말을 해? 한생이도 내 동생인데 내가 살리고 싶은 마음이 없겠니?”

“그러면 날 도와줘야지! 말리지 말고 도와야지!”

“내가 무작정 널 말리는 게 아니잖니. 솔직히 난 네가 한생일 놔줘야 한다고 생각한다. 산 사람은 살아야지.”

“막내 오빠 안 죽었어!”

“솔직히 이만하면 할 만큼 했어. 이제 그만 한생일 놔주고 네 삶을 살아야지.”

“내가 어떻게 그래!”

이보배가 이해기를 밀쳤다. 그녀는 초췌한 얼굴로 강철보다 단단한 이해기의 가슴을 때렸다.

“내가 어떻게, 어떻게 감히! 막내 오빠가 나 때문에 그렇게 됐는데 내가 감히 어떻게…….”

“보배야, 진정하고 우리 침착하게 대화 좀 하자. 너도 나도 바빠서 제대로 자리 잡고 이야기할 시간이 없었잖아.”

남매는 대화가 필요했지만 세상은 이해기에게 그럴 시간을 주지 않았다.

긴급 연락용 핸드폰이 울렸다.

이해기가 난처한 표정을 짓자 이보배는 회복 포션을 던

지며 일갈했다.

"꺼져! 가서 사람이나 구해!"

이해기는 이보배를 이해할 수 없었다. 어릴 때 큰일을 겪어 강제로 조숙해진 동생이 안타까웠다. 어려서 많이 힘들었으니 앞으로 남은 인생을 즐겨도 모자랄 판에 왜 고행을 자처하는지 알 수 없었다.

"나중에 이야기하자. 꼭이다."

남매 회의는 계속 미뤄졌다.

이해기는 바빴다. 한국은 물론이고 전 세계에서 그를 찾았다. 그가 거절하면 누군가 죽는다. 시스템상의 직업이 용사지 진짜 용사인 것도 아닌데 이해기는 책임감을 갖고 균열에 진입했다.

집에 박혀 연구하는 동생은 안전하고 언제든지 만날 수 있다. 그런 생각에 자연스럽게 남매 회의를 뒤로 미뤘다.

그래도 안달하지 않았다. 친구, 동료, 지인, 애인이라면 사이가 멀어질 수 있다.

하지만 이보배는 괜찮았다. 동생이니까, 가족이니까. 이해기가 마음만 먹으면 언제든 관계를 복구할 수 있다. 세상에 둘만 남은 가족이기 때문이다.

동생이 많이 삐쳤더라도 진지하게 대화를 나누면 금방 이전의 관계로 돌아갈 것이다. 이해기가 그렇듯 이보배도 절대 그를 등질 수 없을 것이다.

피는 물보다 진하기 때문에.

"……."

이해기는 떨리는 손으로 협박장을 집어 들었다. 협박장엔 피가 스며들어 있었다.

이성은 협박장을 만져선 안 된다고 외쳤다.

당장 관리국과 경찰에 신고하고 협박장을 조사해 이것이 진짜 혈흔인지 알아내고, 사람의 피가 맞다면 피의 주인이 누구인지 검사해야 한다.

"……."

이해기는 사시나무 떨듯 떨리는 손가락으로 혈흔을 건드렸다. 말라붙어 굳은 피임에도 불구하고 닿은 부위가 불에 덴 듯 뜨거웠다.

아직 밝혀진 건 아무것도 없으나 이해기는 확신했다.

이건 동생의 피다. 그렇지 않고서야 피 묻은 자리가 불에 덴 듯 화끈거릴 리 없다. 손바닥에 동생의 눈물이 고였을 때보다 뜨겁고 더 고통스러웠다.

이해기는 새삼 깨달았다.

피는 물보다 진하고 불보다 뜨거웠다.

일주일 뒤 납치범이 붙잡히고 동생이 돌아왔다.

정정하자. 살인범이 붙잡히고 동생의 몸이 돌아왔다.

이해기는 실낱같은 희망을 품었지만 돌아온 몸은 얼음장처럼 차가웠다.

범인은 이보배나 이해기와 일면식 없는 타인이었다.

돈을 노린 납치였다고 진술했지만 협박장과 일치하지 않았다.

협박장을 받은 날부터 내내 이해기는 꿈을 꾸는 기분이었다. 아주 질 나쁜 악몽을 꾸는 것 같았다.

도무지 이것이 현실임을 믿을 수 없었다.

제정신을 차리지 못하는 이해기 대신 애인인 박마노가 모든 일을 처리했다. 누가 봐도 쓰다 버린 패인 범인들을 취조해 거슬러 올라 살인 교사범을 찾기 위해 애썼다.

장례식 상주까지 타인이 대신할 순 없기에 이해기가 자리를 지켰다.

여전히 실감은 나지 않았다.

지금 당장에라도 관 속의 동생이 일어나 '서프라이즈!'를 외칠 것 같았다.

요즘 얼굴 보기 힘들어 놀릴 작정이었다고 말하면 화내지 않고 펑펑 울며 바닥을 구를 자신이 있었다.

그러나 관 뚜껑은 발인까지 열리지 않았다.

첫날부터 자리를 지키며 이해기 대신 움직인 한현우가 운구까지 도왔다.

고마운데 고맙다는 말 한마디 전할 수 없었다.

화장이 끝나길 기다리며 이해기는 너털웃음을 지었다.

"어떻게, 친구라고 오는 게 너밖에 없냐."

"포션 마스터인 걸 밝히면 문상객이 늘었겠지만. 보배는 유명세를 바라지 않았으니까요."

이해기가 세계 최강의 헌터로 이름을 날리는 동안 이보배는 연금술사 세계에서 혁혁한 공을 세웠다.

쿨 타임 없는 회복 포션 제작으로 포션 마스터란 위명까지 얻었다.

동생은 자신의 유명세를 달가워하지 않았기 때문에 부와 명예를 모두 사양하고 엘릭서 연구에만 몰두했다.

살인범이 동생을 꾀어낸 미끼가 그것이었다.

엘릭서 레시피 조각.

막내 오빠를 살리겠다던 동생의 집착이 기어이 스스로의 목숨마저 제물로 바치고 만 것이다.

조금 더 빨리 남매 회의를 했어야 했는데 이해기는 그 기회를 놓쳤다.

이해기는 유골함을 받아 안고 주저앉았다.

"부모님 돌아가시고, 한생이가 그렇게 되고 눈앞이 캄캄하더라. 형이랑 보배 끌어안고 울면서 그냥 세상이 콱 망해버렸으면 좋겠다고 생각했지. 그래도 사니까 살아지더라고. 형은 나랑 한 살밖에 차이 안 났는데 그래도 형이라고 우리 보살피려고 하는 거 보니까 정신이 바짝 들더라고."

이해기는 유골함의 매끈한 표면을 쓰다듬었다. 처음 받을 땐 뜨거웠으나 이제는 식어 차가웠다.

"잘하는 게 공부니까 빨리 대학 졸업해서 어떻게든 도움이 되어야겠다. 그렇게 생각하고 있었는데 형이 실종되더라. 부모님 돌아가셨을 때보다 더 눈앞이 캄캄해지는데, 근데 그때 또 애가 각성을 한 거야. 우리 막둥이가."

이해기는 유골함을 툭툭 두드렸다.

최신 기술로 제작해 집어 던져도 깨지지 않는 최고급 유골함이었다.

집이든 별장이든 차든 옷이든 가방이든 뭐든 사줄 수 있는데 이제 이해기가 해줄 수 있는 건 이런 것밖에 없다.

"애가 각성하니까 한생이 걱정은 안 해도 되게 됐거든. 그래서 내가 짐꾼이 되었네. 먹고살기 위해서가 아니라 각성하고 싶어서. 형이 각성하고 막내도 각성했으니 나도 그 잘난 각성 좀 해보고 싶어서 지식의 전당이 아니라 균열로 갔어. 그런데 시이발."

이해기의 눈에서 뜨거운 것이 흘렀다. 그래 봐야 협박장에 스며든 피보다 차가웠다.

"보배가 죽은 게 나 때문이래. 나 때문에 죽었대. 내가 방해되고 꼴 뵈기 싫은데, 나는 너무 강해서 손댈 수 없으니까 대신 죽인 거래. 이게 말이 되는 소리냐?"

이보배의 사망엔 생각보다 많은 사람이 엮여 있었다.

이해기는 스스로 법을 준수하며 선량하게, 다른 사람을 배려하며 살았다고 자신한다.

하지만 그는 지나치게 독보적이었다.

낭중지추라, 튀어나온 부분이 있으면 그것이 자신에게 해가 되지 않더라도 눈엣가시로 여기는 사람이 있다는 걸 몰랐다.

자신의 사람이 되지 않았다고, 너무 강하기 때문에 언젠가 방해가 될 것 같아서, 일을 방해했다고, 이해기의 부와 명예, 강함이 질투 나서.

이해기는 이해할 수 없는 추잡하고 더러운 이유로 동생이 죽었다.

하지만 그가 가장 경악한 부분은 따로 있었다.

"미친 새끼들. 하나 남은 동생 죽여놓고 본보기라고?"

이해기는 삼남일녀의 다복한 집안에서 차남으로 태어났다.

부모님은 균열의 날 사망하고 얼마 지나지 않아 형이 실종되었다.

동생이 둘 남았으나 남동생은 오래전 죽은 것이나 마찬가지였기에 실질적인 가족은 여동생 한 명밖에 없었다.

유일하게 하나 남은 가족을 죽여놓고 본보기란다. 그 말을 들었을 때 이해기는 웃다 지쳐 쓰러졌다.

"내가 조심하라고 한마디만 했으면 보배는 똑똑하니까

알아서 조심했을 텐데. 내가 그걸 몰라서. 세상엔 이렇게 쓰레기 같은 새끼들도 같은 인간이라고 활보하는 걸 몰라서. 알고 있었는데 나한텐 위협이 안 되니까 말을 안 해서 보배가."

"형 잘못이 아니에요."

한현우가 이해기를 위로했다.

어느 순간부턴 한현우가 아닌 박마노가 옆에 앉아 그를 위로했다.

그 뒤로도 시간은 계속 흘렀다.

동생의 살인 사건과 관련된 자들이 속속히 붙잡히고 법의 심판을 받았다. 크게는 사형에서 작게는 구류까지.

엮인 사람이 많고 죄의 경중도 다르다 보니 판결을 보고 받는 것도 큰일이었다.

동생의 장례식으로부터 한 달 뒤, 이해기는 헌터로서의 일상에 복귀했다.

사람들은 슬픔을 극복하고 인류를 위해 싸우는 영웅의 복귀를 성대히 환영했다.

하지만 정확하게 말하자면 반대였다.

이해기는 과거 이보배가 일로 불안을 잊으려 했듯 전투의 흥분과 레벨 업의 고양감으로 슬픔을 잊고 싶었을 뿐이다.

이해기는 박마노가 만류할 정도로 몸을 쉬지 않았다.

동생이 죽은 후 물에 빠진 듯 둔해진 감각을 살육과 전투로 예리하게 갈고닦았다. 그런 그를 다시금 현실로 내팽개친 건 오래전에 죽은 동생의 죽음이었다.

이보배가 그렇게 열심히 살리려던 이한생은 패혈증으로 생을 마감했다.

이해기는 울지 않았다. 그의 남동생은 오래전에 죽은 사람이나 마찬가지였다. 죽은 사람이 또 죽었는데 슬플 리가 없다.

하루 만에 발인을 해치우고 동생의 몸뚱이가 재가 되길 기다렸다.

"나 전화만 받고 올게. 다른 데 가지 말고 여기서 기다려. 꼭이다."

내내 곁을 지킨 박마노가 급한 연락을 받고 자리를 비웠다.

이해기는 묵묵히 바닥만 응시했다. 동생이 죽은 후 줄곧 품어왔던 의문의 답을 내릴 차례임을 깨달았다.

이해기는 세상에서 가장 강한 헌터다.

이해기를 싫어하는 사람들은 그걸 알면서도 유일한 가족을 살해했다.

보복이 두렵지 않았다는 이야기다.

이해기가 법을 준수하고 사람을 죽이지 않는 것을 알기 때문에.

그래서 이해기의 동생이 죽었다.

이보배를 청부 살해한 살인범과 직접적으로 살인을 교사한 자들은 모두 사형 선고를 받았다.

하지만 아직 사형이 집행되진 않았다. 징역을 선고받은 자들은 죽을 걱정 없이 교도소에서 수감 중이다.

각성자 범죄자 또한 죽을 만큼 쥐어짜이고 있겠지만 죽음을 무릅쓰고 몬스터와 싸우는 건 일반 각성자도 마찬가지다.

"한생아, 네가 목숨 걸고 지킨 보배가 나 때문에 죽었어. 한심하지? 욕 좀 시원하게 해줄래?"

이해기는 자신을 따돌리는 것에 짜증 내며 욕하던 남동생의 목소리가 그리웠다.

"내가 검성처럼 가족을 확실하게 지켰으면 엄두도 내지 못했을 텐데."

검성을 보라. 자신과 가족을 모욕하는 자에게 박살형을 내렸지만 아무도 그를 탓하지 않는다.

이해기보다 약한 검성이 그럴진대 그보다 강한 이해기는 동생을 잃었다.

이해기가 정의의 용사기 때문이다.

이해기가 사적으로 복수하지 않을 걸 믿고 저지른 것이다.

"내가 어떻게 해야 할까, 한생아."

이해기의 머릿속에서 가물가물해진 이한생의 목소리가

외쳤다.

"다 때려 부숴, 시발!"

이해기는 그렇게 하기로 했다. 그의 상식과 윤리는 균열의 날에도 붕괴하지 않았으나 혈육의 죽음으로 산산조각나 깨졌다.

피는 물보다 진하고 불보다 뜨겁기에.

이해기는 그들을 용서하지 않기로 했다.

'빌어먹을.'

균열은 사람의 사정을 봐줘가며 생성되지 않는다.

헌터도 사람이고 쉬고 싶어질 때나 몬스터를 상대하기 싫을 때가 있다.

하지만 강한 헌터는 소수고 생성되는 균열의 등급은 점점 올라갔다.

애인이 마지막 남은 가족을 잃은 날까지 사람들은 박마노와 애인을 찾았다.

각성하고 레벨이 올라도 헌터는 결국 사람이다.

사람이기에 다른 사람을 위해 목숨 걸고 싸운다.

슬프게도 세상엔 지극히 당연한 사실을 모르는 자가 있었다.

박마노가 진저리를 치고 이해기에게 돌아갔을 때, 이해기는 거기에 없었다.

박마노는 이해기에게 전화했다. 핸드폰이 꺼져 있다는 음성 안내만 들렸다.

박마노는 머리를 쓸어 올리고 침착하게 하고 싶은 말을 녹음했다.

"잠시 쉬러 간 거면 마음 달랜 후에 연락해 줘. 아예 잠적하고 싶은 거면 나에게 말을 해주고 가는 게 예의라고 말하고 싶다. 그리고 만약에."

박마노는 벽에 등을 기대고 이를 갈았다.

이해기가 앞으로 벌일 일들이 짐작 가서일까. 잠시 심장이 멎었다.

"최악의 선택을 했다면 다시 생각해 보라고 말할게. 내가 네 심정을 이해할 순 없을 거야. 어떻게 그러겠어. 그래도 이건 아니야. 마음을 바꿀 생각 없더라도 나랑 대화 좀 하자. 무작정 안 된다고 하려는 게 아니야. 그냥 네 얘기를 듣고 싶어서 그래."

박마노가 아는 이해기는 지극히 선량한 청년이었다. 정의롭고 친절하며 늘 선행을 베풀었다. 꽤 유치한 각성 직업에 부끄럽지 않도록 언제나 타인을 위했다. 빌런을 상대할 때도 살인을 꺼렸다.

박마노는 이보배의 죽음 이후 상처받은 이해기를 최대한 보살피려 애썼지만 이해기는 상처를 홀로 곪다 썩히고 말았다.

"귀 씻고 똑바로 들어, 이해기. 넌 말이야, 네 멋대로 결정하기 전에 내게 말했어야 해. 그게 우리 사이의 예의니까. 그런데 넌 끝까지 나한테 말 한마디 안 했네? 그래놓고 그냥 잠적하기냐?"

박마노는 핸드폰에 대고 노성을 터뜨렸다.

"넌 진짜 나쁜 새끼야."

그녀는 신경질적으로 녹음을 마쳤다. 울분을 풀 길 없어 허공에 주먹을 휘젓고 발길질했다.

그 와중에도 그녀를 찾는 연락은 쉬지 않고 쏟아졌다.

박마노는 관리국에서 온 전화를 받자마자 말했다.

"야, 우리 X 됐다. 응? 나 박마노 맞냐고? 박마노 맞지. 근데 우리 X 됐어. 이해기가 동생 복수한다고 잠적 때렸다. 그래, 세계 최강 이해기. 세최헌 이해기. 나랑 사귀던 이해기 맞다니까. 뭐? 말리지 않고 뭐 했냐고? 내가 하고 싶은 말이야. 말릴 기회를 줬어야지. 마리한테 지금 당장 화장터로 와서 이해기 냄새로 추적해 보라고 해. 주위 CCTV 전부 체크하고."

전화를 끊은 박마노는 흐르는 눈물을 소매로 훔쳤다.

"적이 많아도 괜찮다고 했잖아. 지가 적이 되면 어쩌자는 거야."

거미는 언제나처럼 홀연히 등장했다.

이해기는 시야의 사각에서 우아하게 걸어 나온 아라크네에게 묵례했다.

"세계 최강 헌터 이해기 님을 고객으로 모시게 되어 영광입니다."

"내가 왜 찾았는진 알겠지."

"세계에서 가장 강한 분을 고객으로 모시고 싶은데 박과장님 때문에 그러지 못했죠. 얼마나 아쉬웠는지 모르실 거예요. 마음 같아서야 당장에라도 고객님께서 원하시는 걸 제공해 드리고 싶지만."

아라크네가 눈살을 살짝 찌푸렸다. 아름다운 눈썹이 따라 일그러졌다.

"정말 각오하셨는지요?"

"……."

"이보배 고객님 일은 저 또한 안타깝게 생각하고 화가 많이 났답니다. 매너 좋고 씀씀이 화끈하신 VIP 고객님이었고 오래오래 만나 뵙고 싶은 분이었어요. 이보배 고객님의 업적은 또 얼마나 눈부신가요. 포션 마스터를 잃다니, 인류의 손실이죠. 그런 좋은 분을 잃으셨으니 그 마음 오죽할까요. 저도 가족을 한 번에 잃은 몸이지만, 가족이 살해당한 슬픔은 상상이 가지 않네요."

"……."

"그렇지만 이해기 님의 인생은 생각해 보셨나요? 정의의 용사, 인류의 수호자, 세계 최고 헌터의 명성과 명예, 사람들의 기대를 저버리실 건가요? 이보배 고객님이 그걸 바라셨을까요?"

아라크네의 설득은 지난날 이해기가 동생과 나눴던 대화와 비슷했다.

"한생이가 이런 걸 바라겠니?"

"오빠 아무것도 몰라!"

모든 걸 잃고 나서야 이해기는 동생의 마음을 알게 되었다.

상실과 자책에서 태어난 깨달음은 끝없는 후회만 남겼다.

"보배를 호강시켜 주고 싶었는데, 이제 보배가 없다. 내겐 남은 게 없어."

"외람된 말씀이오나, 박 과장님은?"

이해기의 눈동자가 흔들렸다.

돌아간다면 지금이 유일한 기회였다.

이해기는 박마노를 생각했다. 그에게 남은 게 없다고 하지만 사실은 박마노가 남았다. 오히려 마지막 남은 박마노까지 스스로 버리려 하고 있지 않은가.

흔들리는 이해기의 마음을 다잡은 건 피처럼 붉은 아라크네의 치파오였다.

이해기는 저도 모르게 말했다.

"우리 보배는 아들 많은 집 막내로 태어나 금이야 옥이야, 불면 날아갈까 쥐면 터질까, 그렇게 자랐다. 부모님이 하도 오냐오냐해서 나랑 형도 자연스럽게 오냐오냐했어. 그래서 엄살이 심했다. 넘어지면 엉엉 울고 슬쩍 까진 것도 붕대를 감고 다녔어. 그렇게 아픈 걸 싫어했는데."

이해기는 차마 말을 잇지 못했다.

피에 젖은 협박장이 도착한 날, 이해기가 받은 건 협박장만이 아니었다.

사람의 손 하나가 들어갈 크기의 상자도 같이 배달되었다.

상자 속 내용물이 살아 있을 때 절단되었단 검사 결과를 받았을 때, 이해기는 많이 아팠어도 좋으니 동생이 살아 있길 빌었다.

"그들은 그걸 본보기라고 했다. 그럼 나도 본보기가 되어주려는 거다. 세계에서 가장 강한 헌터를 적으로 돌린

게 어떤 건지 뼈저리게 느껴보라고."

이해기가 아라크네에게 요구한 건 은신처와 정보 교란, 복수할 대상의 지속적인 정보 제공. 대가는 이해기의 전 재산이었다.

이해기는 거기에 하나를 추가했다.

"그들이 가장 아끼고 사랑하는 것을 알려줘. 뭐든 좋아. 가족, 연인, 친구, 애완동물, 추억이 담긴 물건. 소중한 게 아무것도 없는 자라면 가장 싫어하는 걸 알려줘."

"그렇게까지 하셔야 할까요?"

"본인만 죽고 싶었다면 동생이 아니라 날 건드렸어야지."

복수귀는 얼굴을 일그러뜨리며 웃었다.

아라크네는 몇 번이고 망설이다 끝내 거래를 수락했다.

"본래 이런 정보를 제공하는 건 제 직업윤리에 어긋나지만, 이번 일로 저도 화가 많이 났으니 어쩔 수 없네요."

거미는 다가올 때와 마찬가지로 홀연히 멀어졌다.

이해기는 자료를 받기도 전에 가장 먼저 복수할 상대를 찾았다.

장기 말로 쓰인 살인범이었다.

돈으로 사람의 목숨을 살 수 있다 여기는 자들에게 가장 적절한 복수의 신호탄이었다.

한 명을 죽였을 때 시스템은 침묵했다.

열 명을 죽이자 못마땅한 듯 알림을 울렸다.

쉰을 넘기자 직업이 바뀔 수 있다는 알림을 보냈다.

시스템의 마지막 경고였다.

마지막 경고를 무시하니 시스템은 이해기를 빌런으로 정의했다.

어마어마한 양의 경험치와 보상을 걸고 이해기를 막으라는 퀘스트를 뿌렸다.

실로 우스운 것은, 이해기를 죽여선 안 된다고 못 박은 것이다. 시스템이 판단하기에 이해기의 능력이 아깝다는 의미였다.

"우습지 않습니까? 시스템도 미련이 남아 나를 죽이지 못하는데 대체 뭘 믿고 제 동생을 건드린 걸까요."

"사, 살려줘."

"왜일까. 대체 왜 그랬을까. 동생이 죽은 다음 다른 동생이 죽은 날까지 매일매일 생각해 봤습니다. 그랬더니 결론은 하나였습니다. 내가 복수하지 않을 걸 아니까. 내가 착하게 판사의 선고만 기다리다 참을 거라고 믿어서."

"난 아니야! 난 억울해! 믿어주게, 나는 정말 자네 동생의 죽음과 무관해."

"거미는 아니라고 하네요, 협회장님."

아라크네가 작성한 관계자 명단은 관리국의 조사 결과보다 길었다.

이해기가 복수하지 않았다면 진짜 발안자인 높으신 분들은 죄의 대가도 치르지 않았을 거란 이야기다.

이해기의 복수를 인정해 주던 여론은 그가 무관해 보이는 사람까지 죽이기 시작하자 뒤집어졌다.

이해기는 신경 쓰지 않았다.

한 가지 신경 쓰는 건 있었다. 관리국의 추락이다.

사람들은 이해기의 복수행을 막지 못하는 관리국을 비난했다. 이해기와 공개적으로 교제한 박마노에겐 더 심한 비난이 쏟아졌다. 일부러 이해기를 막지 않는 게 아니냐, 사실은 공범이다, 처음부터 박마노가 막지 못해 이런 일이 벌어진 거다.

균열의 날 이후 박마노가 이룩한 모든 업적이 휴지 조각이 되고 말았다.

관리국은 국민의 신뢰를 잃었다.

박마노는 변하지 않았는데, 여전히 관리국의 박 과장으로 불철주야 나라와 국민을 위해 힘쓰는데도 말이다.

제 가족을 모욕한 자에게 박살형을 행한 검성은 어째서 괜찮냐는 의문을 품을 수 있다. 검성이 살인을 저지르고도 태연한 이유는 들키지 않았기 때문이다.

검성은 살인을 덮었고, 정부는 강한 헌터를 잃지 않기

위해 은폐에 협조했다.

그러나 이해기는 달랐다.

그는 만천하에 복수를 알렸다. 그의 동생이 살해당했기에 직접 복수하고 있음을 선언했다.

세계 최강의 헌터를 잃고 싶지 않았던 정부는 초기 몇 건의 살인을 은폐하면서 그를 회유하려 했다.

이해기를 비난하는 사람들도 실은 이해기의 거짓 개심을 원했다.

복수를 중단하고 인류를 위해 속죄하는 삶을 살겠다고 새빨간 거짓말이라도 하길 바랐다.

자수해서 광명 찾으란 이야기다.

당연하지만 이해기는 그럴 생각이 추호도 없었다. 설령 복수를 끝낸 뒤 자수하더라도 박마노가 그를 살려두지 않을 테니.

아라크네가 건넨 명단이 한 장만 남았을 때, 이해기는 관리국이 판 함정에 걸렸다.

함정인 걸 알고 있었지만 미끼를 놓칠 수 없었다.

그리하여 이해기가 간신히 미끼를 죽이고 관리국의 포위망을 벗어났을 때.

이해기는 도망친 장소에서 박마노와 마주쳤다.

포위망을 벗어난 게 아니라 박마노가 대기하는 장소로 유도당한 것이다.

인류의 희망이었다가 복수귀가 된 남자는 오랜만에 만난 연인에게서 눈을 떼지 못했다. 그가 스스로 버리고 온 것이 얼마나 소중했는지 새삼 실감했기 때문이다.

얄궂게도 그날 밤엔 비가 내렸다.

과거 연인이었다가 범죄자와 경찰로 재회한 날에 비가 내리다니.

박마노가 좋아하는 느와르 영화의 한 장면 같았다.

이해기는 박마노가 헌터의 자유롭고 화려한 삶을 포기한 이유를 안다.

그녀는 세상이 강자존이 되는 걸 원하지 않았다.

인간은 사회적인 동물이며 아무리 강하더라도 혼자선 살 수 없다.

박마노는 각성자도 인간에 불과하며 인간을 외면해선 살 수 없다고 생각했다. 그래서 각성자와 비각성자의 불화를 줄이고 싶어 했다.

강한 각성자인 그녀가 직접 각성 범죄자를 처단함으로써 비각성자와의 경계를 누그러뜨리고자 했다.

각성자들에겐 같은 각성자로서 기존 질서와 사회, 국가 체제 유지를 호소했다.

이해기는 박마노가 공들여 쌓은 탑을 무너뜨렸다. 박마노를 사랑하는 주제에 그녀가 유지하고자 했던 질서를 깨뜨렸다.

박마노는 절대 이해기를 용서하지 않을 것이다.

이해기는 박마노의 손에 죽는 것도 나쁘지 않다고 생각했다.

지독히 이기적인 생각이었다.

하늘이 용서치 않을지는 모르겠지만.

시스템이 포기하지 못하는 자신을 박마노가 응징한다.

썩 나쁘지 않은 최후였다.

"변명도 없구나. 그래도 보면 사과 한마디는 할 줄 알았는데."

"……."

"쓸데없는 말은 많은 주제에 정작 진짜 중요한 말은 한마디도 하지 않고. 그래서 백정 노릇 하니 좋던?"

"네."

"꼭 그래야 했어?"

"후회하지 않아요."

"눈에는 눈, 이에는 이. 좋은 말이야. 이 말 알지? 너 공부 잘했잖아."

눈에는 눈, 이에는 이.

이 구절은 과잉 보복을 방지하기 위한 구절이다.

눈을 다쳤다면 똑같이 눈만 건드려야 하고 죽여선 안 된다는 것이다.

"복수는 끝이 없어서 누군가 억지로 끊어주지 않으면 무한히 반복돼. 그걸 막기 위해 법이 있는 거고. 사람들이 법을 지키지 않는다면 가장 먼저 피해를 입는 건 약자지. 가장 약한 사람 다음엔 그다음으로 약한 사람이, 그 사람이 당하고 나면 다음으로 약한 사람이. 결국엔 모두가 희생되고 말아."

박마노는 폭발할 것 같은 분노를 억누르며 말했다.

"멋모르는 애새끼의 개똥철학이라고 해도 좋아. 세상이 요지경이 되고서 난 그걸 막기 위해 일생을 바쳤어. 그런데 네가."

박마노의 말은 하늘에서 내리는 비처럼 끊임없이 이어졌다.

그 틈을 타 도망갈 수도 있겠지만 이해기는 그러지 않았다. 사방이 비에 젖은 상황에서 도망가 봐야 천지에 내리꽂히는 벼락을 피할 수 없을 것이다.

대신 이해기는 비에 젖은 박마노를 눈에 담았다. 마지막까지 그러고 싶었다.

"나는 적이 많은데. 그 많은 적 중에 아무도 해내지 못한 일을 네가 했어."

지은 죄를 알기에 이해기는 감히 사과하지 못했다.

박마노는 집중해 스킬을 사용했다. 그녀의 주위로 위협적인 스파크가 튀기 시작했다.

"너는 진짜 나쁜 새끼야. 끝까지 사과 안 하지. 재고의 여지가 없어."

박마노는 얼굴에 쓴웃음을 지었다.

압도적인 기세가 사그라들고 마력이 흩어졌다.

이해기는 박마노의 건강을 걱정했다. 이어지는 박마노의 말이 아니었다면 그녀가 다쳤다고 생각했을 것이다.

"가라."

"마노 누나."

이해기는 박마노의 입에서 나온 말을 믿을 수 없었다.

그가 아는 박마노는 범죄자를 용서하지 않는다. 빌런은 문답무용으로 처벌한다. 강직하고 때로 유들하고 누구보다 이 나라를 사랑하는 박 과장은 사랑하는 사람이라고 봐줄 위인이 아니었다.

"널 사랑해서 놔주는 게 아니야. 널 지키겠다고 약속했는데, 지키지 못해서 놔주는 거야. 내가 바보였지. 복수 같은 거 시작도 못 하도록 원천 봉쇄해야 했는데 그러질 못했어. 네가 얌전히 슬퍼하기만 할 인간이 아닌데 멍청하게 위로나 해주고 있었으니. 내가 좀 더 잘 살폈어야 했는데."

"누나, 그건 누나 잘못이 아니에요."

"보배가 그랬어. 너는 누가 봐도 완벽하게 잘하다가 중요한 순간에 실수하는 경우가 있다고. 그래서 전교 1등은 놓친 적 없는데 올백은 맞은 적이 없다고. 겉으론 내색하지 않지만 오래오래 지켜보면 실수한 것 때문에 후회하고 자책하는 게 눈에 보인다고. 그러니까 부족한 오빠지만 잘 지켜봐 달라고 부탁했는데. 보배랑 약속했는데 내가 널 막지 못했다."

이해기는 세계에서 제일 강한 헌터였다. 시스템이 빌런 낙인을 찍은 후에도 미련을 보일 만큼 독보적이었다.

그렇게 강한 이해기가, A급 균열도 혼자 공략하는 이해기가 동생은 걱정되었나 보다.

저 멍청이 잘 좀 봐달라고 사이 데면데면한 오빠 애인에게 부탁했나 보다.

이해기는 멍청해서 애인도 버리고 손에 피를 묻히고 있다.

이보배는 이런 오빠를 원하지 않았을 것이다.

이해기는 복수가 고인이 아닌 산 자를 위한 것임을 뒤늦게 깨달았다.

"우린 진짜 환상의 커플이야. 환장할 노릇이지."

박마노가 자조했다.

"너도 오만하고 나도 오만하고. 그래서 전부 망쳐 버렸네. 기고만장해서 천둥벌거숭이처럼 굴다가 부하 잃은 주제에, 자만하지 않겠다고 맹세한 주제에 널 붙잡지도 못하고."

"날 막지 못한 건 누나 잘못이 아니에요. 누나가 막았어도 나는……."

"내가 좀 더 잘했으면 네가 언급이라도 해주지 않았을

까. 내가 좀 더 믿음직스러웠다면."

후회와 자책은 박마노가 아니라 이해기의 몫이었다.

그런데 이해기가 모자라 박마노가 짊어졌다. 이해기는 그 사실을 견딜 수 없어 박마노에게 다가갔다.

콰앙!

접근을 허용하지 않겠다는 듯 강력한 전격이 이해기의 발 아래로 떨어졌다.

"그러니까 가라. 다음은 안 봐준다."

"누나는요? 누나는 어떡해요?"

이해기를 붙잡기 위해 관리국의 헌터가 총출동해 기력을 빼고 여기까지 유도했다. 박마노에게 지극히 유리한 이 상황에서 이해기를 놓친다면?

사람들은 박마노를 의심하고 물어뜯을 것이다.

이해기의 걱정에 박마노는 어이가 없다는 듯 코웃음 쳤다.

"그걸 이제 와 걱정해? 늦어도 한참 늦었단다."

박마노는 미소를 지었다. 이해기가 지워주고 싶었던 쓸쓸한 미소였다.

"잊지 마라. 내가 신념과 커리어를 박살 내고 널 보내주는 건 널 사랑해서가 아니야. 보배 때문이지. 내 손에 죽을 때까지 그걸 잊지 마."

쉬지 않고 쏟아지는 비를 맞으며 이해기는 처음으로 후

회했다.

복수를 후회한 것이 아니다. 박마노와 대화하지 않은 것을 후회했다.

박마노는 당연히 말리고 화냈을 테지만 그는 연인에게 자신의 생각을 밝혔어야 했다. 그게 옳았다.

“미안해, 보배야. 죄송해요, 마노 누나.”

이해기는 빗줄기에 눈물을 감추고 두 여성에게 사과했다.

한 명은 죽어서, 한 명은 그가 버렸기에 닿지 않을 사죄였다.

“누나가 말리면 그대로 포기할 것 같아서 말하지 못했어요.”

이제라도 그만두는 것이 박마노를 위한 일임을 안다.

하지만 이해기는 피가 눈물보다, 불보다 뜨겁다는 사실을 알아버렸다.

알아버린 이상, 피에 젖은 협박장과 상자, 얼음처럼 싸늘하게 식은 동생을 떠올리면 도저히 멈출 수 없었다.

복수란 불과 같다. 이미 붙인 불을 중간에 꺼뜨린다고 해서 인화된 부분이 멀쩡해지지 않는다. 그렇다면 차라리 하얀 재만 남을 때까지 활활 불태울 뿐이다. 그것이 깔끔하다.

관리국의 박 과장님은 이해기처럼 비겁하지 않았다. 다 잡은 이해기를 일부러 놔주었음을 솔직히 고백했다.

그 일로 옷을 벗을 뻔했지만 박마노는 굴하지 않았다.

다시 만나면 용서하지 않겠다는 말을 지키기 위해 악착같이 이해기를 쫓았다.

마지막 복수를 끝마친 이해기에게 박마노의 천벌이 쏟아졌다.

피아를 구분하지 않고 무작위로 떨어지는 뇌우에서 벗어나는 건 이해기라도 불가능했다. 눈을 뜬다면 그곳은 지옥이거나 관리국 지하일 것이다.

그리 생각했던 이해기는 낯선 천장에 당황했다. 몸의 외상은 나았지만 내상은 다 낫지 않아 엉망이었다.

'병원인가?'

병원이라 하기엔 주위 가구나 벽지가 지나치게 호화로웠다. 분위기도 병원과 거리가 멀었다.

이해기는 문을 열고 들어온 사람을 보고 깜짝 놀랐다.

"진수 형님?"

"깨어났는가."

이해기가 추월하기 전까지 세계 최강자였던 남자, 검성 고진수는 이해기의 맥을 짚었다.

"뇌기가 골수까지 스며들어 한동안 정양해야 한다. 기를 흘릴 줄 모르면서 박가의 뇌기에 맞고 살아난 것이 요행이지."

"어째서 진수 형님이 여기 계십니까? 저는 어째서 여기에 있는 겁니까?"

"박가가 아우의 숨통을 끊으려 하기에 본좌가 막고 구했네."

"마노 누나는 무사합니까?"

"내공을 모두 소진하여 본좌의 상대는 되지 않았네. 가볍게 혈만 짚어두었으니 옛적에 풀렸을 것일세."

"대체 왜 저를……."

이해기는 검성과 꽤 친하게 지냈으나 복수행을 걸으면서 연락을 끊었다.

검성은 의아해하는 이해기를 꾸짖었다.

"실로 박정하구나. 네 정인에게 그렇게까지 업을 얹고 싶었는가?"

검성의 말이 옳았다.

이해기가 박마노의 손에 죽었다면 박마노에게 사과할 일만 늘어나는 꼴이다.

검성이 끌끌 혀를 찼다.

"박가의 뇌기가 아우의 심마도 태우길 바랐는데 아니었군."

"제 잘못을 막아준 것은 감사합니다. 하지만 형님은 어째서 절 구하셨습니까?"

검성은 대뜸 말했다.

"반역은 구족을 멸한다."

그건 사람 많은 중국의 이야기고 한국은 삼족을 멸한다.

어쨌든 검성은 말을 이었다.

"이제(李弟)가 본좌처럼 뻔뻔하다면 그리 우겨도 될 일이었지. 감히 지존의 혈족을 건드리고 무사하길 바랐는가."

천마군림보로 사람의 머리통을 터뜨린 천마다운 오만이 드러났다.

"어떤가. 한 명을 죽이면 살인자, 열 명을 죽이면 살인마, 백 명을 죽이면 영웅이 된다네. 본좌가 십만을 죽여 지존이 되었으니 이제라면 능히 백만, 천만은 상대할 수 있을 테지. 이 세계의 지존이 되는 건 어떠한가."

이해기는 검성의 의도를 알 수 없었다. 내내 연락하지 않고 이해기의 복수행에도 무관심으로 일관하던 검성이 어째서 갑자기 이해기를 구하고 이상한 말을 하는 것일까.

이해기는 솔직하게 검성의 의도를 물었다. 무림계에서 잔뼈 굵은 능구렁이에게 돌려 말하기는 통하지 않았다.

"형님의 의도를 모르겠습니다."

"이제는 복수를 마쳤지. 노부가 알기로 세상 누구도 복수를 마친 뒤의 삶은 상상하지 않네. 하니 이제는 어찌할지 궁금하지 않겠나."

이해기는 검성이 뜬금없이 지존을 언급한 이유를 알았다.

이해기는 법을 어겼다. 하지만 이해기가 법을 초월하는 존재가 되면 법을 무시해도 된다.

“법을 초월하기 싫다면 관아의 심판을 받겠는가? 하나 이제라면 그도 원치 않을 테지. 지은 죄가 너무 커 속죄할 수 없다 생각하고 있지 않나?”

검성의 말대로였다.

이해기가 자수하더라도 판사는 그에게 사형을 선고하지 않을 것이다. 설령 사형을 선고받고 집행되더라도 이해기는 여러 번 죽을 수 없다.

하나의 목숨은 다른 하나의 목숨으로. 생명의 저울은 그래야만 공평하다.

이해기의 목을 수십 번 치더라도 이해기가 죽는 건 한 번이었다.

“신분을 숨기고 새 삶을 시작할 수도 있지. 하지만 이제에게 그런 결말은 어울리지 않네.”

“형님 말대로 이후에 대해선 생각해 본 적 없습니다.”

“정인 손에 죽을 생각만 했는가. 이렇게 박정한 사내 어디가 좋은지 모르겠네.”

“복수하는 사람이 이후에 대해 생각하지 않는다고 말한 건 형님이십니다. 왜 제게 물으시는 겁니까.”

“그야 이제는 노부를 이긴 유일한 자니 궁금하지 않겠나.”

“생사결이 아니었습니다.”

“진정한 고수는 평범한 대련도 실전처럼 하는 법이라네.”

검성은 이해기에게 대답을 재촉했다.

생각해 본 적 없는 미래를 대답하는 건 불가능했다. 이제 와 이해기가 택할 수 있는 것이라곤 자수가 전부다.

실로 위선적인 선택이었지만 선택지가 없었다.

“자수해야겠죠. 일단 그것이 먼저입니다.”

“재미도 패기도 없는 선택일세.”

“대체 저더러 어쩌라는 겁니까.”

“본좌를 보게. 이 노부는 복수의 여로에서 심마를 얻었네. 이 안에 심마가 도사리고 있다네. 아주 지독한 놈이지. 해서 지존이 되기로 결정했지.”

검성은 무림계에 오래 있었다. 검성도 마찬가지로 피의 복수를 했다는 이야기에 이해기는 흥분을 가라앉혔다.

“본형이 보기에 이제는 살인자가 될 상이 아니야. 살인마가 될 상도 아니지. 이제는 영웅의 상인데 스스로 내려왔지. 그렇다고 지존의 위에 설 자도 아니네. 그러니 반대는 어떻겠나.”

검성이 빙그레 웃었다. 심마에 들었다는 사람치고 밝고 순진한 미소였다.

“십만을 죽일 각오가 없다면 백만을 살리게. 백만도 부족하다면 천만, 억, 십억. 인류를 위해 살게. 어차피 시스템과 민중이 아우에게 원하는 바도 그것 아닌가. 복수행을 마쳤으니 속죄행을 걸으시게나.”

이해기는 망치에 맞은 듯 멍해졌다. 깨달음이 과해 정신을 차리기 어려웠다.

꺼져가던 이해기의 눈빛에 생기가 돌아오자 검성은 이어 말했다.

"속죄행을 걸어도 용서받진 못한다네. 착각은 금물일세. 피해자 입장에선 오장육부가 끊어지는 지독한 위선행이 속죄행의 다른 이름일세."

이해기는 자신의 복수의 대상 중 누군가가 속죄하겠답시고 사람을 구하고 다니는 모습을 상상해 보았다.

단장의 고통이 이어졌다. 실로 지독한 위선이고 우롱이었다. 그래서 이해기는 결정할 수 있었다.

"눈빛을 보아하니 이제의 미래가 정해졌나 보군."

"속죄행을 걷겠습니다."

"정녕 하겠는가? 본형은 버틸 수 없어 지존을 택했네."

"복수하기 위해 성장을 포기한 것이 3년입니다. 그럼에도 전 여전히 세계 최강입니다. 그렇다면 최소한 이 힘의 책임은 다하고 가겠습니다."

내상이 치료된 날, 이해기는 검성의 별장을 떠났다.

떠나기 전에 이해기는 검성에게 물었다.

"형님께 큰 은혜를 입었습니다. 제게 이렇게 잘해주신 이유가 무엇입니까?"

검성은 어울리지 않게 머리를 긁적였다.

"그야 뻔하지 않겠나. 피는 물보다 진하지."

검성이 이해기에게 눈짓했다.

이해기는 검성의 눈짓을 따라 시선을 옮겼다. 별장의 2층 커튼 틈으로 고진아와 눈이 마주쳤다.

고진아는 커튼을 쳤다. 커튼이 걷히는 일은 없었다.

"이런 박정한 남자 무어가 좋다고."

검성이 아흔 넘은 노인처럼 구시렁거렸다.

복수행과 다르게 속죄행엔 끝이 없다.

이해기는 자신이 전사하거나 또 다른 복수행의 끝을 장식할 거라 확신했다.

하지만.

"이런 미래는 상상한 적 없는데."

어느 날 갑자기 균열이 이 세상을 덮쳤던 것처럼 어느 날 갑자기 새로운 균열이 세계를 덮쳤다.

처음엔 단순히 등급이 높은 균열이라 생각했다. 하지만 그 균열에서 나온 몬스터와 오염된 마력은 사람은 물론이고 세계 자체를 오염시켰다.

전 세계가 혼란에 빠졌다. 그래도 극복할 수 있다는 희망을 잃지는 않았다.

어떤 위기가 닥쳐도 인류는 힘을 모아 극복할 것이다.

그러나 그 희망과 의지는 세계를 찢고 모습을 드러낸 '무언가'에 의해 완전히 사라졌다.

'그것'은 이제까지 인류가 목격한 공포 중에서 최악이었다.

하늘이 찢어진 날, 세계가 비명을 지르고 '그것'이 모습을 드러냈다.

흡사 한물간 종말론의 마왕처럼 '그것'은 서서히 강림했다. 가까이 다가올 뿐인데 하늘이 찢어지고 바다가 마르고 대지가 소멸했다.

인류는 희망을 버렸다. '그것'이 아직 완전히 강림하지 않았음에도 세계는 지옥이 되었다. 사람들은 찰나의 욕구를 충족하기 위해 악마처럼 굴었다.

희망을 버리지 않은 사람들이 약자를 구하고 타인을 도우며 한 사람이라도 더 살려보려 애썼다.

이해기는 희망을 버린 지 오래임에도 그런 사람들을 도왔다. 여전히 세계 최강인 그가 도와줘도 지옥이 되어버린 세계에서 인간성을 유지하는 일은 쉽지 않았다. 많이 어려웠다.

함께 싸우던 동료에게 배신당하는가 하면, 싸우고 돌아오니 기껏 구한 생존자가 단체로 자살한 것을 목격하기도 했다.

세상이 미쳐 날뛰었다. 그럼에도 이해기의 속죄행은 끝나지 않았다.

그의 속죄행은 하늘의 '마왕'이 강림하는 날, 그날 남은 인류와 함께 사망함과 동시에 끝날 것이다.

이해기는 그렇게 생각했다.

세계의 종말이 가까워져서일까.

이해기는 내내 피하던 한국으로 돌아갔다.

항공과 배편이 끊겨 도보로 가야 했다. 세계 최강인 그에게도 쉽지 않은 여로였다.

간신히 도달한 고향에서 처음으로 들은 소식이 박마노의 부고였다.

멸망이 가까워지고 국가가 제 기능을 잃은 지 오래임에도 박마노는 끝까지 포기하지 않았다. 서울 셸터를 지키기 위해 서울 전역에 뇌우를 흩뿌리던 모습은 신화 속 뇌신과 같았다고 한다.

직접 보지 못했으나 이해기는 확신했다. 분명 눈을 뜨지 못할 정도로 눈부셨을 것이다.

사람들은 박마노를 마지막 애국자라 불렀다.

박마노가 살아 있었다면 짜증 냈을 별명이었다.

"나는 결국 하나도 지키지 못한 건가."

스스로를 세계 최강의 헌터라 자칭한 주제에 무엇 하나 지키지 못한 전직 용사가 자조했다.

거미는 언제나처럼 예고도 없이 찾아왔다. 피처럼 선명하던 색을 버리고 잿빛 보호색을 둘렀다.

이해기는 처음으로 본 거미의 맨얼굴에 덤덤하게 반응했다.

“남자였군.”

“성별은 중요하지 않죠.”

“하긴, 죽으면 다 똑같지.”

하늘을 찢으며 내려오는 ‘마왕’이 완벽하게 강림하는 날 세계의 모든 생명이 사라진다. 이해기는 죽음을 앞둔 자 특유의 초연함을 내비쳤다.

“기왕 죽는 김에 같이 싸워주시겠어요?”

거미가 하늘을 가리켰다.

“저걸 상대하자고? 미친 건가?”

차라리 하늘을 가르라면 잠깐이라도 갈라볼 수 있을지 모른다. 하지만 거미가 가리킨 것은 하늘도, 태양도, 달도 아니다.

이 세계를 끝내기 위해 찾아오는 종말이었다.

“계란으로 바위 치기인 건 저도 알지만. 달리 방법이 있나요.”

아라크네는 어깨를 으쓱였다.

“혈마처럼 다른 세상에 가는 방법을 알지도, 제물로 바칠 제자도 없으니 이 한 몸이라도 부딪쳐 봐야 하지 않겠어요?”

마왕이 세계의 벽을 찢고 하늘에 제 일부를 드러낸 날, 검성은 가족만 데리고 무림계로 도망갔다.

비인부전의 원칙으로 전 세계에서 고르고 골라 직접 키운 열세 명의 제자가 차원 이동진의 제물이 되었다.

이해기는 그제야 검성이 말했던 심마가 무엇인지 알 수 있었다.

그는 검성도 아니고 천마도 아닌 혈마였다.

제자가 아니라 제물을 골라 먹이고 가르쳐 영성과 육신을 살찌워 잡아먹었다. 진짜 피를 나눈 가족은 아니지만 가족처럼 아끼던 제자를 모조리 죽였다.

혈마의 제물들은 차원 이동진이 완성되는 순간까지 배와 내장이 뜯긴 채 살아 있었다고 한다.

끔찍한 이야기지만 이해기는 혈마 고진수를 비난하지 않았다.

그의 선택을 존중하지는 못하지만 심정은 이해했다.

이해기라도 할 수 있다면 그렇게 했을 것이다.

지존이나 천하제일인의 명예는 가족의 안전과 비교하면 길가의 개똥보다 무가치하지 않은가.

피는 물보다 진하다.

천하제일인도 가족 앞에선 일개 필부에 지나지 않았다.

"일단 드림팀을 꾸려봤는데, 이해기 고객님이 리더가 되어주셨으면 해요."

"살인마에 빌런을 끌어들일 생각인가?"

"왜 이러세요. 시스템이 사면해 준 거 알고 있는데. 세상이 이렇게 되었으니 이전의 법은 의미가 없죠."

사회 기반 자체가 무너지면서 시스템은 남은 생존자를 모조리 각성시켰다. 차원 상점을 이용하지 않으면 식수조차 구할 수 없어졌기 때문이다.

아라크네는 드림팀 구성원을 열거했다.

대부분 한 번씩 들어본 이름이었다.

구성원을 모두 들은 이해기는 빠진 사람이 있다고 생각했다.

"현우는?"

"한현우 고객님은 [부양하는 황금 피라미드]의 소유주라서 피라미드 방어에 집중하기로 했죠."

[부양하는 황금 피라미드]는 인류의 마지막 보금자리다. 이해할 수 있는 선택이었다.

"말 그대로 드림팀인 건 인정한다. 하지만 저걸 어떻게 상대하겠다는 거지? 저 마왕이 세계를 찢고 등장한 것만으로 지구 절반이 박살 났다."

다른 세계에서 온 마왕은 접근하는 것만으로도 이 세계를 파괴하고 있었다.

마왕이 완전히 이 세계에 강림하는 날 세계는 멸망할 것이다. 상대하고 싶어도 방법이 없었다.

"강림한다고 세상이 멸망하진 않을 겁니다."

"왜 그렇게 생각하지?"

"애초에 마왕이라면 천천히 강림할 필요 없이 지구를 날려 버릴 수 있었습니다. 그러지 않고 굳이 강림하고 있으니, 완전히 이 세계로 넘어와도 바로 멸망하진 않을 거예요."

아라크네가 하늘을 가리켰다.

칼로 난도질한 것처럼 금이 가고 검붉게 물든 하늘에 깊고 흉한 상처가 있었다.

재앙은 그 상처를 벌려 지구에 강림하는 중이었다.

손을 내밀면 닿을 만큼 가까워진 절망은 한때 이해기의 속마음처럼 더럽고 흉악했다.

무의미한 발버둥에 불과하다. 동시에 이해기는 생각했다.

이만하면 속죄행의 종착지로 괜찮지 않겠느냐고.

이해기는 고개를 끄덕여 아라크네의 제안을 받아들였다.

어떤 이유를 가져다 대도 승리할 수 없는 싸움. 저항 자체에 의의를 둔 발버둥.

마왕의 작은 움직임에 동료가 죽는다. 개미를 잡는 것보다 가벼운 움직임에 지축이 흔들린다.

이해기는 아껴왔던 동생의 포션을 모조리 써가며 버텼다.

동료의 상처를 무시하고 오직 자신을 위해서만 사용한 포션 마스터의 회복 포션.

마지막 한 병마저 써버렸을 때 이해기는 울었던가 웃었던가.

싸우는 도중 마왕과 눈이 마주친 기분이 들었다.

모두 사망하고 이해기 홀로 남았을 때, 마왕과 이해기는 서로에게서 눈을 떼지 않았다.

실로 불가해한 전투였다.

모든 걸 잃었지만 종말에 저항하는 이해기의 마음과 별개로 전투 과정은 일방적인 몰이해로 점철되었다.

그리고 이해기는 살아남았다.

생존했을 뿐인가. 마왕을 쓰러뜨렸다.

이해기는 승리와 생존을 믿을 수 없어 재앙의 사체를 난도질했다.

"하, 하하하."

정신이 든 이해기는 공허한 눈으로 주위를 둘러보았다. 그가 발 디딘 곳은 물론이고 눈에 담는 모두가 폐허였다.

사방이 고요했고 벌레 한 마리 울지 않았다.

모두 죽었다.

이해기만 살았다.

남은 것 없이 텅텅 빈 이해기만 남아버렸다.

검붉게 물들어 피 흘리는 것 같았던 하늘에 푸른빛이 돌아왔다.

마왕이 강림하면서 남긴 상처는 아물지 않았으나 더는

불길하지 않았다.

'이걸로 된 건가.'

이해기는 마왕의 사체 위에 드러누웠다.

오랜만에 보는 푸른 하늘이 반가웠다.

이해기는, 무려 각성 직업이 용사였던 이해기는 무시무시한 마왕으로부터 세계를 지켰다.

이만하면 끔찍했던 복수행의 속죄가 되지 않을까. 아니면 아직도 부족한가.

남은 인류를 지키며 재건에 힘써야 하는 것일까.

그렇게 하면 죽은 뒤에라도 동생과 박마노, 복수의 피해자들에게 용서를 구할 수 있을까.

[당신은 세계를 구원했습니다. 불가능한 업적!]

이해기의 눈앞에 시스템 보상 알림창이 떴다.

무관심하게 알림창을 응시한 이해기의 눈이 곧 사정없이 흔들렸다.

[회귀하시겠습니까?]

반환점을 지나 돌아갈 수 없게 된 용사에게 시스템이 물었다.

출발선으로 돌아갈래?

이해기는 바로 보상을 받지 않았다.

시스템의 제안은 바로 수락하고 싶을 만큼 매력적이었다.

모두 잃은 이해기에게 모든 걸 돌려주겠다는 파격적인 조건 아닌가.

이해기가 바로 회귀하지 않은 건 한현우가 그를 찾아왔기 때문이다.

한현우는 드림팀에서 강제로 빠졌었다.

셸터로 쓰이는 [부양하는 황금 피라미드]의 주인이면서 정화수 제작이 가능한 유일한 인물이었기 때문이다.

멍하니 알림창을 보고 있던 이해기는 한현우의 접근에 정신을 차렸다. 그에겐 남은 게 없지만 아직 이 지구엔 사람들이 있다.

만약 이해기가 회귀한다면 이 시간대와 남은 사람들은 어떻게 되는가?

이해기가 셸터로 돌아가자 남은 인류는 그를 영웅, 용사 취급했다. 부족한 물자로 파티가 열렸다.

이해기는 얼굴만 비추고 시스템 보상창을 보며 고뇌했다.

이해기가 그 고민을 한현우에게 말하자 전투 연금은 질문했다.

"언제로 회귀하는데요?"

"내가 각성한 날."

"회귀하세요."

"만약 진짜 회귀가 아니라 평행 우주로 가는 거라면?"

"전 세이브 데이터 불러오기 할 때 중단한 데이터는 어찌 될지 생각해 본 적 없어요. 중요한 건 형이 이 경험으로 이전보다 더 잘할 수 있으리라는 거죠."

"더 잘……."

"네, 미리 대비할 수 있죠."

마왕이 강림할 걸 22년 전에 알았다면, 최소한 오염된 마력의 존재를 알았다면 피해를 줄일 수 있을 것이다.

회귀하면 돌아가게 된다.

마왕이 강림하지 않고 세계가 반파되기 이전으로.

"아무도 잃지 않고."

이해기는 자신이 잃은 사람들을 떠올렸다.

오만해서 잃은 동생과 나약해서 잃은 연인.

박마노를 떠올리자니 실로 염치없었지만 그래도 이해기는 그녀를 떠올렸다.

"형이 아무도 죽이지 않은."

이해기는 자신의 복수행을 회고했다.

영원히 끝나지 않을 속죄행이 회귀한다고 해서 끝날까?

"내가 기억하고 있는데?"

"형의 육체는 결백할 테니 절반은 무죄라 치죠."

그 말은 썩 마음에 들었다.

이해기는 참으로 오랜만에 웃었다. 이해기는 두 손 두 발 다 들었다.

"마왕과 다시 싸우면 이길 자신이 없는데도?"

"그래도 가세요. 형이라면 분명 더 잘할 수 있을 거예요."

이해기가 회귀한다고 그에게 떡고물이 떨어지는 것도 아닐 텐데 한현우는 강력하게 회귀를 권유했다.

"알겠다."

처음부터 고민할 필요 없는 사안이었다.

이해기는 더는 잃을 게 없었다. 오히려 제발 회귀시켜 달라고 빌어야 할 입장이었다.

"그럼 간다."

"잠깐만요."

회귀하라고 설득할 땐 언제고 한현우가 제동을 걸었다.

"더 잘하려면 정보가 있어야죠. 형 과거 균열이랑 보상, 헌터들에 대해 얼마나 기억하세요?"

"응? 그러니까……."

각성 초기엔 정신없이 성장만 하느라. 막냇동생이 죽은 다음엔 복수에 미쳐서. 속죄행을 걷는 중엔 위험한 균열만 돌았다. 당연히 기억나는 게 없고 아는 것도 없었다.

한현우는 그럴 줄 알았다는 듯 펜과 종이를 꺼냈다.

“저도 데이터베이스에 기록해 두는 것만 믿었어서 제대로 기억해 둔 건 없지만 형보단 낫겠군요. 같이 기억부터 정리해요.”

한현우는 이해기가 각성한 날부터 지금에 이르기까지 벌어진 사건과 사고, 균열과 보상을 시간순으로 정리했다.

데이터베이스를 날려 불안하다는 사람치고 막힘이 없었다.

이해기는 감탄했다.

“이걸 다 기억한다고?”

“불완전해요. 아라크네가 있다면 좋았겠지만.”

자기를 불렀냐며 구석에서 거미가 걸어 나올 것 같았다. 하지만 그런 일은 벌어지지 않았다.

아라크네는 마왕과의 전투에서 전사했다.

죽은 거미 대신 전투 연금이 백지를 채웠다.

이해기는 거듭 감탄했다. 어찌나 듬직한지 동생이 살아 있었으면 매제 삼고 싶을 정도였다.

백지가 채워진 후 이해기와 한현우는 완벽한 성장을 위한 계획을 짰다.

어떻게 하면 가장 효율적이고 빠르게 마왕 강림에 대비할 수 있을지 입에 침이 마를 때까지 토의했다.

만약 여기서 이렇게 했다면. 만약 이때 이걸 막았더라면. 수없이 생각만 했던 무수한 '만약'이 실현 가능해졌다.

과거를 바꿀 경우 그에 따른 나비 효과도 고려한다면 가능한 초반에 바삐 움직여야 했다.

그렇게 완벽한 회귀자 성장 계획과 변수에 따른 플랜 B, C를 세웠다.

이해기는 회귀를 수락하기 직전에서야 늦은 감사 인사를 전했다.

"경황이 없어 그간 말하지 못했다만, 보배 장례…… 도와줘서 정말 고마웠다."

동생이 잠든 관은 이해기 혼자서도 들 수 있다. 하지만 한현우가 반대편을 잡아주지 않았다면 이해기는 혼자서 한 발짝도 옮기지 못했을 것이다.

한현우가 초췌한 얼굴을 구기며 웃었다.

"이번엔 보배 울리지 마세요."

이해기는 불가능한 업적 보상을 수락했다.

찬란한 빛이 그의 몸을 감쌌다. 지독히 낯선 감각이 그를 사로잡았다.

약이나 열에 취한 것처럼 현기증이 일고 정신이 아득해

지더니 갑자기 눈이 뜨였다.

이해기는 누워 있었다. 포근했다. 평범한 천의 감촉이 느껴졌다.

평화롭고 익숙하면서 그리운 냄새가 났다. 눈은 어둠에 적응 중이라 사물이 명확하지 않았다.

'집?'

각성한 날로 회귀한다고 해서 〈용의 무덤〉에서 눈을 뜨리라 생각했다.

하지만 이곳은 균열이 아니다. 어둠에 적응한 눈에 곰팡이 핀 벽지가 들어왔다.

'이곳은.'

이해기가 눈 뜬 곳은 각성하기 전에 살던 반지하였다. 실종된 형이 구한 귀한 전셋집.

이해기는 숨 쉬듯 자연스럽게 시스템창을 불렀다.

시스템창은 보이지 않았다. 그의 육신도 무겁고 둔감한 비각성자의 신체였다.

등골이 서늘해졌다.

'어떻게 된 거지?'

이해기는 주위를 두리번거리다가 핸드폰을 발견했다.

핸드폰 화면 속 날짜가 그가 각성한 날로 회귀한 게 맞음을 알려주었다.

몇 시간 뒤, 이해기는 〈용의 무덤〉에서 각성할 것이다.

'보배는?'

회귀에 성공했다는 확신이 들자 바로 죽은 동생부터 떠올랐다.

이해기는 두려움에 떨며 동생의 방으로 향했다. 문을 열어 동생이 있는지 확인하기가 두려웠다.

조심스럽게 연 문 안엔 다행히 동생이 있었다.

고된 삶과 가족에게 닥친 불행, 피로에 찌들어 인상을 쓰고 자는 동생이 거기에 있었다.

이해기는 당장에라도 달려들어 동생을 끌어안고 싶었지만 인내했다. 동생을 되찾았으니 이젠 다른 모든 걸 완벽하게 해낼 차례다.

이전보다 더 잘.

다시는 아무것도 잃지 않고 엇나가지 않도록.

속죄는 불가능하니 처음부터 죄를 짓지 않도록.

복수를 후회하지 않으니 복수할 필요 없도록.

"이번엔 반드시 널 지키마."

두 번 다시 남매가 혼자 남는 공포에 떨 일은 없을 것이다.

이해기가 그렇게 두지 않을 것이다. 반드시 막을 테니까.

두 번째 기회를 얻어 출발선에 선 주자는 전투화 끈을 묶었다. 할 일이 많았다. 쉬지 않고 달리려면 끈을 단단히 동여매야 했다.

문을 열고 나가자 차가운 새벽 공기가 그를 반겼다.

이해기는 깊이 심호흡하고 두 번째 기회를 향해 내달렸다.

평화로운 저녁 시간.

저녁 식사를 마친 이씨 사남매는 거실에 모였다.

이해기는 후식인 배를 깎고 이귀한은 소파에 누워 핸드폰을 만지작거렸다.

이보배는 TV를 보고 이한생은 방으로 가려다 동생에게 붙잡혀 같이 TV를 시청했다.

"와, 고진아 나왔다. 진짜 예뻐."

고진아는 미인도에서 걸어 나온 것처럼 우아하고 기품 있는 미녀였다. 그녀는 VOD와 블루레이 수익금을 모두 기부하겠다고 말하고 있었다.

'이건 왜 바뀐 거지?'

이해기가 기억하는 미래에서 개봉 이후 자취를 감췄던 영화는 VOD와 블루레이가 절찬 판매되고 있었다.

중요한 변화는 아니었기에 이해기는 관심을 두지 않았다. 대신 엉뚱한 깨달음이 그의 머리를 때렸다.

"아!"

"왜?"

"그러고 보니."

"뭐가?"

"그때 검성이 한 말이 무슨 뜻인지 몰랐는데."

"검성이 무슨 말 했는데?"

"그게 그 뜻이었구나!"

검성은 고진아를 가리키며 피는 물보다 진하다고 말했다.

당시 이해기는 그게 무슨 뜻인지 몰랐다. 이보배더러 라노벨 주인공 자질이 있다고 했지만 이해기도 만만치 않았던 것이다.

"고진아 씨가 나를 좋아했구나!"

이해기가 뒤늦게 얻은 깨달음을 널리 알렸다.

사랑하는 가족들의 반응은 싸늘했다.

"둘째야, 추하다."

"사기꾼 새끼가 또 거짓말이냐."

"작은오빠 미쳤어?"

대단한 반응을 기대하진 않았지만 이렇게까지 싸늘하면 반감이 생기는 법이다.

이해기는 열심히 설명했다.

"아니, 정말로. 난 정말 짐작도 못 하고 있었는데 그게 그 뜻이었구나. 그래서 구해준 거였어."

이보배는 한 귀로 듣고 흘렸다.

이귀한은 아예 무시했다.

본인이 관심 종자라 타인의 말을 무시하지 못하는 화르세인지만 반응했다.

"이 집 형제들 얼굴이 반반한 건 인정하느니라. 그런데 사기꾼은 그런 말 하면 아니 된다. 그딴 거적을 걸치면서 여자에게 인기 있었다고 주장하고 싶은 게냐?"

"내가 몇 번씩 말하는데 이게 헌터 룩이라고 미래엔 유행한다니까?"

"걸레로 쓰기 직전의 가사도 네가 입는 옷보단 덜 후줄근하다."

"이한생, 너! 딱 걸렸어, 이 새끼. 판타지 세계 공자님이 스님이 입으시는 가사는 어떻게 알아?"

기회를 잡은 이해기는 남동생의 팔을 꺾었다.

이한생이 울부짖으며 저항했다.

이보배가 철퇴를 내리는 것까지 실로 평화로운 일상이었다.

"아휴, 진짜! 심심하니까 막내 오빠나 괴롭히고. 그렇게 심심하면 일이나 해!"

습관처럼 이해기를 혼낸 이보배가 입술을 오므리더니 진지하게 물었다.

"진짜 백수로 10년 채울 건 아니지?"

"글쎄다."

"거기서 왜 그렇게 웃어? 웃지 마!"

이해기가 몰래몰래 일하는 건 이보배도 알고 있었다. 회귀까지 하셨다는 잘난 오빠가 백수 짓 10년을 채울까 봐 걱정되어서 이러는 것이다.

이해기도 정말 10년을 채울 생각은 없다.

"전에 말했잖니. 한번 노니 멈출 수 없다고."

이해기는 농담을 진지하게 말했다.

솔직히 조금만 더 지금의 일상에 안주하고 싶었다.

이해기가 잃은 동생은 물론이고 포기했던 형제 모두가 함께 있는 지금에.

실실 웃는 이해기의 등짝에 〈사랑의 매〉가 작렬했다.

동생의 사랑이 하해와 같아 이해기는 몸을 비틀며 괴성을 질렀다.

"끄아아악!"

피는 물보다 진하고 불보다 뜨거우며.

"때린 데 또 때리기 없기!"

"둘째만 때려주고 치사하다. 나도 때려줘!"

"좀 떨어지거라! 스치면 책임질 것이냐!"

동생의 사랑은 번개보다 짜릿하다.

외전 9. 보배 공방

하늘이 맑게 갠 아침, 이보배는 휘파람을 불며 집을 나섰다.

부산스럽던 가개업 날이 지나고 진짜 개업일의 아침 해가 밝았다.

첫 출근 하는 날 하늘이 맑고 공기가 깨끗하니 이보배의 기분까지 상쾌했다.

'집이랑 가까우니까 정말 좋다.'

설렁설렁 걸어도 개업 시간까지 여유롭다.

느긋하게 걸음을 옮기던 이보배의 발이 바닥에 붙었다. 이보배는 가게 앞에 진을 친 인파를 보고 눈을 깜빡였다.

'저게 뭐지?'

잘못 보았나 싶어 눈을 비볐지만 잘못 본 게 아니었다.

이보배의 작은 공방 앞에 수십 명이 모여 있었다. 심지어 근처엔 경찰차까지 있었다. 신고받고 출동한 게 분명했다.

'뭐야, 여기서 균열 발생 대비 훈련이라도 하나? 그럼 나한테도 안내 문자 왔을 텐데.'

패싸움인가 싶었지만 그것도 아니었다. 패싸움이라면 수십 명이 넘는 인원이 오와 열을 지켜 줄 서 있진 않을 테니까.

'아씨, 줄 서 있으니까 더 무서워.'

이보배는 새로운 사실을 알았다. 무질서하게 모여 있는 집단보다 각 잡고 줄 맞춘 집단이 더 접근하기 무서웠다.

이보배는 선뜻 접근하지 못하다가 집이 지척임을 깨닫고 발걸음을 옮겼다.

'소리 지르면 오빠가 오겠지?'

이보배는 일단 경찰에게 접근했다. 정체불명의 집단보단 경찰이 안심되었다.

"무슨 일이에요? 오늘 훈련 있나요?"

"포션 구매 대기 줄이라고 합니다. 포션만 구매하면 해산한다고 하니 걱정하지 마십시오."

'이 사람들이 전부 다 내 손님이라고?'

이보배의 눈이 휘둥그레졌다.

솔직히 개업일부터 손님이 밀어닥칠 거라곤 생각하지 못했다. 가게 개업 사실을 지인들에게만 알렸기 때문이다.

'어디에 광고한 것도 아닌데 어떻게 알고 모였…… 아, 맞다. 영화 시사회.'

그날 이보배는 지갑이 터질 정도로 많은 명함을 받았다.

새로이 등장한 B급 연금술사인 데다 박 과장&전투 연금과의 친분까지 과시했으니 얼굴도장은 단단히 찍었던 셈이다.

그뿐만이 아니다. 포션 업계에 대형 자본 침투와 사다리 걷어차기, 담합 등이 만연해지면서 B급 회복 포션을 개인에게 판매하는 상점 자체가 희귀해졌다.

이보배는 그런 균열 시장의 흐름에 역행해 개인에게 판매하는 작은 공방을 열었다. 어차피 B급 연금술사에게 인사해야 하니 포션을 구매하지 못하더라도 줄 서서 나쁠 건 없었던 것이다.

이보배는 조심스럽게 인파에 접근했다.

가게를 열려면 일단 인파를 뚫고 지나가야 했다. 후미에 있던 사람이 이보배에게 말했다.

"백 명 선에서 끊었으니까 다음에 오세요."

"끊어요?"

"대기인이 많아지면 주민들이 불안해하잖아요. 이것도 다 규칙이 있습니다. 밤샘 금지, 자차 금지, 취사 금지, 노상 방뇨 금지. 자체 대기표 금지. 민원 때문에 연금술사님께 폐를 끼치면 안 되죠."

후미에 있던 사람은 헌터가 아니라 포션 대리 구매 위임장을 받은 대리인이었다.

이 또한 균열 시대에 생긴 신규 직종이다.

"그렇구나, 다 규칙이 있군요."

"억지 같아도 다 이유가 있어서 생긴 규칙이에요. 혹시 인사만 하러 온 거면 오후에 다시 오세요."

"아뇨, 전 포션 팔러 왔는데요."

이보배는 주머니에서 열쇠를 꺼내 보란 듯이 흔들었다. 그러자 대기하던 사람들이 일사불란하게 움직였다.

인파가 홍해처럼 갈라지더니 가게까지 길이 트였다.

"연금술사님 오셨습니까!"

"아하하, 네, 안녕하세요."

친분 있는 업계인이 워낙 대단하다 보니 잠시 잊고 있었는데 B급 연금술사도 천상계에 속했다.

이보배는 잊고 있던 사실을 새삼 깨달으며 가게 문을 열었다. 그녀는 비장하게 준비한 멘트를 외쳤다.

"어서 오세요, 보배 공방입니다! B급 회복 포션은 매달 첫 번째 월요일에 한정 판매하며 상태 이상 치료제는 상시 문의받습니다!"

"나 왔어."

이보배는 신발을 벗으며 귀가 사실을 알렸다.

돌아오는 답이 없었다. 이보배는 입술을 삐죽였다.

"어떻게 이럴 수가 있어. 지금 하늘 같은 가장이 돌아왔는데 다들 씹는 거야?"

"막내 옴?"

이보배가 불평하자 거실 소파에 누운 이귀한이 반응했다. 그래 봐야 엎드려 절 받기였다. 말로는 환영하는데 눈은 핸드폰에 꽂혀 있었다.

"막내 오빠는?"

"2층."

이한생은 이보배가 온 걸 알면서도 2층에서 내려오지 않았다.

이보배는 재차 입술을 삐죽였다.

다른 날이면 몰라도 오늘은 보배 공방의 개업일이다.

무려 개업 첫날을 마치고 귀가했는데 아무도 알은척하지 않았다. 실망스러웠다.

다행히 이보배가 화내기 직전에 이해기가 부엌에서 나왔다.

"보배 왔니? 미안하다. 소꼬리 찜이 끓어 넘쳐서."

이해기는 젖은 손을 닦고 이보배에게 다가와 이것저것 물었다.

"첫날인데 어땠니? 할 만했어? 네가 반대해서 일부러 안 갔는데 한번 들러볼 걸 그랬나?"

"그럭저럭 할 만했어."

"포션은 어땠니? 잘 팔렸니?"

"음무하하하."

이보배가 기대하던 질문이 나왔다. 이보배는 목에 힘 빡 주고 거만하게 웃었다.

"놀라지 마시라. 완판!"

놀라라고 한 말인데 이해기의 표정은 평온했다. 너무 평온해서 이보배의 목에서 힘이 빠졌다.

"그렇구나. 다 파느라 힘들었겠네."

이해기의 반응은 실로 미적지근했다.

"왜 안 놀라는 거야? 다 팔았다니까! 내가 그동안 준비한 물량 다 팔았다고!"

"포션이잖아."

없어서 못 파는 걸 팔아놓고 다 팔았으니 놀라워하라고 하면 심히 곤란하다.

이해기가 어깨를 으쓱이자 이보배가 눈을 가늘게 떴다.

"이 셰프 이러기야? 완판해서 기분 좋으니까 이 셰프에게 특별 보너스를 주려고 했는데."

"우리 이 사장님이 완판을 하셨다니 특식으로 소꼬리찜을 준비했습니다!"

이해기가 간사하게 손을 비비며 굽실거렸다.

"그래, 이거지!"

이보배는 까르르 웃으며 인벤토리에서 현찰을 꺼내 작은오빠에게 뿌렸다.

이해기는 현금을 허공에서 잡지 않고 바닥에 떨어질 때까지 기다리다 허리를 숙여 주섬주섬 주웠다.

"사장님, 이 기사에겐 보너스 없습니까?"

"물론 있지. 내가 어떻게 우리 이 기사를 잊겠어."

이보배는 다시 현금을 뿌렸다.

이 셰프 겸 이 기사인 이해기가 양손으로 돈을 모으고 공손히 고개를 조아렸다.

"이 사장님 충성합니다. 충성충성."

"앞으로도 잘해."

군대는 가지 않았지만 군복을 사랑하는 이해기가 경례했다. 미필 주제에 각이 날카로웠다.

다시 목이 뻣뻣해진 이보배의 소매를 누군가 잡아당겼다. 돌아보니 이귀한이었다.

"막내야, 나도 용돈."

"얼굴도 안 보고 인사하는 오빠에겐 줄 용돈이 없는데."

"나 얼굴 봤어! 핸드폰 뚫고 다 봤어!"

세계 여럿 작살 내고 돌아온 대마왕은 본인에게 투시 능력이 있다고 주장했다.

이보배는 몇 번 놀리다가 이귀한에게도 용돈을 주었다.

"옜다, 기분이다!"

"와아, 막내가 용돈 줬다! 막내가 잘 벌어서 용돈도 준다!"

"엣헴."

이런 것이 가장이 누릴 수 있는 최고의 행복 아닐까?

이보배는 큰오빠가 해주는 안마를 즐기다가 옷을 갈아입기 위해 방으로 향했다.

이보배는 방으로 돌아가지 못하고 2층 문턱에서 가로막혔다. 이한생이 긴 다리로 길목을 가로막은 것이다.

망나니는 퀴즈를 내는 스핑크스처럼 근엄하게 말했다.

"사장 돼지여, 오늘 매상은 어떠했느냐."

"말도 마. 준비한 포션을 오늘 하루 만에 다 팔았다니까."

이보배는 신나서 완판 소식을 전했다.

그러자 망나니가 당당하게 손을 내밀었다.

"하면 이 몸에게 매상의 5할을 바치도록 하여라."

체키빙 공자의 뻔뻔함에 이보배는 혀를 내둘렀다.

순익의 5할도 아니고 매출의 5할이라니 날강도가 따로 없었다.

"내가 쓰는 것이 아니다. 돼지의 힘은 시스템 신께서 내리신 것이니 마땅히 시스템 신을 위해 1할을 써야 한다. 또한 성신께 성의를 표하는 것도 잊지 말아야 한다."

각 신을 위해 1할을 바쳐도 3할이 남는다.

"3할은? 기부하게?"

"두 신의 총애를 받는 내가 쓸 것이니라. 어서 바치도록 하여라."

"차라리 용돈을 달라고 해."

이보배는 어이가 없어서 양아치가 내민 손을 찰싹 때렸다. 당연히 때린 이보배만 아팠다.

"용돈 다오."

줬던 용돈도 뺏고 싶을 정도로 뻔뻔했다.

'주지 말까.'

이보배는 용돈을 주지 않으려다 모두 받았는데 막내 오빠만 따돌리면 불쌍하단 생각에 지갑을 열었다.

"겨우 이 정도냐? 장사하는 사람이 배포가 이리 작으면 큰물에서 놀지 못하는 법이다."

"싫으면 돌려줘."

"줬다 뺏는 게 제일 치사한 짓이니라."

화르세인지는 용돈을 뺏기지 않으려고 인벤토리에 수납하는 것도 모자라 방으로 줄행랑쳤다.

이보배는 방으로 도망치는 막내 오빠를 흘겨보고는 자신의 방으로 들어갔다.

"이 사장님, 저녁 진지 드십시오."

"오늘 메인은 소꼬리 찜이라고 했지. 반주는 없나?"

"당연히 있지요. 사장님 사업 번창을 위해 특별히 두꺼비 소주를 준비했습니다."

"하하하, 역시 이 셰프야. 내 마음을 알아."

이보배는 장단 맞춰주는 작은오빠를 위해 배춧잎 한 장을 더 꺼냈다.

"이건 팁이네."

"사장님, 오늘따라 씀씀이가 과하시군요."

"그게."

이보배는 소꼬리 찜을 집으며 가게에서 있었던 일을 이야기했다.

"이상하게 손님들이 다 현찰 박치기를 하더라고."

균열이 터진 직후 은행 업무가 마비되었다.

물가는 치솟는데 은행에서 현금을 인출할 수 없으니 얼마나 고생했는지 모른다.

간편하게 핸드폰이나 카드 한 장 들고 다니던 사람들이 현금을 선호하게 되었다.

그렇다 해도 대부분의 손님이 현금 거래를 하는 건 이상했다.

이보배가 노점을 열었던 시기면 이해 가지만 지금은 버젓이 가게를 열었는데 말이다.

"오빠들이 들어도 이상하지?"

"장사치는 현금을 중히 여겨야 하느니라. 현금이 들어오면 좋지 이상하다고 의심하는 돼지가 나쁘다."

"나도 현금 좋아!"

화르세인지는 갑자기 이보배가 나쁘다고 하고 이귀한은 무조건 현금이 좋다고 외쳤다.

이해기는 피식 웃었다. 혼자만 뭔가 알고 있는 얼굴이었다.

"그거 탈세용이란다."

"뭐?"

"포션은 귀한데 가격은 정해져 있으니 연금술사들 불만이 많지. 적당히 알아서 탈세하라고 일부러 현금으로 주는 거란다."

사실 균열 보상과 부산물, 각성자 제작품 중 비각성자가 사용할 수 있는 물건은 몇 없다. 슬라임 침대처럼 부산물을 기반으로 개발된 물건이나 사용할 뿐이었다.

마석이 새로운 에너지 자원으로 부상하긴 했으나 이 또한 관련 직업이나 스킬을 보유한 각성자가 필요했다.

스킬을 담은 스크롤 또한 비각성자가 사용할 수 있는 종류는 '탐지'나 '감정' 같은 몇몇 보조 스킬로 제한되었다.

하지만 포션은 다르다. 포션은 각성자와 비각성자를 차별하지 않고 공평하게 사용할 수 있다.

그러니 가격이 천정부지로 치솟는 건 불가피했다.

유통기한이 짧았길 망정이지 유통기한까지 길었다면 포션 구하기가 하늘의 별 따기였을 것이다.

그런데 대한민국에선 포션 가격을 정부가 결정한다.

대한민국 정부는 포션 판매가를 두 종류로 결정했다. 일반 소매가와 각성자 특별가다.

비각성자에게 판매되는 일반 소매 포션의 경우 가격도 어마어마하지만 세율도 어마어마했다.

일반 소매가로 포션 한 병을 파나 각성자 특별가로 한 병을 파나 연금술사 손에 떨어지는 순익은 동일했다.

비각성자 포션 판매 허가증 받기가 더럽게 힘든 건 덤이다.

상황이 이렇다 보니 연금술사의 불만은 하늘을 찔렀다. 그렇다고 해외로 가자니 인신매매가 무섭고 한국의 인프라를 포기하기 아깝다.

그래서 한국의 연금술사들은 온갖 방법으로 주머니를 채우기 시작했다. 탈세와 암거래가 대표적이다.

사정을 익히 알고 있는 고객들은 자연스럽게 포션 대금을 현금으로 지급하게 되었다. 정가보다 몇 할 더 얹어주는 건 덤이다.

연금술사와 거래할 때 당연한 예의로 정착해 버린 것이다.

"어쩐지 현금 영수증 끊겠다는 사람이 아무도 없더라. 돈도 더 주고."

"우리 막내 돈 세느라 힘들었겠네!"

"악마가 실로 무지하군. 시스템 신께선 그런 불편을 용납하지 않으신다."

이한생이 으스대며 설명했다.

"시스템창으로 인벤토리에 들어 있는 현금의 액수를 바로 볼 수 있느니라."

"우와, 신기해!"

이귀한이 시도해 보더니 현금 액수를 바꿔가며 계속 반복했다.

이보배도 고개를 끄덕였다.

"큰오빠 있을 땐 없다가 나 각성할 즈음 추가된 기능이야."

"헌터들이 몬스터는 안 잡고 손에 지문 닳도록 돈이나 세고 있으니까 시스템이 추가했다는 농담이 돌았지."

지폐 계수기가 있으니 농담일 테지만 어쨌든 편리한 기능임은 확실했다.

식사가 끝나자 이해기가 설거지를 했다.

이보배는 도우려 했지만 이해기에게 밀려났다.

"팁 받은 이 셰프가 다 하겠습니다. 사과 깎아줄까?"

"아, 맞아. 이거."

이보배는 인벤토리에서 오렌지 한 상자를 꺼냈다. 오렌지 말고도 각종 음료수와 간식을 계속 인벤토리에서 꺼냈다.

"오늘 받은 거니?"

"응, 계속 뭔가 주더라고. 웃돈은 돌려줬는데 이런 건 안 받기도 뭐해서 다 받았지."

B급 연금술사에게 바치는 뇌물치곤 소소하고 모르는 사람에게 받은 개업 선물치곤 과했다. 그러다 보니 이보배는 거절하지 못하고 어영부영 다 받아버렸다.

"조금 신경 쓰이긴 하는데 이 정도는 그냥 받아도 되겠지?"

"당연하지. 넌 포션 마스터잖니. 이런 건 인사치레 축에도 못 든다."

"하여간 작은오빠 과장이 심하다니까."

이보배가 밝게 웃고 부엌을 나갔다.

이해기는 이씨 집안 주방의 책임자로서 한동안 간식 걱정을 덜었다는 생각에 빙그레 웃었다.

"하루 장사해 보니 어떻더냐?"

"포션을 다 팔았어."

막내 오빠의 질문에 이보배는 쾌활하게 대답했다.

이한생이 쯧쯧 혀를 차고 고개를 저었다.

"포션 팔면서 뇌도 같이 팔았느냐? 아까부터 포션 팔았다는 대답 말곤 하는 게 없구나."

"막내 오늘 어땠는데? 좋았엉?"

"사실은 아침부터 조금 놀라서 어영부영 하루가 다 갔거든. 실감이 안 나."

"아침에 진상이라도 왔느냐?"

"내 말 좀 들어봐. 세상에 가게 문 열러 갔더니 사람이 백 명이나 바글바글."

포션을 다 팔았다는 흥분과 기쁨에 잊고 있던 오늘의 일이 이제야 생생해졌다.

이보배는 아침에 놀란 사연을 얘기하다가 깨달았다.

"생각해 보니 큰오빠랑 작은오빤 알고 있었겠네?"

동네에 사람이 백 명이나 모였다.

이귀한과 이해기는 알아챘을 것이다.

이보배는 기분 좋게 출근했다가 놀랐던 것이 생각나 투덜거렸다.

"알았으면 귀띔해 주지 그랬어!"

"괜찮아, 막내야. 내가 다 이겨."

"누가 이기래!"

이해기는 오렌지 껍질을 까 이보배에게 건네며 여상하게 말했다.

"B급 연금술사가 B급 회복 포션을 판매하는데 그 정도는 당연한 거잖니."

"그래요, 당연한 거 예상 못 해서 미안하게 됐수다."

이보배는 작은오빠가 까 준 오렌지를 입에 넣고 우물거렸다. 달콤하고 살짝 새콤해서 맛있었다.

"어쨌든 사람이 백 명이나 줄 서 있는 거야. 거기에 경찰도 있으니까 내가 얼마나 놀랐는데."

"경비병이 말이냐? 그건 심각하군."

"그치? 내가 가게 연다고 하니까 모여 있던 사람들이 옆으로 쫙 갈라지는데 얼마나 민망한지 집으로 오고 싶더라고. 근데 참았지. 개업 첫날부터 문 닫으면 안 되니까. 첫 손님부터 받는데 너무 긴장해서 내가 말을 제대로 하고 있는 건지 분간이 안 되더라."

이보배는 백 명에서 딱 끊긴 오전 손님을 떠올려 봤다. 너무 긴장해서 그런지 기억이 흐릿했다. 사계절 입단 면접 볼 때처럼 기억나는 게 하나도 없었다.

"나 엄청 모자라 보였겠지."

"아니야, 잘했을 거다. 보배 너는 긴장하면 기억 못 해도 빠릿빠릿하게 잘하니까. 어머니가 그러셨는데."

돌아가신 부모님 얘기를 하자니 목이 메었는지 이해기가 잠시 쉬었다가 말을 이었다.

"학부모 참관 수업에 갔더니 보배 네가 참 똑 부러지고 야무지게 발표하더란 거야. 방과 후에 칭찬했더니 네가 하나도 기억 안 난다고 해서 한참 웃으셨다지."

이보배는 배시시 웃었다.

"나도 기억나. 엄마 바빠서 못 온다고 하다가 갑자기 와서 머리가 새하얘졌는데 정신 차리고 보니까 집에 가는 길이었어."

즐거운 저녁 시간이 순식간에 숙연해졌다.

이보배는 분위기를 띄울 겸 으스댔다.

"엄마 아빠, 딸 사장됐어요! 오늘 완판했어요!"

숙연했던 분위기가 누그러졌다.

망나니가 이보배에게 물었다.

"하면 내일부턴 어찌하느냐? 가게 문 닫느냐?"

"무슨 소리야. 가게를 왜 닫아."

"판매 상품 없이 가게를 여느냐?"

"이제부터 만들어야지."

오빠들의 방해 공작을 받아가며 몇 달 동안 준비한 물량이 하루 만에 동났다.

밤을 새워서 제작해도 물량은 맞추진 못하겠지만 최소한 해독제 열 병과 각성제 열 병은 구비해 둘 작정이었다.

이보배는 결연한 눈빛으로 자리에서 일어났다.

마찬가지로 이해기가 결연한 눈빛으로 이보배를 붙잡았다.

"잘 생각해 보렴."

"갑자기 뭘?"

"네가 몇 달 동안 준비한 물량이 하루 만에 동났다. 오늘 추가로 제작한다고 해도 내일이면 다시 동날 거야. 그걸 반복하는 건 무의미한 일이란다. 오빠는 네가 상태 이상 치료제 주문 의뢰를 받기로 했으니 남은 한 달은 추가 판매 없이 거기에 집중하는 게 좋다고 생각한다. 그러면서 다음 달 판매 물량을 차근차근 준비하는 게 현명하지 않겠니?"

실로 논리적이고 반박할 곳 없는 달변이었다.

이보배의 결심이 한풀 꺾였다.

이귀한은 이해기의 주장이 마음에 드는지 고개를 끄덕였다.

"둘째가 똑똑해."

"사기꾼이지만 듣고 보니 타당하구나."

화르세인지까지 동조하니 이보배의 결심은 완전히 꺾였다.

이보배는 이해기의 주장을 받아들이고 다음 달을 위한 물량을 제작하기로 했다.

"알겠어, 그럼 다음 달 판매 물량이나 만들게. 12시 전엔 잘 테니까 걱정하지 마."

자리에서 일어나던 이보배는 다시 붙잡혔다. 이번에도 이해기였다.

"그것도 아니지."

"또 뭔데?"

"사랑하는 마노 누나가 좋아하는 말이 있단다. 그게 뭔지 아니?"

"겉바속촉!"

"자기 이름 아니냐."

이귀한은 박마노와 동행한 〈월하의 공동묘지〉에서 수십 번 들은 말을 외쳤다.

이한생은 공익 광고에서 나오는 '안녕하세요, 박마놉니다'라고 주장했다.

이해기는 형제 모두 오답이라고 고개를 저었다.

"지킬 건 지키자, 란다. 사람은 본래 하루 네 시간 노동이 적절하다고 하더구나. 근데 난 네가 두 배인 여덟 시간을 일해도 아무 말 안 하잖니. 오늘 노동 시간은 끝났어."

포션 대리 구매자에게 암묵의 규칙이 있듯 이씨 남매에게도 암묵적인 룰이 있다.

이귀한은 1일 1똥 여덟 시간 수면을 준수하고 이해기는 사전 허가 없이 남매를 균열에 데려가선 안 된다. 이한생은 외부인에게 신성력을 들켜선 안 된다.

이보배가 지켜야 할 규칙은 이렇다.

1일 포션 연구 시간은 여덟 시간 한정. 중간에 한 시간 쉬어야 하니 실질 연구 및 제작 시간은 일곱 시간이다.

이보배는 설마설마하고 다시 물었다.

"지금 내가 가게에 있던 시간도 거기에 포함하겠다는 거야? 그럼 포션은 언제 만들어?"

"가게를 쉬거나 오전 오후로 나눠서 일하렴."

"말이 되는 소리를 해야지. 음식점도 재료 준비하는 시간이 따로 있어."

"그건 그거고 이건 이거란다."

"그건 그거고 이건 이거래, 막내야!"

이귀한이 신이 나서 동생의 말을 따라 했다.

이보배가 일하든 놀든 신경 쓰지 않는 이한생만 멀뚱멀뚱 대립하는 형과 동생을 구경했다.

"세상에 이런 법은 없지. 놀 거 다 놀고 쉴 거 다 쉬면 엘릭서는 어느 세월에 만들어?"

"놀 거 안 놀고 쉴 거 안 쉬어도 못 만들었으니 걱정할 필요 없다."

이해기는 기어이 매를 벌었다.

이보배는 손을 올렸다가 어금니를 악물고 참았다. 참는 게 어찌나 힘겨워 보이는지 화르세인지가 말했다.

"그냥 때리거라. 정신 건강에 안 좋아 보인다. 스트레스 받으면 육질에 안 좋다."

"내가 진짜…… 손버릇 나빠질까 봐 참는다."

이보배는 부들부들 떨면서 손을 내렸다.

이해기는 머리를 방어하던 팔을 내리고 이보배의 눈치를 살폈다. 그 모습이 얄미워 간신히 내린 손이 다시 올라가려는 차에 이귀한이 말했다.

"근데 막내야. 오늘은 진짜 쉬어."

"미안해, 큰오빠. 내가 엘릭서 제작에 급급해서 그런 게 아니라 이제 공방도 열었는데 영업을 방해하니까 화가 나서 그랬어."

"막내야, 너 목이 갔어."

"내가?"

이보배는 큰오빠의 지적에 목을 매만졌다. 몇 번 헛기침하고 큰 소리를 냈다.

"아아, 마이크 테스트. 아아. 아아아아."

"돼지 멱따는 소리 그만 내거라."

"난 잘 모르겠는데?"

이보배가 의아해하자 이귀한이 고개를 저었다.

"진짜 감."

이보배는 재확인할 겸 혼신의 힘을 다해 울었다.

"꾸이이이이이익!"

"누가 진짜 돼지 멱따는 소리 내라더냐!"

"보배야, 그거 하지 말랬지. 형이 목 잠겼다고 하는데 더 잠기라고 박차를 가하는구나."

막내 오빠에 작은오빠까지 질색하니 혼신의 힘을 다한 보람이 있었다.

이보배는 눈을 깜빡이며 갸웃거렸다.

"목이 좀 아픈 거 같기도 하고?"

"아파? 우리 공주 돼지 포션 먹을래?"

이귀한이 포션을 꺼내 이보배에게 내밀었다.

이보배는 포션을 거절했다. 겨우 목 좀 아프다고 포션을 마시는 건 사치를 넘어선 낭비였다.

"생강차 타 줄 테니 마시고 일찍 자라. 알게 모르게 피곤했을 거야. 긴장해서 더 피곤할 게다."

"이런 걸로 피곤하면 각성자 그만둬야지."

"너는 너무 스스로를 혹사하는 경향이 있어. 네 몸을 아껴다오. 가게 준비하는 시간은 나도 생각해 볼 테니 오늘은 이만 쉬렴."

얄미운 이해기가 이렇게까지 나오니 이보배도 더 할 말이 없었다.

이보배는 씻은 후 이해기가 타 준 꿀 생강차를 마시며 노닥거렸다.

보배 공방 개업 이틀 차.

다행히 오늘은 가게 앞에 줄이 없었다.

이보배는 공방 문에 '모든 물량 품절. 다음 달부터 회복 포션은 쉰 병 한정. 상태 이상 치료제 제작 주문은 상시 받습니다'라 적은 안내문을 붙였다.

품절이라는 안내문을 붙여두었어도 손님이 방문했다.

주문 제작 의뢰보단 인사가 목적이었다.

공방에 있는 설비로 포션을 제작하려던 이보배는 인사를 받아가며 하루를 보냈다.

"나 왔어."

"막내 왔니."

"사장 돼지 왔느냐."

"오늘은 어땠니?"

삼형제가 가장의 귀가를 반겼다. 용돈 준 보람이 있었다.

이보배는 오늘 있었던 일을 보고했다.

"팔 물건 없는 거 빼면 어제랑 비슷했어. 인사하고 명함 받고, 선물도 받고. 아, 오늘은 사람이 어제보다 적어서 그런가 암거래 제의도 받았다."

이보배는 가능하면 법을 지키고 싶기 때문에 거절했다.

암거래를 제의한 사람은 끈질겼지만 박마노가 선물한 행운목을, 정확히는 행운목에 묶인 리본을 가리키자 조용히 물러났다.

'고마워요, 마노에몽!'

앞으로 나타날 진상도 마노에몽의 행운목이 퇴치해 줄 것이다. 이보배는 행운목이 말라비틀어지더라도 화분을 치우지 않기로 결심했다.

"진상은 없었느냐?"

"다들 상냥하고 친절하고 그래."

"지금 오는 손님들은 네 지인 소개로 왔거나 저번에 소개받은 사람들일 테니까. 마노 누나와 현우 생각하면 함부로 못 하지."

"막내야, 포션 주문은 받았어?"

"그건 그냥 물어보기만 하더라. 아무래도 상태 이상 치료제보단 회복 포션에 집중하길 바라는 사람이 많더라고."

이제 고작 개업 이틀째다.

첫술에 배부를 수 없으니 이보배는 지금 당장 할 수 있는 일에 집중하기로 했다.

이보배는 지하에 있는 연구실로 가기 위해 눈치를 살폈다.

이해기에게 붙잡히지 않도록 슬금슬금 거리를 벌리다가 벌떡 일어났다.

"막내 어디 가?"

"지하실!"

이보배가 도망치듯 지하실로 뛰어가는데 웬일로 뒤가 조용했다.

방해하지 않을 건가 싶어 안심한 것도 잠시, 이해기는 정확히 30분 뒤에 찐빵 담은 쟁반을 들고 지하실로 내려와 말했다.

"일하느라 힘들지? 간식 먹고 하렴."

"아, 진짜! 이렇게 방해할 거면 공방은 왜 내라고 한 거야!"

"번듯한 업장이 있어야 네가 가장이란 인식이 강해지지 않겠니."

"정말 이러기야?"

"공방에 있는 시간은 터치하지 않으마."

"손님이 오잖아."

"어차피 팔 물건도 없잖니."

"주문 제작 의뢰는 어떻게 받으라고?"

"앞에 투서함이라도 만들어서 편지로 받든지, 메일 주소 적어서 메일로 받든지 하렴."

이해기는 한마디도 지지 않았다.

이보배는 부아가 치밀어 씨근덕거리다 호빵을 잡아챘다.

"올라와."

"쉬게?"

"아니, 가족회의할 시간이야. 큰오빠랑 막내 오빠도 모두 소집."

이렇게는 못 산다.

이해기의 횡포를 견디다 못한 이보배는 거실에서 가족회의를 열었다.

나태 또한 본인이 관장한다고 주장하는 타락의 지배자는 이해기에게 한 표 던졌다.

"나는 둘째 편!"

이보배가 일하든 말든 상관없는 이한생이 새로운 안건을 올렸다.

"그러지 말고 용돈이나 올려다오."

"막내 오빠, 내 편 들어주면 용돈 올려줄게."

"얼마나?"

"10%."

"내가 말했지 않느냐. 배포 좀 키우라고. 좀 더 쓰거라."

"쓰읍. 20."

체키빙 공자께서 단호하게 일갈했다.

"돼지가 일하고 싶다지 않느냐! 돼지의 노동을 막지 말거라! 돼지는 자본주의의 돼지니라!"

이보배는 돈으로 산 한 표에 방긋 웃었다.

가족회의라 쓸 수 있는 편법이었다.

이보배는 이 문제로 줄곧 작은오빠와 싸워왔다. 오늘이야말로 벗어나겠다고 다짐했기에 어느 때보다 진지했다.

이해기는 이보배의 진지함을 알아차렸는지 똥고집이 아닌 다른 수단을 사용했다. 불쌍한 척하기 시작한 것이다.

"그렇지만 보배야. 오빠가 트라우마가 있단다."

이해기가 대놓고 불쌍한 척했다.

이보배는 속지 않았다.

"웃기시네. 회귀하고 얼마 안 되었을 때 나 긴급 떨어져서 며칠 동안 외박해도 눈 하나 깜빡 안 한 양반이. 그리고 나한테 포션 마스터 운운한 건 뭔데? 막내 오빠 깨어나지 못했으면 적극 지지했을 거면서 이렇게 태도 바꾸는 건 이상하잖아."

"네 말대로 너의 성장도 내 계획에 포함되어 있었다. 그런데 말이다. 정작 네가 엘릭서 제작하겠다고 말하고 집중하는 모습을 보고 있자니 조금 불안해지더구나. 안 좋은 기억이 자꾸……."

이보배는 이해기의 말을 끊었다.

"죽은 보배가 떠오른다고? 그런데 나는 살았잖아. 죽지 않게 오빠가 지켜줄 거잖아. 순 억지야."

"막내가 죽으면~"

이보배가 자연사 외의 방법으로 사망하는 날이 이 세계 최후의 날이 될 것이다.

이귀한이 손가락을 비비며 음산하게 노래를 불렀다.

"뿌셔뿌셔~"

화르세인지가 지레 겁먹고 이보배의 뒤로 숨었다.

"네 말대로구나. 억지라는 건 안다. 하지만 떨쳐내기 어렵기에 트라우마 아니겠니. 내겐 시간이 필요해."

이해기는 서글퍼 보였다. 회한이 담긴 눈에서 연기가 아니라 진심이 흘러나왔다.

"보배는 말이다. 그러니까 그 애는."

죽은 보배와 산 보배. 모두 그의 동생이다. 그럼에도 죽은 보배를 기억하는 사람은 이해기밖에 없다.

이해기가 세상에서 홀로 기억하는 동생을 부를 말을 찾기 위해 말을 골랐다.

'그 애라. 서른이 넘었을 때인데 그래도 오빠한텐 애구나.'

이보배는 자신이 모르는 10여 년의 시간을 상상했다.

지금처럼 사남매가 모이지 못하고 둘이서만 보냈을 10년의 시간. 그리고 오지 않을 시간.

회귀자는 때로, 종종, 자주, 아니, 항상 동생이 보고 싶다.

과거로 돌아와 동생과 만났지만 다시는 보지 못할 동생이 그리운 건 어쩔 수 없다.

'나라도 그럴 테니까.'

이해기의 심정을 상상한 이보배의 마음이 울적해졌다.

"갓보배는."

그리운 동생을 부를 적절한 표현을 찾은 이해기가 입을 열었다. 동시에 이보배의 아련한 감정이 와장창 깨졌다.

"그건 뭐야."

"마음에 안 드니? 네 별명이었는데. 포션 마스터, 갓보배, 인류의 보배."

"인류의 돼지가 아니냐? 돼지 주제에 신이 붙다니 괘씸하도다."

"갓보배! 나는 좋아!"

공자님은 못마땅해하고 이귀한은 갓보배가 마음에 든다고 히죽 웃었다. 이보배는 당황했다.

“마음에 들고 자시고 뭐가 그렇게 거창해.”

이해기가 어깨를 으쓱였다.

“진짜란다.”

“증인 없다고 날조가 심하네. 너무한 거 아니야? 장례식에 오빠 손님 말곤 조문객도 없었다며. 내 지인은 한 선생님이 유일했다고 말한 거 까먹었어?”

“그건 네가 유명세가 귀찮다고 감춰서 그래.”

이보배는 이해기가 종종 써먹는 거창한 칭호를 가지고 투덜거렸다.

“애초에 포션 마스터가 뭐야. 마스터면 모든 포션을 다 만들 수 있어야지. 결국 엘릭서 제작엔 실패했잖아. 그 별명은 누가 붙인 건데. 작은오빠가?”

“네가 세계 최초로 쿨 타임 없는 회복 포션 제작에 성공하고 레시피를 무료 공개했을 때 국제 헌터 협회와 연금술사 협회에서 감사패와 함께 붙여준 칭호였지. 레시피를 개량해 쿨 타임 없는 C급 회복 포션 레시피를 무료 공개했을 땐 모두 알아서 널 포션 마스터라고 불렀다.”

이보배의 입에서 씹다 만 호빵이 후두둑 떨어졌다.

화르세인지가 헛구역질을 하고 이보배의 벌어진 턱을 올려줬다.

"그거 대단해?"

이귀한이 묻자 이해기가 고개를 끄덕였다.

"대단한 거지. 세계 최강의 헌터 따위보다 백 배, 천 배 대단했지. 균열 공략의 패러다임이 바뀌었어. 혹자는 그걸 2차 포션 혁명이라고 불렀고 교과서에도 등재되었어."

어지간한 일론 기뻐하지 않는 이귀한이 눈에 띄게 반색했다.

"우리 막내가 교과서에 이름이 올랐어? 그런 거야?"

"응. 나랑 엮여 유명해지는 게 싫다고 이름만 공개했는데도 한동안은 마노 누나에게 이보배 오빠 소리 들었지."

"우와앙! 우리 막내 대단해! 가문의 영광!"

교과서 등재의 영광은 마왕도 춤추게 한다.

이귀한이 얼씨구절씨구 춤을 췄다.

같이 추자고 이보배의 손을 잡고 휘둘렀지만 이보배는 그럴 정신이 없었다. 이보배는 이귀한을 밀치고 팥앙금과 침이 묻은 턱을 닦았다.

"거짓말하지 마. 내가, 갓보배 님이 그러셨다고?"

"진짜란다. 엘릭서를 제작하겠다면서 고작 노쿨 포션에 놀라는 거니?"

"아니, 그러니까, 어떻게 노쿨 포션을 고작이라고. 그러니까 내가, 갓보배 님께서."

이보배는 정신이 혼미했다. 그녀는 작은오빠에게 다가

가 어깨를 잡고 흔들었다. 회귀자의 머리가 메트로놈처럼 흔들렸다.

"이 기사, 특별 보너스 좀 받았다고 이러지 말지. 과한 아부는 좋지 않아."

"정말이란다."

"정말의 정말?"

"진짜의 진짜."

"한 선생님이 아니라 내가?"

"현우와 공동 연구긴 했지만 현우는 네가 다 했다고 말했으니 네가 한 게 맞다."

이보배는 미래의 자신이 해낸 업적이 믿어지지 않았다.

작은오빠를 흔드는 속도가 빨라졌다. 그러다 불현듯 지금 이러고 있을 때가 아님을 상기했다.

"잠깐만. 그러면 내가 이러고 있으면 안 되지. 하루 두 시간씩 잔 갓보배가 그러는데 나는 더 열심히 해야 하는 거 아니야? 그런데 이렇게 방해하는 거야?"

"네겐 내가 있잖니."

"연구는 사랑이 아니야, 오빠. 장애물이 있으면 좌초되지 불타오르지 않는다고."

이해기가 의미심장하게 웃었다. 참 얄미운 면상이라 한 대 때려주려다가 이보배는 멈칫했다.

"설마."

이보배가 눈을 동그랗게 뜨고 회귀자에게 질문했다.

"노쿨 포션 레시피 알고 있는 거야?"

"모른다. 알아도 알려주지 않을 거야. 제작법은 스스로 알아내야 시스템이 인정해 주지 않겠니."

"그건 그렇지. 그럼 왜 그렇게 웃는데?"

이보배는 알고 있는 모든 걸 실토하라는 의미로 이해기를 짤짤 흔들었다.

이해기는 조금 흔들려 주다가 놀이를 그만두고 멈췄다.

"재료는 알고 있다."

이보배는 가쁘게 숨을 내쉬었다. 재료만 알고 있더라도 대단한 수확이다. 무협지에서 나오는 절벽 기연이나 마찬가지였다.

"뭐가 필요한데! 지금 구할 수 있는 거야? 구하기 쉬운 거야? 나중에 나오는 거야?"

"진정하렴. 이것도 내가 전부 알려주면 의미가 없잖니. 네가 직접 알아내야 의미가 있지."

이해기의 말대로였다.

기껏 쿨 타임 없는 포션을 제작해도 이해기에게 정보를 얻으면 이보배의 기여도가 감소한다. 시스템에게 기여도 깎인 업적 보상을 받을 확률이 높았다.

'내가 왜 이 생각을 못 했지?'

이해기는 박마노를 꼬시기 위해 전투와 성장 방향에 대

해 조언했다.

이보배는 그걸 바로 옆에서 지켜봤으면서도 자신의 성장을 위해 써먹을 생각을 하지 못했다.

등잔 밑이 어두웠다. 아니지, 구슬이랑 실 잔뜩 늘어놓고 꿸 생각 없이 방치했다는 말이 딱이었다.

덤으로 그 구슬이 돌인지 옥인지조차 분간하지 못하고 있었다.

'내가 연구실에 틀어박히고 작은오빠가 균열 공략하느라 밖을 싸돌아다녔어도 최소한의 대화는 오갔을 거잖아. 내가 뭘 제작하고 어떻게 성장했는지 작은오빠는 다 알고 있었을 텐데!'

전투계기 때문에 생산계에 대해 모른다 쳐도 무엇을 만들다 실패했는지, 어떤 스킬을 얻었는지에 대해선 물어볼 수 있다.

"내가 더 빠르게 성장할 수 있도록 조언해 주겠다는 거지? 하루 여덟 시간만 연구해도 되도록 도와주겠다는 거잖아."

"대놓고 돕진 못하더라도 작은 힌트를 줄 수 있고 성장하도록 유도할 수 있지."

이보배는 기대에 벅찼다.

말로만 듣던 울트라 초특급 회귀자 성장 코스의 단꿈을 꿀 수 있게 된 것이다.

'그래. 오빠가 회귀잔데 내가 덕을 못 보는 게 이상한 거지.'

이보배는 눈을 초롱초롱 빛냈다.

작은오빠가 오늘따라 존경스러웠다.

"빨리 알려줘."

"일단 하루 여덟 시간 노동을 준수하는 걸로 시작하자꾸나. 혹 모르잖니. 이것도 성장 유도의 일환일 수 있어."

말은 그렇게 해도 휴식 강요가 성장에 포함되지 않는 게 뻔히 보였다.

부풀었던 기대가 꺼져 바람 빠진 풍선이 되었다.

이보배는 흰 눈으로 이해기를 응시했다.

"진짜 이러기야?"

"1년."

회귀자는 오른손 검지를 들어 올렸다.

"딱 1년만 여덟 시간 노동을 준수하면 이후론 군말 안 하마."

이보배는 눈살을 찌푸렸다.

그녀가 아는 이해기는 언제나 성실했다. 세 살 버릇 여든까지 간다고 회귀한 이해기도 마찬가지였다.

말은 10년 논다고 했지만 이해기는 몰래몰래 일했다. 가끔 보면 몰래 일하는 스릴을 즐기는 것 같기도 했다.

그런 작은오빠가 왜 이렇게 휴식을 고집하는지 모를 노릇이었다.

"진짜 이러는 이유가 뭐야?"

"왜냐면 말이다."

이해기가 진지하게 대답했다.

"한번 놀면 멈출 수 없고 여럿이 노는 게 더 재밌기 때문에, 끄악!"

"내가 그거 하지 말라고 했지. 이번이 마지막이야. 다음부턴 절대 안 때릴 거야."

이보배가 이해기를 응징한 주먹을 거세게 흔들었다.

화르세인지는 스칠까 무서워 2층으로 도망쳤다.

이보배는 바닥을 기는 이해기를 한심한 듯 응시하다 한숨을 내쉬었다.

솔직하게 말하면 이유를 들어볼 텐데 숨기니 답이 없었다.

이보배는 한숨 쉬며 2층 계단을 올랐다.

이귀한은 바닥에서 바들바들 떠는 동생을 발로 건드렸다.

"죽었어?"

"형, 나는 말이야."

"살았네."

"보배가 죽기 전까지 한 번도 포션을 산 적이 없어."

"공짜 좋아용."

"보배 죽고 그 애가 준 포션은 가능한 쓰지 않으려고 했는데. 형 오는 바람에 하나씩 하나씩 썼거든. 나만 썼어.

주위에 누가 죽어가든 신경 쓰지 않고 나한테만 썼단 말이야. 결국 마지막 한 병이 남았을 땐, 주위에 남은 사람이 하나도 없어서……. 차라리 나도 죽어버릴까 그렇게 생각했거든."

"썼구나."

"쓰고 형을 죽였지."

"장하다."

이귀한이 쪼그려 앉아 이해기의 뒤통수를 쓰다듬어 주었다.

이해기가 비실비실 웃었다.

"동료 목숨보다 귀하게 여긴 동생 유품 쓰고 죽인 게 형이라니. 내 인생이지만 진짜 왜 이러냐."

"그러게 막내를 잘 지켰어야지. 자업자득이네?"

동생이 약한 소리를 하면 감싸줄 법한데, 이귀한은 촌철살인을 날렸다.

"돌아오면 더 잘하려고 했는데. 더 약게 살려고 했는데."

"넌 원래 약은 새끼잖아."

"내가 진짜 무서운 게 뭔지 알아, 형?"

이해기는 바닥에 붙은 얼굴을 떼지 않고 작게 중얼거렸다.

"보배가 노력하다가 자기 탓을 하는 거야."

하루 두 시간씩 자가며 엘릭서 제작에 힘쓴 갓보배는 연금술사로서 성공했다.

하지만 엘릭서 제작 진도는 진척이 없었고, 갓보배는 조바심을 내기 시작했다.

조바심이 지나쳐 확실하지 않은 정보에까지 손을 댔다.

돌다리도 두들겨 보고 건너는 판국에 썩은 외나무다리에 망설임 없이 발을 디뎠다.

이해기가 동생의 심정을 이해했더라면. 이해하지 못하더라도 심정을 들어주기만 했더라도 그런 일은 발생하지 않았을 것이다. 아니, 하다못해 세상엔 비열한 자가 많다고 경고라도 했더라면.

지금의 이보배는 그 보배와 다른데 이해기는 가끔씩 무서워졌다. 등골이 오싹하고 전신의 피가 마르는 기분이었다.

"형 죽일 생각으로 계획 짜왔을 땐 무서운 게 하나도 없었는데……. 형 안 죽여도 되니까 무서운 게 너무 많다."

"이런 멍청한 놈!"

이귀한은 거칠게 문지르던 이해기의 머리를 냅다 때렸다.

이해기는 자신의 물리 방어를 뛰어넘는 타격에 거칠게 항의했다.

"죽을 뻔했잖아, 개새끼야!"

"세상에서 제일 무서운 건 나야! 나는 공포다. 나는 타락이다. 나는 죽음이며 모든 것들의 파괴자다! 다른 존재는 공포의 대상이 될 수 없어! 나는 최후의 종결자다!"

이귀한이 오랜만에 흉흉한 기운을 내뿜었다.

2층에서 망나니가 고꾸라지는 소리와 이보배의 비명이 동시에 울려 퍼졌다.

"꺄악, 막내 오빠!"

공포의 대마왕 이귀한이 1일 1똥 여덟 시간 취침보다 우선시해야 할 규칙이 있었으니, 이한생 근처에서 힘을 쓰지 말지어다.

이보배가 계단을 뛰듯이 내려와 규칙을 어긴 이귀한을 응징했다.

공포의 대마왕은 겁쟁이 동생과 마찬가지로 거실 바닥에 누워 바르작거렸다.

결국 이보배는 회귀자의 똥고집을 꺾지 못했다.

회귀자는 모든 수단과 방법을 동원해 이보배를 방해했다.

이보배가 〈사랑의 매〉를 남발해도 소용없었다.

아파서 눈에 눈물이 그렁그렁한 채 같이 영화 보자는 회귀자의 집념에 이보배는 백기를 들었다.

'진상이 여기 있다니까.'

진상 조심하라더니 이보배의 진상은 공방이 아니라 집에 있었다.

이보배는 작은오빠를 생각할 때마다 이를 갈았다.

'시간 아깝다.'

오지 않을 미래의 갓보배를 떠올릴 때마다 무의미하게 흐르는 시간이 아까웠다.

눈은 '연금술사의 솥뚜껑' 토론 게시판을 보고 있지만 머리에 들어오지 않았다.

'공방 오픈 시간을 줄이고 포션 연구에 집중할까? 아니야, 아직 오픈한 지 일주일도 안 됐는데 시간 바꾸기는 좀 그래.'

본래 이보배의 계획은 이러했다.

공방에 머물면서 손님이 오면 상담하며 제작 의뢰를 받고 손님이 없을 땐 공방에 마련한 설비로 포션을 연구하거나 제작한다.

굳이 연금술사의 공방이 아닌 다른 공방이더라도 비슷한 시스템으로 운영되었다.

이보배 본인도 지극히 평범한 계획이라고 생각했다.

문제는 이보배가 혼자 일한다는 것이다.

보통 그러한 공방은 특정 시간에만 손님을 응대하거나 아예 사람을 고용해 일을 나눈다.

이보배는 공방 운영을 만만하게 보고 사람을 고용하지 않았다. 섣부른 판단이었다.

'만만하게 생각한 내 죄지.'

이보배는 혼자 후회하고 혼자 짜증 냈다.

'손님 오는 거 신경 쓰느라 집중 못 하겠어.'

이 문제는 이해기의 말대로 투서함을 설치하거나 영업 시간을 변경하면 해결된다. 하지만 이보배는 그러기 싫었다.

'작은 새끼 말대로 하면 지는 거 같잖아.'

인생을 사는데 하등 쓸데없는 오기인 걸 알지만 이보배도 고집이 있다. 이해기만 고집 있는 게 아니라 이 말이다.

'직원이라도 고용할까.'

손님 오는 게 신경 쓰여 집중이 안 된다면 이보배 대신 손님을 응대할 사람이 있으면 된다.

이보배는 구체적으로 고민했다.

'어디 보자.'

이보배는 아르바이트 사이트에 올라온 구인 공고를 훑어보았다.

종이에 시급과 시간, 업무 내용을 끼적이며 구인글 초안을 작성했다.

'간단한 손님 응대, 청소 정도인가? 일 자체는 간단하니까…….'

펜을 까딱이던 이보배의 손이 멈췄다.

이보배는 아르바이트 사이트창을 끄고 종이에 끼적인 것도 지웠다.

'나도 참 바보라니까.'

이보배는 스스로를 한심해하며 팔짱을 꼈다.

그녀는 아르바이트 사이트를 뒤지거나 낯선 이를 고용할 필요가 없었다. 파랑새는 언제나 가까이에 있는 법.

'집에 백수가 셋이나 있잖아.'

이보배는 가슴 깊은 곳에서 우러난 미소를 지었다. 오빠들 일 시킬 생각하니 실로 즐거웠다.

그날 저녁.

이보배는 오빠들을 불러 모아 공방에서 내린 결론을 말했다.

"직원을 두려고."

"우리 막내, 사장 되더니 부하도 생기는 거야?"

"흠, 사람은 됨됨이와 능력은 물론이고 집안까지 살펴 써야 하는 것이다. 아무 사람이나 고용해 돼지는 물론이고 나의 명예까지 실추되지 않도록 하여라. 최소 3대는 확인해야 하는 법!"

체키빙 공자가 귀족가에서 사람을 쓸 땐 조부모의 출신까지 검사한다며 으스댔다.

이해기가 웬일로 남동생의 말에 동의했다.

"한생이 말대로다. 사람은 잘 보고 고용해야 해. 일단 구인부터 해보고 지원자가 있으면 뒷조사를 하겠니? 아라크네에게 의뢰할까?"

"아니."

이보배는 고개를 저었다. 그녀는 팔을 벌리고 활짝 웃었다.

"집에 노는 손이 셋이나 있네! 요즘 노는 꼴 보기 싫었는데 잘됐지 뭐람! 알바비는 후하게 쳐줄 테니까 내일부터 한 명씩 나와."

가장의 일방적인 통보에 삼형제는 거세게 반발했다.

"나한테 일하라고? 나한테 일은 파괸데?"

"돼지가 근면하여 좋게 보았더니 무엄하구나! 감히 나를 부려먹겠다는 소리냐?"

"보배야, 그건 좋지 않은 생각 같구나."

이해기는 위험하게 눈을 반짝이는 이귀한을 가리켰다.

"나나 한생인 그렇다 쳐도 형은 안 된다."

"일단 들어봐. 그렇게 어려운 일이 아니야. 내가 포션 제작하는 동안 카운터 보면서 손님 오면 인사하고 제작 의뢰만 받아주면 돼. 내용이 복잡하면 나를 부르면 되는 거야. 그 외의 시간은 뭘 하든 자유고 알바비는 잘 쳐준다니까."

이보배가 생각하기엔 꿀알바였다.

말 그대로 가족이 사장이기에 가능한 후한 조건에 초등학생도 할 수 있는 쉬운 일이었다.

하지만 이씨 삼형제 중 맏이에겐 그조차 불가능했다.

"뿌셔뿌셔 고고?"

이귀한의 눈이 위험하게 반짝였다. 부르기 편해서 마왕

이지 실상 파괴신 쪽에 가까운 그에게 일이란 곧 파괴였던 것이다.

이해기가 입버릇처럼 말하는 '우리는 세계를 구하고 있단다'가 빈말이 아니었다.

"오케이, 큰오빠는 계속 노는 걸로."

"에이, 노는 것보다 뿌수는 게 더 재밌는데."

이귀한이 아쉬워하며 혀를 찼다.

하마터면 최저 시급에 2천 원 보탠 돈으로 지구를 부술 뻔한 이보배가 가슴을 쓸어내렸다.

노는 손 셋에서 하나를 제한 이보배는 남은 백수 둘을 보았다.

"그럼 작은오빠는."

"나는 형을 감시해야지."

"막내 오빠는."

"무엄하다!"

작은 새끼는 이귀한을 가리키고 망나니는 펄펄 날뛰었다.

큰 새끼의 위험성을 고려했을 때 작은 새끼의 주장은 타당했다.

결국 이보배의 시선은 망나니에게 쏠렸다.

"왜, 왜 나를 그리 보느냐. 나도 싫다! 나는 바쁜 몸이니라!"

성신의 사랑을 받는 고귀한 귀족 화르세인지 드 체키빙 공자께서 외쳤다. 외치면서 화가 났는지 점점 목소리가 커졌다.

"생각하면 생각할수록 괘씸하구나! 나처럼 성스럽고 고귀한 귀인을 이리 무시하다니! 감히 나를 돈으로 고용하겠다는 것이냐!"

'아, 포인트가 그쪽인가.'

귀족의 자존심 때문에 돈 받고 일하긴 싫었나 보다.

이보배는 근로 조건을 변경했다.

"그럼 막내 오빠는 무급으로 일해주고 월급은 오빠 이름으로 기부할게. 그럼 됐지?"

"돼지 주제에 날 우롱하느냐!"

화르세인지가 무급은 더 싫다며 핏대를 세웠다.

이보배는 근무 조건 조절이 가능하다고 외쳤지만 소용없었다.

이한생은 대화를 거부하고 2층 자기 방으로 올라갔다.

"하여간 이놈의 망나니."

이보배는 닭 쫓던 개가 되어 입맛을 다셨다.

"그냥 투서함 설치하라니까."

이해기가 능글맞게 웃었다. 이보배는 작은오빠를 흘겨보았다.

"됐거든요."

이보배는 한숨을 쉬며 팔짱을 꼈다.

집에 식충이가 셋이라 어떻게든 써먹어볼까 했더니 개똥보다 쓸데가 없었다.

"으아악! 아무나 오거라! 빨리!"

자기 방으로 올라간 망나니가 난데없이 비명을 질렀다.

악마든 사기꾼이든 돼지든 좋으니 아무나 오라는 다급한 절규에 이보배는 벌떡 일어났다.

균열의 날 이전의 이보배라면 이한생이 자신을 부르든 말든 들은 체도 하지 않았을 것이다.

그러나 균열의 날 이후의 이보배는 다르다.

이보배는 바닥에서 엉덩이를 떼지 않는 큰놈, 작은놈과 달리 눈부신 속도로 움직였다.

계단을 오르는 동생을 보고 이귀한이 흡족하여 말했다.

"막내 도망칠 때도 저러면 안심."

이귀한의 목소리는 느긋했지만 놀란 이보배의 귀는 아무것도 듣지 못했다.

"왜 그래!"

이보배는 2층에 오르자마자 막내 오빠를 찾았다.

이한생은 사색이 되어 방 밖에 나와 있었다. 그가 자신의 방을 가리켰다.

"가랏, 돼지!"

망나니가 돼지에게 전투 명령을 내렸다.

이보배는 싸우기에 앞서 적의 정체부터 파악했다. 이쯤 되니 슬슬 놀란 마음이 진정되고 이성이 돌아왔다.

애초에 큰놈과 작은놈이 움직이지 않은 시점에서 대수롭지 않은 일이라는 결론이 나왔다.

이보배는 일단 방을 살폈다. 심하게 어질러진 상태지만 위험해 보이는 건 없었다.

이보배는 움츠렸던 어깨를 풀었다. 힘이 빠지고 긴장이 풀렸다.

"뭐야, 뭔데?"

"빨리 처치해라. 빨리!"

"그러니까 뭘? 청소하라고 부른 거면 때려준다."

이보배는 위협적으로 주먹을 들었다.

화르세인지가 반사적으로 겁먹고 뒤로 도망갔다.

그의 얼굴은 사색이 되어 하얗게 질렸고 동공 또한 확장되어 겁에 질린 기색이 역력했다.

이보배가 주먹을 들기 전부터 그랬다.

"고작 청소나 하라고 돼지를 소환했겠느냐! 나타나지 않았느냐!"

"뭐가?"

"칠흑의 어둠을 두른 사악한 악마! 그 끔찍한 몰골! 소름 끼치는 소리!"

"큰오빠 아래층에 있잖아."

"대악마 말고 다른 악마 말이니라! 두 쌍의 날개로 나를 위협하는 대마수가!"

힌트를 주려는 듯 방에서 부스럭거리는 소리가 들렸다.

이보배는 악마의 정체를 파악하고 김이 빠졌다.

'아, 그거.'

이보배는 일단 이한생의 방으로 들어가 소리가 난 곳을 확인했다. 책상 밑이었다.

"여기로 들어갔어?"

"으아악! 내게 묻지 말거라. 그 끔찍한 모습을 눈에 담으면 난 미쳐 버리고 말 것이다!"

이한생은 보는 것도 무섭다며 눈을 가리고 아우성쳤다.

이보배는 한숨을 쉬면서 책상을 흔들었다.

"끄아아악! 나 없는 곳에서 잡아라!"

"안 나오네."

"말로 설명하지 말고!"

화르세인지가 이보배의 방으로 도망가 발악했다.

이보배는 인벤토리에서 빠루를 꺼내 책상과 바닥 틈새를 쓸었다.

그녀의 중지 정도 크기의 거대한 바퀴벌레가 빠루에 밀려 기어 나왔다.

"에잇!"

이보배는 손으로 바퀴벌레를 내려쳤다. 슬쩍 손을 들어

죽었는지 확인해 보더니 몇 번 더 내려쳐 제대로 죽였다.

소리를 들은 이한생이 문틈으로 퍼렇게 질린 얼굴을 내밀었다.

"그, 그걸 손으로 잡다니. 네가 사람이냐."

"어휴, 진짜. 남들은 바퀴 잡을 때 오빠의 존재 의의를 깨닫는다는데 나는 대신 잡아주고 있으니."

"알고 보니 무서운 돼지였구나. 진짜 무서운 돼지였어."

"나도 바퀴벌레."

"끄아악! 이름을 말하지 말거라. 자기가 불린 줄 알고 나올 수 있다."

'아주 가지가지 해요.'

이보배는 바퀴벌레 사체를 변기에 넣고 물을 내렸다.

"나도 바 선생 싫거든. 끔찍하거든."

이보배가 누군가.

좀 사는 집 고명딸로 태어나 부모님 편애받으며 자란 버릇없는 아이 아닌가.

어쩌다 한번 바퀴벌레라도 보는 날에는 집이 떠나가라 비명을 지르고 손 하나 까딱하지 않았다.

바퀴벌레를 방이나 거실에서 목격한 날?

그날은 부모님이랑 같이 자는 날이었다. 바퀴벌레를 싫어하는 마음은 그때나 지금이나 비슷했다.

"싫어도 참고 견딜 수 있게 된 거지. 내가 싫다고 다른 사람에게 미룰 수 없다는 것도 배웠고.”

“휴지도 없이 맨손으로!”

“손으로 잡고 물로 씻으면 되는데 휴지 아깝게.”

이보배는 비누로 손을 씻었다.

“그 비누는 앞으로 돼지 전용이니라.”

“진짜 내가 어이가 없어서.”

“아직 끝나지 않았다. 악마가 머문 자리도 치우거라.”

망나니는 방으로 들어가지 않고 문가에 서서 오들오들 떨었다.

이보배는 한 대 더 때려줄까 하다 불쌍해서 봐줬다.

이보배는 바퀴벌레가 있던 자리에 소독약을 뿌리고 걸레로 몇 번이고 훔쳤다. 어질러진 방을 보니 절로 잔소리가 튀어나왔다.

“이 방 꼬락서니를 보세요, 공자님. 이러니까 바 선생이 나오죠.”

“밖에서 날아 들어온 것이니라!”

“더러우니까 보고서 날아 들어왔겠죠.”

“망언이 심하구나! 그 사악한 칠흑의 악마는 빛을 탐하여 들어온 것이 분명하다!”

“바퀴가 나방이야, 빛 보고 들어오게. 어쨌든 악마 퇴치비는 어떻게 지불할 거야?”

“뭐?”

"사람을 악마 잡으라고 불렀으면 퇴치비를 줘야지."

"마땅히 해야 하는 봉사다!"

"청소까지 해줬잖아."

망나니가 고심하더니 인벤토리에서 10만 원을 꺼냈다.

바퀴벌레 한 마리 잡고 10만 원이라니 엄청나게 남는 장사였다.

이보배는 돈 귀한 줄 모르는 귀족가 망나니를 한심스럽게 바라보았다.

"됐고, 내일부터 가게 나오는 걸로."

"이야기가 왜 그렇게 되느냐. 고작 벌레 한 마리 잡고 과한 대가를 요구하다니! 내게 이러는 것은 신성 모독이니라! 나는 두 신의 총애를 받는 화르세인지 드 체키빙이다!"

"알겠어. 고작 하찮은 벌레니까 앞으론 오빠가 잡을 수 있지?"

망나니의 얼굴이 분노로 벌게졌다가 벌레 안 잡아주겠단 얘기에 새파랗게 질렸다.

그에겐 벌레를 무서워하지 않는 형이 둘이나 있지만 둘 다 좋은 형이 아니었다.

바퀴벌레 잡아달라고 소환하면 바퀴벌레가 아니라 그의 생명이 위태로워질 게 분명했다.

"사, 사악한 것. 다른 것도 아니고 칠흑의 대악마로 협박하다니."

"막내 오빠도 나름 바쁜 거 아니까 매일 나올 필요는 없고 일주일에 세 번만 나와줘."

"크윽, 크으으윽."

화르세인지가 어금니를 빠득빠득 갈았다. 진심으로 싫은 눈치였다.

하지만 노동 지옥보다 무서운 것이 바퀴 지옥인지라, 이한생은 눈물을 머금고 이보배의 제안을 받아들였다.

"이 빚은 반드시 갚아주마."

"누가 보면 신발 밑창이라도 핥으라고 시킨 줄 알겠어."

"반드시 후회하게 만들어주마, 돼지! 너는 반드시 이날을 후회하게 될 것이다!"

망나니가 치욕에 얼굴을 붉히더니 결국엔 눈물까지 머금었다.

그는 몸을 부들부들 떨더니 쾅 소리가 나도록 방문을 닫았다. 이보배는 손을 털고 방긋 웃었다.

"한 건 해결했네."

보배 공방에 직원이 생겼다.

이보배는 공방 카운터에 새 안내판을 붙였다.

이한생이 기억 상실 환자며 8년 동안 식물인간이었음을

붉은 글씨로 인쇄했다.

재활과 사회 적응을 위해 카운터를 보고 있으니 양해를 부탁하는 안내문이었다.

“두고 보자, 돼지. 후회하게 해주마.”

“오는 손님 내쫓진 말자. 응?”

‘내가 너무 강압적으로 데려왔나.’

막상 일 시키겠다고 데려오고 보니 이보배의 마음이 편치 않았다.

그녀가 포션 제작에 돌입하고 세 시간이 지났는데 호출이 없어 더욱 그랬다.

‘오는 손님 다 내쫓은 건 아니겠지? 헉, 설마 문을 닫아버리고 도망간 건?’

이보배는 걱정스러운 마음에 살며시 문을 열고 가게 정황을 살폈다.

놀랍게도 망나니는 손님 응대 중이었다.

“안녕하십니까, 포션 구매 전 인사드리러 왔습니다.”

“B급 회복 포션 구매는 매월 첫 번째 월요일이니라. 자세한 건 거기 안내문을 읽어보고.”

“연금술사님이세요?”

“연금술사 주인이다.”

“아, 여기 적혀 있는 가족분이시군요. 알겠습니다. 약소하지만 음료수를 가져왔으니 목을 축이고 연금술사님께 꼭 이 명함 전해주십시오. 부탁드립니다."

"흥, 예의가 뭔지 아는 자로군. 너의 명함은 반드시 전해줄 터이니 용건 없으면 이만 가보도록 하여라."

"혹시 남는 회복 포션은……."

"없다. 용건이 없다면 돌아가거라."

지켜보던 이보배의 눈이 휘둥그레졌다.

'생각보다 잘하는데?'

손님이 떠나자 이한생은 핸드폰을 만지작거리더니 동물 영상을 틀었다.

햄스터가 미로를 탈출하는 영상이었다.

핸드폰을 들여다보는 그의 입꼬리가 하늘로 치솟아 내려올 줄 몰랐다.

'다행이야. 막내 오빠가 생각보다 상식적으로 손님을 받아.'

아마 이보배가 이씨 남매의 가장이고 이 가게의 수입이 곧 그들의 생활비임을 알고 있기 때문일 것이다.

판타지 망나니 말투는 여전했지만 손님들은 카운터에 붙은 경고문을 봤기 때문에 화내지 않았다.

대형 자본 침식과 선발주자의 사다리차기, 신변 보호를 핑계로 한 몸값 후려치기 등등 온갖 갑질에 시달리는 연금술사긴 하지만 포션을 판매할 때만큼은 연금술사가 갑인 법.

연금술사의 아픈 혈육의 말투가 고압적이어도 뒤에서

욕하지 앞에서 항의하는 사람은 없었다.

"망할 돼지. 두고 보아라."

손님이 사라지자 화르세인지는 투덜거리면서 사장을 욕했다.

'두고 보라는 망나니는 하나도 안 무섭지만.'

일 잘하는 양아치는 조금 무서운 법.

다행히 이보배는 막내 오빠의 약점을 알고 있었다.

망나니든 양아치든 약점은 동일했다.

이보배는 영업 시간이 끝나기 무섭게 이한생의 약점을 공략했다.

"후, 드디어 끝났나. 돼지 네 이녀어어어언!"

"세상에, 막내 오빠! 어쩜 이렇게 잘해?"

"갑자기 무슨 소리냐?"

"솔직히 막내 오빠가 이상한 소리 할 줄 알고 걱정했는데 진짜 잘했잖아! 접객이 서비스업 중에서 제일 어려운 거 알지? 솔직히 막내 오빠는 공작가 도련님이라 잘 못할 줄 알았는데 괜한 걱정이었어."

"지금 내가 천한 일에 어울린다는 얘기냐!"

"막내 오빠도 참. 사람 상대하는 일이 왜 천한 일이야. 그리고 여기 오는 손님들은 대부분 각성자거나 각성자의 대리인이야. 시스템 신의 은총을 받은 사도들이라고! 그런 사람들을 상대하는 일이 천한 일일 리 없잖아. 오히려 사도들을 상대해야 하니까 두 신의 총애를 받는 막내 오빠 같은 진짜 사도가 필요한 거야."

이한생의 볼 근육이 움찔거렸다. 웃고 싶은 걸 참는 듯했다.

"역시 막내 오빠야. 믿고 맡기길 잘했어. 다른 오빠들이었으면 이렇게 잘 해내지 못했을 거야."

"크흠흠. 뭐, 하나는 악마에 하나는 사기꾼이니 그렇긴 하지."

"이건 비밀이니까 여기서만 얘기하는데."

이보배는 목소리를 낮추고 화르세인지의 귀에 대고 소곤거렸다.

"오빠 중에 막내 오빠가 최고야."

"크흠흠흠흠! 돼지에게 최고란 말 들어도 기쁘지 않다."

"다른 사람도 그렇게 생각할걸?"

"으하하하하! 돼지가 사람 볼 줄 아는구나! 과연 멍청하지만 충성스러운 멍충한 돼지로다!"

이보배의 사탕발림에 망나니가 넘어갔다.

이보배는 이한생이 지금의 기분을 유지하도록 즉석에서 일당을 줬다.

"오늘은 첫날이니까 특별히 바로 줄게. 다음부터 월급제야."

"흐음."

일부러 예쁜 봉투에 담은 일당을 건네자 화르세인지가 실눈을 뜨고 봉투를 들춰 액수를 가늠했다. 이한생은 헛기침을 하며 인벤토리에 봉투를 수납했다.

"액수는 적지만 어쩔 수 없지."

"앞으로도 와줄 거지?"

"나는 두 신의 사도로서 분주한 몸이라 매일은 곤란하다. 일주일에 사흘 정도는 괜찮느니라."

"알겠어. 그럼 일단 월수금 일해주고 화요일이랑 목요일은 상황 괜찮으면 나와주는 거로 하자."

이보배는 퇴근길에 길을 틀어 군것질했다. 사과잼과 크림을 듬뿍 바른 와플을 딱 두 개만 사서 이한생과 나눠 먹었다.

"다른 오빠들에게 비밀이야."

"물론!"

'우리 막내 오빠. 사람이 이렇게 다루기 쉬워서 어쩌나.'

이보배는 완벽하게 넘어온 이한생을 착잡한 시선으로 응시했다.

사람이 이렇게 칭찬과 관심, 특별 대우에 약해서 어쩌나 걱정스러웠다.

이씨 집안의 막내와 셋째가 귀가하니 첫째와 둘째의 관심이 집중되었다.

"막내랑 셋째 일 잘했어? 많이 벌었어?"

"매출은 첫날 다 올렸다니까. 그래도 오늘 막내 오빠가 얼마나 잘해줬는지 몰라. 정말 큰 도움이 되었어."

"흥, 감히 이 몸을 모셔갔으니 큰 도움이 되어야 하고말고. 피곤하니 먼저 씻겠다."

저녁 메뉴는 이한생이 좋아하는 부대찌개였다.

이보배는 끓이면서 먹을 수 있도록 식탁 중앙에 휴대용 버너를 설치했다.

"그래서 한생인 어땠니?"

이씨 남매는 모두 각성자라 귀가 밝지만 샤워 중인 화르세인지의 귀엔 들리지 않을 터다.

이보배는 막내 오빠가 너무 다루기 쉬워 고민이라고 털어놓았다. 그러자 이해기가 피식 웃었다.

"쓸데없는 걱정이구나."

"쓸데없다니 무슨 소릴 하는 거야. 난 진지해."

"한생이가 겉보기보다 생각이 깊다고 나한테 말해준 게 누구더라? 너란다. 그런 네가 한생이를 믿지 못하면 어떡하니."

이보배를 나무라는 목소리는 따뜻하고 애정이 넘쳤다.

이해기가 안 하던 일 하느라 고생한 동생을 위해 밥을 꾹꾹 눌러 담았다.

형제지간에 낯간지러워 말로 표현하진 못했지만 이한생 또한 회귀자가 지키고 싶었던 가족이다.

"알겠어, 작은오빠."

이보배의 작은오빠는 진국이었다가 맹탕이 되었다.

이보배는 늘 그게 불만이고 가끔씩 보여주는 진국인 모습이 반갑고 그리웠다.

그러나 오늘은 평소와 다른 생각이 들었다.

'맹탕이 나쁜 건 아니야. 맹탕이라도 따뜻하니까.'

진국이든 맹탕이든 작은오빠는 늘 따뜻한 사람이다.

김이 모락모락 나는 숭늉이나 버너 위에서 펄펄 끓는 부대찌개, 귀환한 형을 위해 푹 고았던 사골국처럼.

햄 사리를 몰아서 퍼주는 형의 마음을 아는지 모르는지, 망나니는 눈을 빛내며 부대찌개에 밥 두 공기를 뚝딱 해치웠다.

"안녕하십니꽈악! 신생 길드 홍염에서 인사 쎄게 박습니돠앗!"

"시끄럽다! 명함이나 두고 꺼져라!"

"연금술사님은 부재중이십니까?"

"돼지는 바쁘다. 제작 의뢰면 남고 인사면 안 받으니 이만 가보거라."

"내일 다시 찾아뵙겠습니돠앗!"

"돼지는 내일도 바쁘니라."

열심히 일하는 동물에 개미만 해당되는 게 아니다.

이씨 가문에선 돼지도 열심히 일했다.

화르세인지는 사람을 대하는 최소한의 예의로 손님이 나갈 때까지 눈을 떼지 않았다. 그리고 손님이 나가자마자 핸드폰으로 눈길을 돌렸다.

작은 화면 속 햄스터가 쳇바퀴를 열심히 돌렸다.

'좋아, 아주 잘하고 있어.'

이보배는 뒤에서 몰래 지켜보다 두 주먹을 불끈 쥐었다.

막내 오빠가 걱정한 것보다 상식적으로 손님을 응대했다.

'도망도 안 가고 손님한테 심하게 막 대하지도 않고. 이 정도면 충분해. 걱정할 필요 없겠어.'

이보배가 망나니에게 카운터를 맡기고 일주일이 지났다.

일주일 동안 화르세인지는 예상보다 훌륭하게 카운터를 지켰다.

딸랑.

"어서 오너라."

"안녕하십니까, 보름달 길드입니다."

"회복 포션 판매는 매달 첫 번째 월요일, 상태 이상 치료제 주문 의뢰는 상시 받고 있느니라. 용건이 무어냐."

새로 들어온 손님은 놀라운 접객 방식에 눈을 깜빡이다 안내문을 읽고 납득했다. 그러다 뭔가를 떠올리는 듯 눈을 가늘게 떴다.

"혹시 연금술사님이 동생 되십니까?"

"돼지는 바쁘다. 용건을 밝혀라. 비각성자 판매는 앞으로도 하지 않을 예정이고 상태 이상 치료제는 종류에 따라 상담 가능하다."

"혹시 연금술사님 성함이 이보배 맞습니까?"

"간판에 적혀 있지 않느냐."

"몇 년 전에 용산에서 잠깐 노점상 하시지 않았습니까?"

이한생은 잠시 생각해 보다 이보배를 불렀다. 손님이 아무래도 이보배를 아는 사람 같았다.

무슨 일인가 싶어 연구실을 나온 이보배는 본 적 있는 얼굴에 놀랐다. 아는 얼굴인데 기억이 가물가물했다.

"어, 그러니까. 옛날에……."

"역시 맞군요. 오랜만에 뵙습니다."

"네, 정말 오랜만이네요. 안녕하세요."

손님은 이보배가 용산에서 포션 좌판을 열었던 시기의 고객이었다.

손님은 살아서 만나 반갑다며 너털웃음을 지었다. 사망률 높은 탱커의 슬픈 자학 개그였다.

"간판만 볼 땐 몰랐는데 안내문을 보고 갑자기 생각나지 뭡니까. 갑자기 장사를 접어 걱정했는데 건너 건너 들으니 사계절에 들어갔다고 해서 안심했었습니다."

보조계와 생산계는 인신매매 단골 상품이다.

뒷배 없이 노점상을 하던 미성년 연금술사가 갑자기 장사를 접었다? 가장 먼저 떠오르는 게 납치였다.

손님은 사계절 입사 소식 듣기 전까지 많이 걱정했다고 말했다.

이보배는 걱정해 주어서 감사하단 인사를 전했다.

"원래는 길드원 뽑는 것도 몰랐는데 강철 깡통 허심 님 소개로……."

"아, 허심 선배. 아까운 분이 돌아가셨죠."

강철 깡통 허심은 질풍 방패 추효풍과 함께 사계절의 메인 탱커였다.

사계절에서 독립해 길드를 창설한 이후 방출형 균열, 일명 몬스터 웨이브를 막다 전사했다.

타인인 이보배의 처지를 안타깝게 여겨 사계절에 소개해 줄 만큼 정 많고, 자신을 희생해 다른 사람을 구해줄 만큼 정의롭고 좋은 사람이었다.

그런 그의 장례식장엔 조문객 발길이 끊이질 않았다.

고인을 기리기 위해 묵념한 것도 잠시였다.

고인은 고인이고 산 사람은 산 사람이다.

손님은 대형 길드와 독점 거래할 생각은 없냐고 물었다.

이보배는 그렇다고 답했다.

"그럼 정말 매월 첫 번째 월요일에 선착순으로 판매하시려는 겁니까?"

"네."

"유료 회원제나 끼워 팔기 상품 없이?"

"네, 혹시 문제 있나요?"

"어려우실 것 같은데……."

손님은 말끝을 흐리며 이보배의 경영 방침에 회의적으로 반응했다.

개업일부터 이와 비슷한 반응을 몇 번 보았기 때문에 이보배도 슬슬 걱정되기 시작했다.

"진짜 어려울까요? 이번에 자체적으로 백 명 선에서 끊었으니까 다음엔 알아서 쉰 명으로 끊을 테고. 큰 민폐는 아닐 거라고 생각했는데."

"암묵적으로 밤샘 금지라고 하지만 실제론 근처에서 시간 때우다 줄 서는 사람이 많습니다. 이번 달이야 오픈 초기니 아는 사람이 적었겠지만 소문이 나면 더 늘 겁니다. 회복 포션을 구매해서 헌터에게 되팔이하는 수입도 꽤 크거든요."

"불법이잖아요."

"사적으로 몰래 거래하는 것까지 관리국이 모두 잡을 순 없으니까요. 그리고 관리국도 비각성자 암거래에나 엄격하지 헌터 간 포션 거래는 어지간해선 눈감아줍니다."

그렇기 때문에 균열에 들어가 몬스터와 싸우는 것이 무

서운 헌터는 포션을 사 다른 헌터에게 되팔기도 한단다.

나름의 시장도 형성되어 있다고 손님이 말했다.

"그러다 보면 대기 줄에서 싸움이 나기도 하는 거죠. 게다가 각성자가 대기 줄에 있는 헌터 매니저를 협박해 쫓아내는 일도 있습니다. 연금술사들이 괜히 개인 판매를 하지 않고 업체에만 판매하거나 대형 길드에 독점 공급하는 게 아닙니다. 귀찮은 일이 생기기 전에 아예 근원을 차단하는 겁니다."

이보배는 손님의 말을 심각한 표정으로 경청했다. 듣고 보니 그냥 넘어갈 일이 아니었다.

손님을 보낸 후 이보배는 회복 포션 판매 방식에 대해 고민했다.

문제 하나 치우고 나니 새로운 문제가 생긴다. 자영업도 쉬운 게 아니었다.

'그래, 매달 쉰 명씩 줄 세우는 것도 민폐야. 주민이나 경찰도 싫어할 거고.'

가지 많은 나무에 바람 잘 날 없고 사람이 모이면 반드시 사건이 발생한다. 이건 사람들이 아무리 노력해도 어찌할 수 없는 필연이었다.

이보배가 궁리해 보아도 딱히 좋은 방법이 떠오르지 않았다.

이보배는 일단 경험 많은 회귀자에게 물었다.

"글쎄, 나는 포션을 산 적이 없어서."

포션 마스터를 동생으로 둬 포션 귀한 줄 몰랐던 회귀자가 곤란해했다.

"내가 만든 포션은 나 죽은 뒤로 안 쓰려고 노력했다며. 그땐 뭐 썼어?"

"균열 보상으로 나온 걸 사용하거나 다른 사람들이 알아서 구해주거나. 아, 형이 지구 절반 부수면서 강림한 후론 차원 상점이라는 게 생겨서."

"그러시군요. 잘나신 세계 최강자껜 사람들이 알아서 구해다 바친다 이거죠."

이해기는 쓸데가 없었다.

이보배는 팔짱을 끼고 구시렁거리다 따가운 시선에 고개를 돌렸다.

이귀한이 눈을 반짝이며 손을 들었다.

이보배는 일단 들어보기로 했다.

"나나나나나! 데스 매치 강자 독식! 월요일 12시 됐을 때 최후에 남는 놈에게 쉰 병 몰빵!"

"큰오빠의 소중한 의견 고마워. 막내 오빠는 어떻게 생각해?"

어차피 쓸모없는 대책이 나올 것이다.

하지만 이귀한과 이해기가 말한 이상 이한생을 빼면 삐칠 게 분명했다.

"훗, 돼지에게 가르침을 내려주마."

공자님은 재수 없지만 따돌림은 나쁘기 때문에 이보배는 이한생의 대답을 기다렸다.

화르세인지가 거들먹거렸다.

"기부함을 설치하여라. 기부 액수가 곧 성의니 많은 순으로 쉰 명에게 포션을 판매하면 되느니라."

"와, 그렇구나. 공자님의 소중한 의견도 마음만 받겠습니다."

사공이 많은 것도 아닌데 배가 산으로 갔다. 사공들이 멍청한데 힘만 좋아서 배를 들고 다니기 때문이다.

이보배가 방긋방긋 웃으며 눈으로 욕하자 이해기가 멋쩍어했다. 그러다 나름 정상적인 의견을 말했다.

"그냥 아라크네에게 물어보렴."

모르는 게 있으면 정보상에게 물어라. 지극히 간단한 해결법이었다. 정보상이 비싸지만 않으면 최고의 해결법이기도 했다.

"비싸잖아."

"내가 물어봐 줄게."

"그리고 바쁜 것 같던데."

이보배는 가개업일에 방문해 준 지인들에게 감사 문자를 보냈다.

박마노, 최요한, 한현우는 답장을 보냈지만 아라크네는

보내지 않았다.

고객 서비스 정신이 투철한 정보상이 일부러 답장하지 않았을 것 같진 않다.

그냥 바쁜 것이다.

“듣고 보니 그렇구나. 나한테도 요즘 연락 없이 조용하긴 했지.”

이해기의 정체 파헤치기는 아라크네에게 주어진 당면 과제다.

그런 이해기에게도 연락이 없었다는 걸 보면 많이 바쁜 듯했다.

‘좀 더 생각해 봐야겠다.’

이보배는 자기 전 핸드폰을 만졌다.

‘연금술사의 솥뚜껑’에 접속해 이것저것 훑어봤다.

주 이용자가 공방 운영보단 레벨 업과 스킬 등급 향상에 치중하다 보니 길드와 계약해 거래하는 게 편하다는 내용이 대부분이었다.

‘내가 잘못 생각했나. 진짜 이게 맞는 것 같은데.’

이보배는 멋쩍어하며 코를 긁었다.

이보배의 계획은 은퇴 후 차린 우아한 1인 카페처럼 현실성이 부족한 듯했다.

장사가 잘 된다는 게 그나마 다행이다.

핸드폰이 진동하면서 낯선 번호로 문자가 도착했다.

[소중한 VIP 고객님께. 안녕하세요, 고객님.

선택받은 극. 소. 수. 의 헌터들을 위한 <아라크네의 거미줄>에선 VIP 고객님의 사생활 보호를 위해 개인 정보 보호 서비스 옵션을 유료로 제공해 드리고 있습니다.

현재 고객님으로 추정되는 내용의 게시물이 게시되어 있어 연락드립니다.

확인하신 후 연락 주시면 조치하겠습니다.]

문자의 끝엔 인터넷 주소 링크가 있었다.

이보배는 이건 또 무슨 신종 피싱인가 싶어 눈을 깜빡였다.

'단순 피싱이라 치기엔 〈아라크네의 거미줄〉이 거슬리고. 근데 〈아라크네의 거미줄〉 자체는 광고 댓글도 달리고 그러던데. 이게 진짜야, 가짜야.'

괜히 링크를 눌러 소중한 개인 정보를 털릴 순 없다.

이보배는 신중을 기하고자 핸드폰에 저장한 적 없지만 언제부터인가 저장되어 있는 아라크네의 연락처로 문자했다.

[방금 이런 문자가 왔는데 <아라크네의 거미줄>에서 보낸 게 맞나요? 유료 서비스 신청한 적 없는데요.]

5분쯤 기다려도 답장은 오지 않았다.

10시가 넘었기에 이보배는 내일까지 기다려 보기로 하고 눈을 감았다.

10분쯤 지났을까.

가물가물해지는 이보배의 의식을 작은 진동이 일깨웠다.

이보배는 눈을 찡그리고 머리맡을 더듬어 핸드폰을 집었다.

[갑자기 신청하지 않은 서비스 옵션 문자가 와 많이 놀라셨군요. 이해기 고객님께서 가족 결합으로 신청한 서비스니 안심하셔도 됩니다.]

피싱이 아니라는 얘기에 이보배는 안심했다. 문자가 한 통 더 전송되었다.

[이와 별개로 개업 첫날 발생한 불미스러운 사건에 저희 서비스가 미비했음을 깨닫고 애프터서비스를 시행할 예정입니다. 내일 중 업장에 방문 예정이오니 편한 시간대를 알려주세요. 연락이 늦어 죄송합니다.]

'불미스러운 일? 아, 경찰.'

포션 사러 온 백 명의 대기 줄로 인해 경찰이 주민 신고를 받고 출동했다.

아라크네는 공공 기관에 오가는 정보를 대놓고 수집하는 모양이니 모를 리 없었다.

'진짜 바빴나 보네.'

이보배는 바쁜 사람 오라 가라 하기 미안하다고 생각했다.

[오실 필요는 없습니다. 매달 줄 세우기 민망한데 공정하면서 폐를 끼치지 않는 판매 방식은 없을까요?]

[소중한 고객님을 위한 서비스가 미비했는데 그럴 수 없지요. 고객님이 만족하실 해결책을 꼭 마련해 드리겠습니다. 언제든 괜찮으시다면 내일 뵙겠습니다, 고객님.]

'말만 그럴싸하다니까.'

아라크네는 바쁜 정보상. 말은 이보배 때문에 오겠다는 것이지만 사실은 이보배를 구실로 이씨 남매의 정보를 캐려는 계획일 것이다.

이보배 자신이 아라크네라도 그럴싸한 변명거리를 놓치지 않을 것이니 어쩔 수 없는 일이었다.

이보배는 아라크네가 문자로 보낸 링크로 접속했다.

링크가 두 가지였는데 하나는 헌터 닷컴으로 연결되었다.

반가운 얼굴을 보았습니다^^

1기나 2기분들이면 기억하시려나.

옛날엔 용산과 서울역에 노점상이 많았지요.

그중에 짧은 기간이지만 탱커들 사이에서 유명해진 연금 친구가 하나 있었답니다.

그 친구가 참 포텐셜 넘치는 친구였어요.

비가 오나 바람이 부나 꼬박꼬박 나와서 돗자리를 펼쳤죠.

무서운 일도 많이 겪었는데 하루도 쉬는 날이 없었습니다.

그 시절 그 바닥에 사정없는 사람 없다지만 그 친구의 사연도 참 구구절절했어요.

어린 나이에 무거운 짐을 짊어지고 있었지요.

갑자기 사라져서 많이 놀랐고 좋은 곳으로 갔다는 이야기에 안심했던 기억이 있습니다.

그런데 오늘^^ 부상으로 균열 나들이를 가지 못해 후배들의 일을 대신 봐주다 예상하지 못한 반가운 얼굴을 보았습니다^^

그 친구였어요. 좋은 곳에서 독립해 홀로서기를 시작했더라고요.

마음 아팠던 삶의 짐도 조금 가벼워진 것 같아 더 보기 좋았습니다.

반가워 이야기를 나누다 그리운 사람 이야기도 하고, 조금 센티멘털해졌습니다.

혜성처럼 나타났다 혜성처럼 사라진 그이의 앞날이 태양처럼 밝기를 기원합니다.

P.S. 깡통 선배를 기억하며. @}-----

"……."

오늘 방문한 손님이 쓴 글이 확실했다.

이보배는 댓글을 확인했다.

-깡통 선배 덕 본 사람이 많죠. 연금 친구도 그랬나 봅니다^^ 좋은 인연이 찾아온 멋진 하루였네요^^

ㄴ허심 그 양반이 그렇게 허무하게 갈 양반이 아니었는데.

ㄴ이래서 탱커 인생 하루살이라니까. 질풍이랑 같이 사계절 메인 탱커 했던 양반도 한순간에 훅 가니까 방심하면 안 돼.

ㄴㄴ방심해서 돌아가신 게 아니고 단신으로 몬스터 웨이브 막다 돌아가신 겁니다. 똑바로 알고 글 쓰세요.

ㄴㄴㄴ미안합니다. 같이 술 먹던 사인데 글 보고 울컥해서 그랬습니다.

ㄴㄴㄴㄴ저야말로 죄송합니다, 선배님.

제목이 심심해서 그런지 조회 수가 적고 댓글 수도 여섯 개가 전부였다.

본문 내용은 이보배 얘기였으나 사족 덕분에 허심 관련 글이 되었다.

이보배는 재차 고인을 위해 묵념했다.

'다른 건 어떻지?'

첫 글이 멀쩡했기 때문에 이보배는 안심하고 다음 링크를 열었다.

이번엔 헌터 닷컴넷으로 연결되었다.

[흔한 동네 구멍가게 Class.]

(보배 공방 사진)

본인 동네 한 달 전부터 공사하던 가게 오픈함.

화환 보낸 사람들 보임?ㅋㅋㅋㅋㅋ 이 꾸진 동네에 가게 내는 주제에 꿈도 크지 어디서 들은 건 많아 가지고ㅋㅋㅋㅋㅋ

이보배는 당황했다.

동네 가게 사진을 찍어 인터넷에 올리는 것을 막을 수는 없지만 이런 식으로 올라갈 것은 예상하지 못했다.

-화환 패기 봐라. 연어 안 부럽다.

-마음은 전투 연금.

-안엔 박번개가 보낸 화분도 있더랔ㅋㅋㅋ 양아치 같은 직원 새끼는 싸가지도 야반도주하셨던데 박번개는 그 새끼 안 잡아가고 뭐 하낰ㅋㅋㅋㅋ

ㄴ컨셉 카페 아니라 찐임?

ㄴㄴ포션쟁이는 찐인 거 같더라. 미친 게 아니면 여기에 가게 낼리 없는데 레알 미쳤나. 물건도 없는데 손님은 계속 있어.

ㄴㄴㄴF급도 혹시나 싶어 쟁이는 게 사람 마음이다. 찐 포션쟁이면 장사 괜찮을 듯. 근데 화환은 웃긴다.

ㄴㄴㄴㄴF급 유통기한이 사흘인데 포션을 쟁여? 헌터다! 기만자가 여기 있다! 잡아라!

ㄴㄴㄴㄴ잡아서 베어라!

ㄴㄴㄴㄴ잡았다, 요놈!

ㄴㄴㄴㄴㄴ여기 헌터 사이튼데 뭔 개소리야 이것들아. 영자야, 헌터만 받으면 안 되냐ㅠㅠ 주객전도 너무 심하다ㅠㅠ

첫 번째 글은 괜찮지만 두 번째 글은 괜찮지 않았다.

이보배는 아라크네에게 두 번째 게시글을 지워달라고 부탁했다.

'슬슬 화환 치워야 하나.'

보배 공방 자체는 평범하니 눈에 띄지 않는다.

밖에 세워둔 화환이 이번 사건의 주범이었다.

꽃이 싱싱하니 오래가서 전부 시들 때까지 두고 싶었지만 어쩔 수 없었다.

이보배는 화환을 치우기로 결정했다.

'글 올린 사람은 동네 주민이겠지.'

개업한 이후 동네 주민이 구경 오거나 컨셉 카페인 줄 알고 방문한 적 있다.

비각성자에겐 포션 판매를 하지 않는다고 해도 몰래 팔

아달라고 부탁하는 사람도 있었다.

대부분 망나니의 덩치와 불량한 눈매를 보고 후퇴했는데 개중 한 명이었던 모양이다.

'가게 여니까 별일이 다 생기는구나. 내 얘기가 인터넷에서도 나오고.'

이보배는 한숨을 쉬고 꼼지락거려 편한 자세를 취했다.

세상에 만만한 일 하나도 없다더니 작은 공방 사장이 되는 것도 쉬운 일이 아니었다.

망나니는 스케줄이 꽉 찬 사람처럼 굴었지만 사실은 한가했다. 일주일에 세 번 출근해 주기로 했지만 거의 매일 출근했다.

'집에서 큰오빠, 작은오빠 눈치 보느니 밖에 나가는 게 좋은가.'

이한생은 양아치 시절에도 집 밖을 맴돌곤 했다.

망나니가 된 지금도 자주 외출한다.

'설마 출근도 잘 해줄지는 몰랐는데.'

세계 여럿 뿌셔뿌셔 하고 온 대악마와 사기꾼이 제왕처럼 군림하는 집보단 낯선 이를 상대하는 게 편했나 보다.

"하암."

아침에 약한 이한생이 늘어지게 하품했다. 졸려하면서 꼬박꼬박 출근하는 모습이 실로 기특했다.

"오늘 아라크네가 온댔어. 애프터서비스 해준다니까 포션 판매 방식 물어보려고."

"여장 취미 정보 팔이가 오는구나. 알겠다."

"바쁘다고 하더니 시간이 났나 보구나. 잘됐네."

화르세인지는 하품을 연거푸 하며 토스트를 씹었다.

이해기는 호의적인 미소로 거미에 대한 신뢰를 내비쳤다.

회귀 전의 이해기가 세계를 구하는 주인공이었다면 아라크네는 신비로운 조력자 역할을 충분히 해냈다는 이야기다.

"아라크네에겐 회귀자 입장에서 해줄 조언 같은 거 없어?"

이보배가 농담 삼아 묻자 이해기가 고개를 저었다.

"아라크네야 알아서 잘했단다. 계속 믿으렴. 갓보배가 잘못된 것도 아라크네 말고 다른 정보상을 찾아다니다 그렇게 된 거니……."

"갓보배라니, 마음에 안 드는구나. 차라리 늙은 보배라고 하거라."

이보배는 이한생을 무시하고 이해기에게 질문했다.

"갓보배가 어쨌는데?"

"엘릭서 진도가 안 나간다고 답답해하다가 어둠의 정보상에게 손을 뻗었지."

"최고는 아라크네잖아."

"다른 정보상도 많이 늘었거든. 아라크네는 자라나는 싹을 밟지 않겠다는 주의니까. 본인이 청부 살인과 폭행 등을 제공하지 않으니까 그런 서비스를 제공하는 사람은 필연적으로 등장하고, 어차피 등장할 거라면 자기가 파악할 수 있는 게 낫다고 방치했어."

수요가 있으면 결국 공급자가 생기는 법이다.

아라크네가 맡은 음지보다 더 그늘지고 어두운 곳의 수요를 담당하는 정보상과 중개상의 등장은 필연적이었다.

"지금은 이렇다 할 음지의 중개상이 없어 보여도 10년 뒤엔."

"우후죽순 많아졌구나."

"그래. 그리고 음지 특성상 양지엔 돌지 않는 정보도 생기지. 갓보배는 그런 정보를 원했다."

이보배는 그 뒤를 묻지 않았다.

찬찬히 생각해 보면 은폐된 정보라도 언젠가는 입수할 수 있었을 것이다.

아라크네 정도의 정보상이라면 조금 늦더라도 충실히 신뢰할 만한 정보를 제공했을 테고.

"그런 놈들이 취급하는 정보와 서비스가 멀리서 봤을 땐 있어 보여도 실상은 아니란다. 너는 절대 그런 곳에 눈길 돌리지 마라."

"갓보배는 왜 그랬을까."

이보배의 순수한 의문에 이해기는 바로 대답하지 못했다.

"나 때문이지."

이해기가 자조하더니 이내 자책했다. 평화롭던 아침 식사 시간의 분위기가 어두워졌다. 이한생은 한심하다는 듯 혀를 찼다.

"쯧쯧, 당연한 답을 두고 왜 개소리를 하느냐. 하루 두 시간만 자며 노동하니 판단력이 떨어진 게지."

"그 말이 정답이네."

"웬일로 우리 한생이가 맞는 말을 하는구나."

회귀자의 얼굴에서 죄책감이 사라졌다.

이보배는 살구 잼 바른 토스트를 야무지게 씹어 먹으며 아라크네에게 내줄 간식거리를 고민했다.

아침 식사를 마친 이보배와 이한생은 나란히 집을 나섰다.

같은 학교를 다닐 적에도 따로 등교하던 남매가 같이 출퇴근하다니. 부모님이 아셨다면 깜짝 놀랐을 것이다.

"역 쪽에 닭꼬치집이 맛있다는 얘기를 들었다. 가보자."

"알겠어."

화르세인지는 퇴근할 때 몰래 간식 사 먹는 재미에 맛 들린 듯했다.

'슬슬 큰오빠 삐칠 때 되었으니까 오늘은 오빠들 것도 사 가야겠다.'

"정보 팔이는 언제 온다고 하였느냐?"

"몰라."

"도대체 돼지는 아는 게 무엇이냐. 우둔한 것 같으니."

"바쁜 사람이니까 본인이 한가할 때 오지 않을까? 가게 영업 시간 내엔 오겠지."

"돼지가 하는 예측은 늘 빗나갔지. 오늘은 어떨지 모르겠다."

화르세인지의 말이 맞으면서 틀렸다.

이보배의 예상이 빗나갔지만 적중했다는 이야기다.

아라크네는 보배 공방이 문 닫기 전에 왔지만 영업 시간에 오진 않았다.

시침과 분침이 12시에 모이기 직전, 문이 열렸다.

"점심시간이니 한 시간 뒤에 오거, 왔느냐."

이한생은 딸랑딸랑 종 울리는 소리에 무심하게 축객령을 내리려다가 철회했다.

시선을 사로잡는 선명한 붉은빛 치파오에 드러난 맨다리가 눈부셨다.

"돼지, 나오거라! 여장 취미 정보 팔이가 왔다!"

"안녕하세요, 이한생 고객님. 잘 지내셨나요?"

'밥때 맞춰 오다니. 아라크네답다.'

이보배는 무심코 감탄하고 문을 열었다.

이보배를 발견한 아라크네가 교태로이 웃으며 손을 흔

들었다.

이보배는 꾸벅 고개를 숙였다가 위화감을 느꼈다.

'뭐지? 뭔가 이상한데?'

아라크네가 다가오면서 이보배가 느낀 위화감은 베일을 벗었다.

늘 올려다봐야 했던 아라크네와 눈높이가 비슷했다.

이보배는 눈동자를 굴려 이한생과 아라크네의 키를 비교했다. 아라크네의 키가 작았다.

'키가 달라.'

달라진 것은 키뿐만이 아니다.

어깨는 아담하여 동그랗고 손과 발은 작으며 체격 자체가 이보배의 기억과 달랐다.

기억과 같은 건 얼굴인데 그 얼굴도 비슷하다 수준이지 똑같지는 않았다.

"내가 잘못 기억하고 있는 것이냐, 아니면 여장 취미 정보 팔이가 키 높이 깔창을 뺀 것이냐."

"혹시 다른 사람인가? 누구세요?"

"어머나, 인사도 없이 대뜸 농부터 던지시고. 남매가 짓궂으셔라."

아라크네가 호호 웃더니 사뿐사뿐 소파로 걸어갔다.

이보배는 기억보다 가느다란 목을 보고 더욱 혼란스러워졌다.

"이거 그건가요? 아라크네가 여러 명이라 치파오 입은 사람이 그때그때 아라크네 하고 그러는."

"일이 너무 많아서 그런 컨셉도 생각해 봤는데 믿을 만한 사람이 없어서 포기했답니다. 정말 슬픈 일이죠."

아라크네가 손을 내저으며 한숨 쉬었다.

"이해기 고객님처럼 예상치 못한 분이 등장하셨으니 저도 대처를 해야 하지 않겠어요? 그전이 조금 게을렀던 것이지 앞으론 부지런해질 테니 예쁘게 봐주시길 부탁드려요."

말하는 걸 보니 아라크네 본인이 맞았다.

이보배는 아라크네 다인설을 즉각 폐기하고 아라크네 체형 변화설을 채택했다.

"그런 스킬도 있군요. 신기하다."

"잡기치고 신기하긴 하나 얼굴은 그대로라 성의가 부족하다!"

"자세한 건 영업 비밀이라 말씀드릴 수 없네요."

아라크네가 고혹적으로 웃더니 우아하게 다리를 꼬았다.

"그렇다고 호기심을 버리진 마세요. 호기심은 성장의 동력이랍니다. 무릇 장막에 가려진 진실을 밝혀내는 자는 장막 뒤를 궁금해하고 장막을 걷는 자인걸요."

아라크네는 장막 대신 치파오 자락을 잡고 흔들었다.

아라크네가 작업복으로 선택했으니 치파오가 아티팩트인 것은 기정사실.

체형 변경은 아티팩트 기능일 가능성이 높았다. 대놓고 힌트를 퍼주었다.

“네, 계속 궁금해할게요. 늦었지만 바쁜데 와주셔서 감사합니다.”

“별말씀을요. 다른 고객님도 아니고 이보배 고객님이시니.”

“그럼 본론을.”

“식사부터 하실까요?”

먹성 좋은 아라크네가 밥을 찾았다.

‘밥때 맞춰 올 때부터 알아봤지.’

내심 이런 반응을 예상했기에 이보배는 기껍게 고개를 끄덕였다.

“어떻게 할까요? 배달? 아니면 나가서 먹을까요?”

“조금 쉬고 싶으니까 배달 부탁드려요.”

“그럼 메뉴는?”

“중식과 일식은 지겨우니까 다른 걸로 부탁드리겠습니다, 후훗.”

“막내 오빠 뭐 먹고 싶어?”

“난 나갔다 오마.”

뜬금없는 소리에 이보배가 눈을 깜빡였다. 빈말이 아닌지 이한생이 벌떡 일어났다.

“밥 안 먹고?”

"나가서 먹을 것이다. 내가 꼭 필요한 중한 일이 있느니라."

"시스템교 사람들이랑 점심 약속 잡았어?"

"나를 찾는 곳은 거기만이 아니다! 어쨌든 난 간다!"

이한생은 지레 성질내더니 공방을 나갔다.

아라크네는 거기에 대고 잘 다녀오시라며 친절히 인사했다.

이보배는 어이가 없어서 어깨를 으쓱였다.

"그럼 김치찌개 백반으로 괜찮은 거죠?"

뒤돌아선 이보배는 아라크네의 미소를 보고 말문이 막혔다. 올려다볼 때와 각도가 달라지니 얼굴이 익숙한 듯 낯설어 적응이 되지 않았다.

"근데 막내 오빠 말대로 얼굴도 바꾸시지. 얼굴 바꾸는 건 불가능한가 봐요?"

화장법을 바꾸긴 했지만 분장 수준이 아닌 이상 뜯어보면 티가 나게 마련이다.

이보배가 아라크네의 미모에 눈을 적응시키기 위해 열심히 뜯어보자 아라크네가 손을 턱에 붙여 꽃받침을 만들었다.

"얼굴은 제 긍지인지라."

"아하."

얼굴 감추고 사는 직업이 얼굴을 긍지로 삼아 뭐 하겠냐만 아라크네의 얼굴엔 설득력이 있었다.

남다른 개성으로 먹성을 보유한 아라크네는 김치찌개 백반을 5분 만에 해치웠다.

이보배는 밑 빠진 독에 물 붓는 기분으로 선물 받은 간식거리를 꺼냈다.

'막내 오빠가 빼먹었네.'

빼먹은 티 나는 간식 상자를 내주자 아라크네가 인벤토리에서 종이 상자를 꺼냈다.

"제 불찰로 고객님께 완벽한 서비스를 제공해 드리지 못해 죄송합니다. 가게 개업 후엔 세심한 관찰이 필요한데 미처 제공하지 못했습니다. 빠른 케어가 필요했을 텐데 이 또한 늦은 것을 사죄드립니다."

아라크네가 건넨 상자엔 월병과 화과자가 들어 있었다.

이보배가 차를 타 오자 아라크네는 월병을 집어 먹었다.

'그럴 줄 알았지.'

아라크네가 먹을 걸 내버려 두면 그편이 더 무섭다.

이보배도 월병을 집어 한 입 씹었다. 살면서 먹어본 월병 중에 제일 맛있었다.

"그럼 본론으로 들어가요. 어떻게 하면 좋을까요?"

"많은 연금술사 고객님들께서 비슷한 고민을 하셨답니다. 개인적으로 추천드리는 건 유료 회원 제도입니다. 유료 회원에게만 포션을 판매하시면 되어요. 합법에, 돈도 벌고 얼마나 좋은가요."

"그 유료 회원 쉰 명은 어떻게 끊는데요?"

"그건 다시 정회원이 되기 위한 유료 준회원을 거쳐서."

"그 준회원은?"

"그건 다시 준회원으로 승급하기 위한 유료 예비 회원으로."

"아하하, 농담이시죠?"

"농담보다 재밌는 현실이랍니다."

국가에서 포션 가격을 강제하고 헌터들이 싸게 팔라고 강요한다면 연금술사에게도 편법이 있다.

유료 회원제다. 실제로 많은 개인 공방이 이런 형식으로 고객 등급을 나눠 포션을 판매했다.

"다른 방식도 있답니다. 포션 구매권을 경매에 붙이는 거죠."

"그것도 조금……. 저는 그냥 공정하고 공평하게 포션을 팔고 싶은 거예요. 주변에 민폐도 끼치지 않고요."

"마음씨 고운 고객님도 아시다시피, 세상이 불공평해진 지 오래되었지요. 주인공 버프를 받는 이보배 고객님이라면 잘 알고 계실 거예요."

아라크네는 이보배가 주인공 뽕에 차 했던 농담을 마음에 담아두고 있었다.

이보배는 말을 바꿨다.

"그럼 민폐를 끼치지 않는 방법이 필요해요. 가능하면

공평했으면 좋겠고요."

"유료 회원제를 실시하거나 구매권을 경매에 붙이는 게 고객님께도 이득이 되고 구매자들도 만족할 방법인데요."

월병 하나를 두 입만에 해치운 아라크네가 입술에 붙은 팥앙금을 닦았다.

"고객님이 싫으시다니 이걸 어쩔까……. 그럼 이 방법은 어떠세요?"

아라크네가 검지를 세웠다. 열 손가락 모두 채운 반지들이 영롱하게 반짝이고 손목에선 팔찌가 짤랑였다.

"어떤 방법인데요?"

"티켓팅이나 수강 신청하듯이 인터넷에서 선착순 쉰 명을 받는 거예요."

이보배는 아이돌 콘서트 티켓팅을 하려다 장렬히 실패한 기억을 떠올렸다.

"암표나 매크로는 어떡하죠?"

아라크네가 방긋 웃었다.

"특별한 고객님만을 위해 특별한 서비스를 제공해 드리는 아라크네의 거미줄에 의뢰하시면."

"이건 유료예요?"

"대책 상담까지만 애프터서비스 영역이었답니다. 대신 아라크네의 거미줄에 의뢰하면 고객님이 걱정하시는 암표, 본인 확인, 매크로, 사이트 관리, 트래픽 등의 모든 고민이 해결되죠."

이보배는 입술을 오므렸다.

아라크네의 말대로다. 찾아보면 아라크네의 말대로 대행 업체가 나오긴 하겠지만 믿을 수 있을지 의심스러웠다.

그럴 바엔 아예 아라크네에게 맡기는 게 속 편했다.

'비싸서 문제지.'

이보배는 목소리를 낮추고 조심스럽게 가격을 물었다.

"수수료는 어느 정도인가요?"

아라크네가 한 손을 펼쳤다. 길고 우아한 손가락을 보고 이보배는 눈살을 찌푸렸다.

"반 땡은 너무하지 않아요?"

음지의 중개상 수수료가 비싼 건 어쩔 수 없다 치자.

이보배는 법에 저촉되지 않는 의뢰를 하는 건데도 수수료가 너무 비쌌다. 그럴 바엔 다른 사람에게 의뢰하는 게 나았다.

"다섯 명."

아라크네가 약간 낮으면서 감미로운 목소리로 말했다.

"매달 다섯 명의 구매권만 제게 주시면 되어요."

"오십에서 다섯이면 너무."

이보배는 찌푸린 눈살을 펴지 않았다.

쉰 명에서 다섯 명이면 10분의 1이다. 차라리 B급 포션 다섯 병만 암거래하자는 제안이 낫다고 여겨졌다.

"게다가 포션 다섯 병 팔라는 것도 아니고 구매권 다섯 개 확보는 좀 이상하지 않아요?"

"그게 또."

간식까지 먹어 치운 후 마침내 만족한 아라크네가 나른한 자세를 취했다.

"포션 암거래는 싫지만 구매권은 웃돈 주고 사겠다는 괴상한 요구도 많으신 터라."

세상은 넓고 사람은 각양각색.

거미는 오늘도 망가진 거미줄을 보수하고 아라크네는 오늘도 고객 만족도 1위를 위해 노력한다.

"이보배 고객님께선 아무것도 신경 쓰시지 않아도 되어요. 매달, 제가 보내 드리는 명단과 구매권 번호만 확인하시고 포션을 판매하면 되는 거죠. 다섯 명을 제외한 마흔다섯 명은 어떤 수작이나 조작 없이 공정한 선착순으로 뽑게 되는데. 어떠신지?"

서류 업무와 번거로운 작업을 싫어하는 이보배의 구미에 당기는 제안이었다.

애초에 아라크네는 이보배의 성향을 알고 있다.

고객 취향에 맞춘 거래를 제안하는 건 월병 집어 먹는 일보다 쉬웠을 터다.

'그래, 돈 추가로 안 받고 포션 파는 것만 해도 잘하는 일이지. 내가 언제부터 그렇게 박애주의와 공익에 신경 썼

다고. 그냥 이웃 주민에게 폐만 안 끼치면 되는걸.'

이보배는 아라크네의 손을 잡고 흔들었다.

거래 성립이다.

아라크네가 붉은 입꼬리를 올리고 웃었다. 입술이 그리는 선이 요염했다.

"탁월한 결정이세요, 고객님. 이 아라크네에게 의뢰한 걸 후회하지 않으실 거랍니다."

이번 문제도 일단락되었다.

'다음 문제는 시간 좀 지난 다음 생겼으면 좋겠네.'

일이 끝났고 간식을 다 먹은 뒤에도 아라크네는 움직일 생각을 하지 않았다.

아라크네는 인벤토리에서 종이 상자 세 개를 더 꺼냈다. 앞서 꺼낸 것처럼 월병과 화과자였다.

"이건 이해기 고객님, 이한생 고객님, 이귀한 님 선물입니다. 질리실까 봐 앙금을 다른 종류로 구매했으니 나눠 드세요."

"뭐 이런 걸 다 챙겨주시고. 안 주셔도 괜찮은데……."

늘 얻어먹던 아라크네가 갑자기 먹을 걸 챙겨주니 어색했다.

이보배는 어색함을 달래려고 솔직하게 반응했다.

"월병 맛있어서 어디서 샀는지 여쭤보려고 했거든요."

"아라크네의 거미줄에선 VIP 고객님께 맛집 정보 서비스를 무료로 제공해 드리고 있습니다. 마음껏 이용하세요."

아라크네가 월병을 산 가게 주소를 말했다. 중국이었다. 화과자는 어디서 샀는지 물어보니 일본이었다.

'여기저기 다녔구나.'

"바쁜데 이런 곳까지 오셔서 어째요."

"모호한 답을 드리고 싶지만 오늘은 조금 털어놓고 싶은 날이네요. 정말 바쁘답니다. 이보배 고객님 농담대로 아, 라, 크, 네, 네 명이었으면 좋을 지경이에요."

아라크네가 한숨을 쉬며 눈을 내리깔았다. 긴 속눈썹이 나비 날개처럼 나풀거렸다.

아라크네는 일부러 이보배를 올려다보며 불쌍한 눈빛을 보냈다.

"고객님께 이런 투정을 부리게 되어 죄송하지만 부탁드릴 게 있는데."

"저희 가족 얘기는 알려 드릴 게 없습니다."

"다행히 그게 아니랍니다. 저와의 기념비적인 첫 거래를 기억하시나요?"

물론 이보배는 기억했다. 어제 일처럼 기억이 생생했다. 무서웠던 건 둘째 치고.

'염치없는 거미 새끼.'

애프터눈 티 세트는 물론이고 코코아값까지 내야 했는데 어찌 잊겠는가.

이보배는 고개를 끄덕였다.

"진로 상담이요?"

"네! 저도 최근 비슷한 고민이 생겼답니다."

"진로는 이미 정보상이랑 중개상으로 정하신 게 아닌지."

"사업의 진로 문제로 난감하답니다. 고객님도 아시겠지만 제 능력이 워낙 출중하다 보니 국내는 물론이고 외국에서도 저를 찾아주고 계세요. 감사한 일이죠. 한데 그러다 보니 너무 바빠져서 서비스의 질적 하락이 염려되지 뭐여요. 이보배 고객님만 하더라도 예전이라면 댓글이 달리기 전에 연락드렸을 텐데 그러지 못했죠. 스스로에게 정말 실망이에요."

아라크네 왈, 본인은 신속하고 정확한 서비스로 업계의 정점에 올랐기 때문에 서비스의 질이 떨어지는 건 큰 문제란다.

"게다가 지금은 개인적으로 시간을 내고 싶은 일도 있는데……."

아라크네가 의미심장하게 말끝을 흐렸다.

아라크네는 고개를 살짝 틀어 이보배를 응시했다.

이씨 남매의 비밀이 궁금해서 시간을 쏟고 싶은데 그러지 못해서 안타깝단 눈빛이 쏟아졌다.

"전 세계의 고객님을 생각하자면 사업을 확장해야 하겠지만 저 스스로를 위해서라면 그러고 싶지 않답니다. 어쩜, 고객님께 이런 고민을 털어놓게 되다니. 저는 정말 어찌하면 좋을까요."

"사업 확장하세요. 아라크네 씨는 큰 사람이니까 크게 노셔야죠."

이보배는 아라크네의 사업 확장을 적극 권장했다.

아라크네가 매혹적으로 웃었다.

"정녕 그리 생각하시나요?"

"넵."

이보배가 주저 없이 고개를 끄덕이자 아라크네의 미소가 진해졌다.

말 대신 눈빛이 오가고 아라크네가 먼저 눈을 감았다.

"고객님 의견이 그러하시다면 진지하게 고민해 보겠습니다. 상담비는."

"월병으로 받았다 쳐요."

"그럴 수야 없죠. 제대로 드릴 테니 걱정하지 마셔요."

1시가 가까워졌다. 아라크네는 우아한 몸짓으로 일어나 공방을 한 바퀴 둘러보았다.

"화환을 치운 이유는 알겠는데 검성 고객님이 보낸 난초도 치우셨나요?"

"걔는 여기서 키우면 말라 죽을 것 같아서 작은오빠 줬어요."

모든 중년이 난초 키우는 법을 아는 건 아니다.

하지만 검성과 친분이 있었던 이해기는 이것저것 주워 들은 풍월이 많았다. 그중엔 난 키우는 법도 포함되어 있어서 이해기가 난초 담당이 되었다.

"박 과장님이 주신 행운목은 그대로네요."

"그건 진상 퇴치용이에요."

현재까지 90%의 퇴치율을 자랑한다.

"이게 통하지 않는 진상은 어찌하시나요?"

"원래 진상은 더 심한 진상에게 못 당하잖아요. 막내 오빠가 노려보면 대부분 포기하더라고요."

아라크네는 카운터에 붙은 안내문을 읽더니 이한생에 대해 말했다.

"그러시군요. 인터넷에 올라온 글에 이한생 고객님에 대한 언급도 있었죠."

"네, 양아치의 정체를 바로 알아차렸더라고요."

"직원을 바꿀 생각은 없으신지요? 이한생 고객님은 좀 더 각별한 보호가 필요한 분이시잖아요."

"힘쓰면 안 되는 거 막내 오빠도 잘 알고 있고 여기서 무슨 일 생기면 오빠들이."

이보배는 입을 합 다물고서 말을 고쳤다.

"작은오빠가 바로 올 거고, 여기 적은 대로 재활을 겸하는 거라서요. 불친절하긴 해도 다들 이해해 주니까 괜찮아요."

"흐음. 그러시군요."

나갈 것 같던 아라크네는 문 앞에 서서 움직이지 않았다.

길고 가느다란 손가락으로 입매를 만지더니 붉은색이 묻은 손가락을 튕겼다.

"정했어요! 역시 고객님을 위해서라면 사업 확장보단 세심한 서비스 유지가 중요하죠! 서비스 유지에 힘쓰도록 노력하겠습니다."

이보배는 그 말을 듣자마자 눈살을 찌푸렸다.

"이럴 거면 왜 물어보셨어요?"

"고객님도 제가 드린 조언과 반대로 행동하셨잖아요."

"그건 그렇지만."

"무슨 일 있으면 연락 주세요. 고객님을 위해서라면 언제든 달려오겠습니다. 아, 그리고."

아라크네가 안타깝다는 듯 아미를 살짝 찌푸렸다.

"이한생 고객님껜 배려해 주셔서 감사하다고 전해주셔요. 제가 많이 부족한 탓에 미처 준비하지 못해 타이밍이 잘 맞지 않았지만 마음과 지지는 감사히 받았답니다. 다음엔 고객님이 주신 소중한 기회 놓치지 않겠습니다."

"구매 사이트 잘 부탁드려요."

이보배는 아라크네의 은근한 수작을 무시하고 백반 쟁반을 챙겼다.

아라크네도 섬섬옥수로 쟁반 내놓는 걸 거들었다.

"어쩜, 단호하셔라."

"장사할 땐 맺고 끊기를 잘해야 하잖아요. 엇차."

이보배는 문 옆에 백반 쟁반을 내려놓고 허리를 폈다.

같이 쟁반을 내려놓은 붉은 치파오는 온데간데없이 사라진 뒤였다.

일전에 오해했던 적이 있어 주위를 살폈지만 붉은빛은 보이지 않았다. 진짜 간 것이다.

"진짜 맺고 끊는 거 잘하는 사람은 따로 있네."

공과 사를 구분하고 맺고 끊기 잘하는 거미가 떠나자 약속이라도 한 듯 화르세인지가 등장했다.

"밥은 잘 먹었어?"

"돼지는 진전이 있었느냐?"

"진전은 무슨 진전이야. 쓸데없는 배려는 안 하느니만 못한 거 몰라?"

본인이 점찍은 매제 후보를 위해 친히 자리를 비켜준 화르세인지가 눈을 부라렸다.

"진짜 밥 먹고 일 얘기만 한 것이냐?"

"당연하지."

"오오, 성신이시여!"

성신의 사랑을 받는 체키빙 공자가 머리를 부여잡고 외쳤다.

"돼지가! 돼지 주제에 차려진 밥상을 마다하다니!"

"아휴, 진짜! 그런 거 아니라니까!"

"그런 게 아니라니! 여장 취미 정보 팔이가 먼저 좋다고 했지 않느냐!"

"그러니까!"

이보배는 오빠 하나라도 정신 차릴 수 있도록 차근차근 설명했다.

"아라크네가 나한테 관심 있는 척하는 건 연기야. 정보 빼내려고 수 쓰는 거라니까. 애초에 그 사람이 날 좋아할 이유가 없잖아. 우리가 뭐 자주 본 것도 아니고, 오래 본 것도 아니고."

"사람은 첫눈에 사랑에 빠지는 법이다."

"그럴 수 있지. 근데 아라크네잖아. 매일 거울로 그 얼굴 보는 사람이 나한테 첫눈에 반했다고? 차라리 작은오빠 말대로 한 선생님이 나를 좋아하는 게 설득력 있겠다."

그리고 한현우는 이보배에게 독을 먹였다.

좋아하는 사람에게 독을 먹일 리 없으니 이 또한 택도 없는 소리란 얘기다.

"지금은 연기일지 몰라도 여지를 주고 있느니라! 돼지가 힘쓰면 가짜가 진짜가 된단 말이다!"

"막내 오빤 그냥 큰오빠랑 작은오빠에게 지기 싫은 거잖아. 됐거든요. 할 거면 차라리 누가 먼저 결혼하나 경쟁이라도 하세요. 남의 인생 걸지 말구."

이보배는 깊은 한숨을 쉬고 이한생을 가게로 밀었다.

각자의 매제 후보를 선택해 경쟁하는 꼴을 보자니 한심해서 눈물 날 것 같았다.

"우리 고객님. 마냥 순진하신 줄 알았더니 최소한의 경계는 하고 계시네요."

아라크네는 공방 앞에서 실랑이하는 이보배와 이한생을 응시했다.

아라크네는 공방에서 발견했던 걸리는 점을 떠올리고 혼잣말했다.

"기왕 경계하실 거면 완벽하게 경계하면 좋으련만. 우리 순진한 고객님을 어쩌면 좋담."

스킬 〈보물 사냥꾼의 감식안〉을 사용하자 이보배와 이한생 주위로 금빛 오오라가 일렁였다.

아라크네는 신중하게 황금빛 아우라를 관찰했다.

〈보물 사냥꾼의 감식안〉이 보여주는 아우라는 시스템이 대상을 얼마나 중시하고 주목하는지를 뜻한다.

시스템이 대상을 중요시하고 집중할수록 아우라의 빛이 강해진다.

이해기는 수상쩍지만 동시에 강한 헌터다. 아라크네가 시험용으로 알려준 높은 등급의 균열도 솔로로 공략했다.

시스템이 그를 주목하고 그를 둘러싼 아우라가 휘황찬란한 것은 지극히 당연한 일이다.

이한생은 힐러로 추정된다. 아직까지 힐러가 세상에 등장하지 않았으니 그가 금빛 아우라를 두른 것도 이해 가능한 영역이었다.

그렇다면 이보배는 어떤가.

아라크네가 이보배와 이한생에게 〈보물 사냥꾼의 감식안〉을 사용한 건 각성 시스템교 사건 때였다.

앞머리로 눈을 가린 김에 스킬을 사용했다.

덕분에 남매의 아우라를 보고 깜짝 놀랐고 이후 이한생이 힐러인 것을 알게 되고 납득했다.

하지만 이보배는.

처음엔 이한생의 아우라가 크고 아름다워 이보배에게 겹쳐졌다고 여겼으나 그게 아니었다.

이보배에게도 아우라가 있었다. 이보배의 아우라는 오빠들 못지않게 휘황찬란했다. 크고 아름다웠다 이 말이다.

'꽤 재능 있는 연금술사긴 하지만 시스템이 이렇게 신경 쓸 정도는 아닌데.'

전 세계 연금술사 중에서 가장 핫한 전투 연금 한현우의 아우라도 이보배의 아우라보다는 작았다.

'이유가 뭐지?'

이보배는 이제 막 자립해 발돋움하는 연금술사일 뿐이

다. 시스템은 어째서 그녀를 주목하고 중요시하는가.

아라크네에게 주어진 수수께끼는 더 있었다.

이해기의 정체는 무엇인가.

이한생은 어떻게 힐러로 각성했는가.

이씨 사남매가 감추고 있는 비밀은 무엇인가.

보물 사냥꾼이면서 동시에 정보상인 거미에게 이씨 사남매는 보물 상자로 보였다.

보물 상자 내부가 텅 비어 있어도 괜찮다. 보물 상자를 열기 위해 자물쇠를 따는 여정이 아라크네에겐 보상이고 포상이었다.

'핵심 인물은 역시.'

이보배는 이씨 남매의 비밀을 푸는 황금 열쇠다. 그러니 절로 관심이 가고 흥미가 치솟았다.

이보배가 공방으로 들어가면서 아름다운 금빛 물결도 함께 사라졌다.

아라크네는 아쉬운 듯 이보배가 떠난 자리를 응시했다. 눈을 뗄 수 없었다.

"운 좋으면 아무 일도 없겠지만 이보배 고객님이나 이한생 고객님은 그렇게 운이 좋은 편이 아닌 것 같단 말이죠."

아라크네는 입술을 매만지며 고민하다 결론 내렸다.

"일단은 지켜볼까요."

이보배도 이한생처럼 힘을 숨기고 있을지 누가 아는가.

아라크네는 언젠가 이귀한에게도 스킬을 써볼 날을 고대하며 음흉하게 웃었다.

보배 공방이 개업한 지도 곧 한 달이 되어간다.

이보배는 장부를 정리했다.

'적자는 아닌데.'

하루 만에 큰돈이 들어와 기분이 좋았지만 이후의 매출은 고만고만했다.

상태 이상 치료제 문의는 있지만 의뢰가 들어오진 않았다.

현재까지 보배 공방이 받은 주문 의뢰는 유마리의 의뢰가 유일했다. 그마저도 유마리가 바빠 퀵 배달로 광폭화 진정제를 발송했다.

'저번에 보름달 떴으니까 썼을 텐데 사용 후기 안 알려주나.'

치료제 제작 후 감정도 해보았고 아무 소식 없는 걸 보면 효과가 있었을 것이다.

무소식이 희소식이라지만 이보배는 첫 고객의 이용 후기가 궁금했다.

'바쁘니까 어쩔 수 없지.'

범죄는 때와 장소를 가려도 균열은 가리지 않는 법이니.

관리국은 언제나 바쁘다. 유마리는 물론이고 박마노와 최요한의 연락도 불규칙했다.

원래 이 균열 업계엔 이씨 남매처럼 한가한 사람이 드물었다.

이보배는 보배 공방 장부를 덮은 후 가계부를 펼쳤다.

'적금 늘리고 싶은데.'

은행 어플을 켜기 위해 핸드폰을 찾으니 진동이 울리면서 화면에 불이 들어왔다.

문자가 온 것이다. 발신인 이름을 확인하니 한현우였다.

이보배는 존경하는 동갑 꼰대의 이름을 보고 바싹 긴장했다. 바쁜 사람이 연락한 걸 보면 시시한 용건은 아닐 터였다.

'그렇다고 하기엔 좀 자주 오는 것 같은데.'

이보배는 소리 없는 아우성을 치며 문자 내용을 확인했다.

일주일 전에 받은 문자와 비슷한 내용이었다. 보배의 안부와 가게 운영은 어떠하냐는 질문이었다.

이보배는 입술을 앙다물었다.

학습지 검사받는 것과는 사뭇 다른 이 기분을 어찌 표현해야 할까.

'PT 받는 게 이런 느낌일까?'

이보배는 크게 심호흡한 뒤 헬스 트레이너에게 이틀 치 식단을 전송하는 회원처럼 신중하게 엄지손가락을 놀렸다.

대강 별일 없었다, 판매할 포션 비축 중이다, 연구는 자리 잡히면 하려 한다 등을 성실해 보이게끔 적었다.

전송하기 전 오탈자가 없는지 거듭 검토하고 전송 버튼을 눌렀다.

잠시 기다리자 답장이 왔다.

[어려운 부분이 있거나 힘든 일 있으면 언제든지 연락 주십시오.]

한현우는 〈포이즌 메이커〉 스킬이 있는 이보배를 직계 후배처럼 느끼는 듯했다. 그래서인지 지속적인 관심을 보여주시니 이보배는 실로 황공무지했다.

'말이 쉽지, 전투 연금 바쁜 거 잘 아는데 어떻게 편히 연락해.'

아라크네와 박마노, 최요한은 막연하게 바쁠 거란 느낌이 있다면 전투 연금은 회사에서 들은 얘기가 있기에 더 크게 와닿았다.

'갓보배였다면 편하게 문자했겠지.'

빨리 갓보배처럼 전투 연금과 대등한 연금술사가 되고 싶다!

엘릭서는 중간 보스다. 최종 보스 라스트 엘릭서를 향해 정진하는 거다!

공방 개업 후 예상치 못한 문제가 발생했지만 하나하나 모두 해결하지 않았는가.

이보배의 인생도 그렇게 한 발짝씩 정진하다 보면 언젠가 갓보배를 뛰어넘는 트루갓보배가 될 수 있을 것이다.

다음 날, 유마리가 진정제 복용 후기를 보냈다.

개업하기 전에 광폭화 진정제를 퀵으로 부쳤으니 꽤나 늦은 이용 후기였다.

[연락이 늦어서 죄송해요ㅠㅠ 계속 출동해야 했거든요ㅠㅠ 진정제 효과 좋았어요ㅠㅠ]

좋았는데 어째서 우는 얼굴일까.

이보배가 의아해하는데 곧 이유가 밝혀졌다.

[근데 제가 겁먹고 진정제를 좀 일찍 마셔서 후반에 약 기운이 떨어져서 그만ㅠㅠ 전기 치료 신세를 벗어나지 못했어요ㅠㅠ 다음엔 꼭 벗어날 거예요ㅠㅠ]

‘저런.’

이쯤 되면 진짜 전격 내성을 얻는 건 아닐까. 이보배도 살짝 궁금해졌다.

[혹시 몰라서 매일 한 병씩 마시고 있어요. 안심되고 좋아요ㅠㅠ 다음 달 치도 미리 주문할게요ㅠㅠ 개업일에 못 가서 죄송해요ㅠㅠ 보배 씨 약은 믿지만 그래도 혼자 외출은 무서워서 못 하겠어요ㅠㅠ 지금 맡은 일 끝나면 아무나 붙잡고 꼭 가볼게요ㅠㅠ]

다른 사람을 해칠까 봐 두려워 절대 혼자서 외출하지 않는 유마리는 꽤 바빴다.

원래 바쁜 관리국 헌터 중에서도 유독 바빴다.

유마리는 늑대의 후각을 이용해 범인을 추리하고 추적할 수 있다.

최요한의 스킬이 접촉이 필수적인 걸 고려하면 더 써먹을 곳이 많았다.

말이 통하고 자기 방어가 가능하고 자체적인 판단도 가능한 군견은 누구나 바라는 수사 파트너일 것이다.

유마리는 그에 완벽하게 부합했다. 바쁜 건 어쩔 수 없었다.

[요즘 연금술사 상대로 공갈 범죄가 있다는 소문이 도니까

보배 씨도 조심하세요ㅠㅠ 피해 액수는 적은데 피해자는 꽤 많아요ㅠㅠ 다들 신고를 안 해서 범인 잡기 너무 힘들어요ㅠㅠ]

[왜 신고를 안 하는 걸까요?]

[암거래랑 탈세 걸릴까 봐 그런가 봐요ㅠㅠ!]

내용인즉, 연금술사에게 포션을 웃돈 주고 사겠다고 제안하거나 탈세를 제안한 후 신고하겠다고 협박해 돈을 뜯는단다.

찔리는 게 있는 연금술사들은 먹고 떨어지란 식으로 돈을 주고 만단다.

탈세와 암거래를 멀리하는 이보배와 무관한 범죄였다.

[그럼 전 괜찮겠네요. 탈세랑 암거래 안 하거든요.]

[그래도 조심하세요ㅠㅠ]

근심 많은 유마리와의 대화를 마치자 기다렸다는 듯 전화가 걸려왔다.

이보배는 핸드폰 화면에 뜬 최요한의 이름을 확인하고 목소리를 가다듬었다.

"네, 이보배입니다. 안녕하세요, 요한 씨."

수화기 너머에서 웃음기 섞인 상냥한 목소리가 인사를 받았다.

—안녕하세요, 보배 씨. 별고 없으셨나요?

"별일 있으면 알려 드리죠. 보고드린 대로 별일 없었어요. 혹 보셨는지 모르겠지만 다들 집에 박혀 제일 멀리 외출한 게 마트거든요."

—사건이 벌어졌으면 이보배 씨가 알려주실 거라 믿죠. 저는 보배 씨나 가게에 별고 없었는지 궁금해서요.

"저도 뭐 집, 가게, 집, 가게 무한 반복이었죠."

문제가 없었던 건 아니지만 발생한 문제는 모두 해결했다.

—목소리가 약간 들뜨셨네요. 기분 좋은 일 있었나 봐요?

"아, 사실은 제가요."

개업과 동시에 발생한 세 가지 문제를 해결했으나 자랑할 곳이 없던 차였다.

이보배는 최요한에게 문제 해결의 기쁨을 전하기 앞서, 그가 무의미한 수다를 들어줄 만큼 한가한지 거듭 물었다.

'민간인에겐 상냥해서 중간에 대화 못 끊을 수도 있으니까.'

—전 정말 괜찮습니다. 보배 씨 얘기를 듣고 싶어요.

"그러시구나. 그게 말이죠, 개업일에……."

이보배는 개업일에 알아차린 문제와 그 문제들을 오늘 모두 해결했다는 내용을 털어놓았다.

—그런 일이 있으셨군요…….

중간중간 친절한 추임새로 이보배의 수다에 양념을 쳐

주며 경청한 사람치곤 미적지근한 반응이었다.

'왜 이러지? 헉, 아라크네 때문인가?'

"저, 제가 아라크네에게 의뢰하게 된 건 그러니까……."

–아니에요, 그건 괜찮습니다. 이한생 씨가 카운터를 볼 정도로 상태가 안정되셨군요. 슬슬 능력자 등록을 하는 건 어떨까요?

'이거였구나!'

아라크네가 아니라 이한생이 문제였다.

이보배는 다급히 말을 돌렸다.

"아하하, 그럴려고요. 그보다 저희 식사 한번 하기로 했던 거 말인데요."

최요한과 밥 한 끼 같이하자고 한 것이 작년 일이다.

최요한이야 어떨지 몰라도 이보배 입장에선 빈말이 아니었는데 둘의 밥 한 끼는 아직까지 성사되지 못했다.

–제가 너무 바빠서 계속 불발되네요. 죄송합니다.

최요한이 미안한 목소리로 말했다.

이보배는 히죽 웃었다.

'말 돌리기 성공.'

"바쁜 거 아는데 신경 쓰지 않으셔도 돼요. 편할 때 알려주세요. 이전처럼 지나가다 들르셔도 괜찮아요. 이제 안 놀랄게요."

이보배는 과거 천벌 콤비와 마주칠 때마다 소스라치게

놀라던 것으로 농담했다.

최요한이 작게 웃었다.

-그럼 정말 지나가다 들를게요. 놀라지 마세요.

"이젠 안 놀란다니까요."

우당탕!

갑자기 물건 부서지는 소리가 들렸다. 벽을 뚫고 전달될 정도면 소란도 보통 소란이 아니었다.

이보배의 미소에 금이 갔다.

"가게에 일이 생긴 것 같아 이만 끊겠습니다!"

이보배는 급히 통화를 종료했다. 그리고 연구실 문을 열었다.

"무슨 일이야!"

이보배는 문을 열자마자 목격한 참상에 얼어붙었다.

의자와 탁자가 엎어져 있고 인테리어 소품과 빈 포션병이 바닥에 떨어져 산산조각 나 있었다.

물건이 깨지고 부서져도 사람이 멀쩡하면 괜찮은데 사람도 멀쩡하지 않았다.

이한생은 멀쩡했다. 우뚝 서서 씩씩거렸다.

망나니 혼자 화가 나 난동 부렸다면 다행일 것인데 가게엔 사람이 한 명 더 있었다.

"너어 이 새끼."

바닥에 쓰러진 사람이 비틀거리며 고개를 들었다.

그의 주변엔 붉은 액체가 점점이 뿌려져 있었다. 입과 코에서 쏟은 피였다.

이보배는 공포에 질렸다.

'히익, 피다!

"혀를 뽑아주마!"

망나니는 쓰러진 의자를 들어 올렸다. 쓰러진 사람에게 던질 기세였다.

이보배는 온 힘을 다해 화르세인지에게 매달렸다.

"막내 오빠, 그만! 멈춰!"

상황 파악보다 막내 오빠를 말리는 게 급선무였다.

화르세인지가 던진 의자는 아슬아슬하게 사람 머리를 빗겨 바닥에 부딪쳤다. 의자는 바닥에 튕겨 올라 쓰러진 사람의 어깨에 떨어졌다.

"으악!"

"뭐야뭐야뭐야, 무슨 일이야!"

"놓아라, 돼지! 저자에게 합당한 처벌을 내려야 한다!"

"으아아, 잠깐만!"

망나니가 뛰쳐나가 쓰러진 사람을 폭행하려 했다.

이보배는 전력으로 막내 오빠에게 매달렸다. 덕분에 이한생은 동생에게 붙잡혀 허공에 발차기를 날렸다.

"끄으응."

"괜찮으세요?"

쓰러진 사람이 신음하며 일어나려 했다.

이보배가 혼신의 힘을 다해 망나니를 붙든 와중 안부를 물었다. 그러자 쓰러진 사람 대신 이한생이 버럭 외쳤다.

"괜찮아선 안 된다! 저자의 혀와 이를 뽑고 입천장을 숯으로 지져야 한다!"

화르세인지가 눈을 살벌하게 굴리며 숨을 거칠게 몰아쉬었다. 이보배가 붙들고 있지 않으면 당장에라도 쓰러진 사람을 때릴 듯했다.

"막내 오빠 좀! 진정하고 무슨 일이었는지 말해봐."

"저 괘씸한 자가 나를 모욕했다!"

"그러니까 진정부터 하고!"

늘 이보배더러 돼지라고 하더니 망나니야말로 성난 멧돼지가 따로 없었다. 어쩔 수 없이 이보배는 시스템의 이기, 스킬을 사용했다.

"가만히 있어 봐!"

이보배가 〈가장의 위엄〉을 발동하자 이한생이 바닥에 무릎 꿇었다.

화르세인지는 억지로 무릎 꿇었음에도 추진력을 얻은 사람처럼 튀어 나가려 굴었다.

"저기요, 괜찮으세요?"

이보배는 두 팔을 벌려 막내 오빠와 쓰러진 사람 사이를 막았다. 그녀의 눈동자가 좌우로 정신없이 굴렀다.

'얼굴 만지는 걸 봐선 얼굴 맞았나 본데. 입안이 터지면서 피가 났나? 이는 괜찮겠지?'

쓰러진 사람은 고통스러운 신음을 내며 몸을 일으켰다. 그러더니 이보배 너머 망나니를 향해 삿대질했다.

"난데없이 사람을 때려? 고소할 거야!"

"헛방이었다! 내가 진짜 때렸으면 넌 일어나지도 못했다!"

손님은 다짜고짜 맞았다고 길길이 날뛰었다.

망나니는 타격감이 없었다며 헛방이었다고 주장했다.

"내 주먹이 일으킨 바람에 피가 날 정도로 종잇장 같은 몸이면 외출을 하지 말아야지!"

"안 맞긴 뭐가! 제대로 맞아서 이렇게 피가 나는데!"

"워워워워. 둘 다 진정하시고, 저한테 상황 설명을 해주시는 게 어떨까요?"

"설명하긴 뭘 해! 지금 이 꼴 안 보여?"

손님이 피 섞인 침을 뱉으며 거듭 화냈다. 그가 흥분한 눈으로 이보배를 노려보았다.

"당신이 여기 사장이야? 부하 관리를 대체 어떻게 하는 거야!"

"누가 부하라는 거냐!"

"이런 망나니를 직원으로 고용하면 어쩌자는 거야! 장사가 장난이야? 사장 제정신이냐고!"

망나니는 망나니라, 손님은 맞아서 분기탱천했다.

이보배는 미치고 팔짝 뛸 노릇이었다. 무엇보다 정신이 하나도 없었다.

'으아아아.'

"그냥 못 넘어가. 경찰에 신고할 거야!"

"잠깐만요! 스탑하시고! 제가 사장이니까 제게 먼저 말씀해 주세요!"

"말할 게 뭐 있어! 다짜고짜 사람을 때려서 맞은 거지!"

"모욕도 모자라 거짓까지 입에 담으니, 내 기필코 저 새끼의 혀를 자르겠다!"

"막내 오빤 가만히 좀 있어 봐! 진짜 미안! 진짜 미안한데!"

이보배는 이한생의 어깨를 잡아 누르고 눈을 맞췄다.

이보배는 성난 불길이 가라앉길 바라며 조곤조곤 말했다.

"오빠를 안 믿는다는 게 아니라 일단 저분 얘기부터 들어보자는 거야. 내가 본 건 오빠가 저분 때리려고 하고 의자 던진 것밖에 없잖아."

"빗맞았다!"

"어쨌든 주먹 휘두른 건 맞네. 오빠가 왜 그랬는지 궁금해서 그래."

"들을 게 뭐가 있느냐! 저 천벌받을 새끼가 나를 모욕하였느니라!"

"제정신이 아니구먼! 아주 미쳤어! 증거가 여기 있는데 안 했다고 우기네!"

망나니가 이를 갈았다. 망나니 때문에 피 본 사람은 덩달아 언성을 높였다.

"제 식구라고 감쌀 생각 마시오! 내가 어이가 없어서 원. 인사 좀 하고 가게 둘러보려는데 다짜고짜 폭언하고! 때리고! 아픈 사람이라고 봐줄 수 있는 수준을 지났어!"

"네네, 그러시군요. 그러니까 가게에 오셨는데 막내 오빠가 갑자기 폭행했다, 그 말씀이죠?"

"그렇수다!"

"내 가문과 성신의 이름을 걸고 저 새끼의 혀와 이를 뽑아 구리물을 부어주겠노라!"

"워어, 워어."

이보배는 성난 멧돼지를 진정시켰다. 손님의 얘기만 들으면 완전 개망나니였다.

"입을 찢어도 모자랄 저 새끼가 먼저 날 모욕했단 말이다! 감히 시스템 신의 사도인 나를 모욕하다니! 그 죄는 목숨으로 갚아도 모자라다! 심지어 거짓말까지 하고 있어!"

"제대로 미쳤구먼! 뭐 이런 미친놈에게 카운터를 맡긴 거야! 아주 망나니야, 망나니!"

사람을 모욕했다고 주먹이 나가면 그건 망나니다. 그리고 화르세인지 드 체키빙은 망나니였다. 본인이 제 입으로 인정한 망나니.

'하도 평범하게 반응해서 까먹었네.'

위의 두 오빠의 소행이 하도 비범하다 보니 망나니가 망나니인 이유를 까먹었다.

망나니가 왜 망나니겠는가. 망나니짓을 해서 망나니다.

자신을 모욕했다고 주먹을 휘두르고 의자까지 던졌다면 망나니가 맞다.

망나니라면 충분히 할 수 있는 행위다.

'하지만.'

이보배는 침을 꿀꺽 삼키고서 손님을 응시했다.

아직 부기가 올라오지 않아서 그런지 맞은 볼은 약간 불그스름하기만 했다.

입안이 터진 것 같긴 한데 침과 섞였다 쳐도 바닥에 떨어진 피가 많았다.

"정말 우리 오빠가 갑자기 때린 거 맞아요?"

"뭐? 지금 때려놓고 적반하장인가?"

손님이 기가 막힌 듯 침을 뱉었다. 맞은 부위는 얼굴인데 목을 잡았다.

"모욕당했다고 사람 패면 망나니인 건 맞는데 우리 오빠가 그렇게 심한 망나니는 아니거든요. 이유 있는 망나니거든요."

"남매가 쌍으로 미쳤나. 이유가 있든 없든 사람 때리면 그게 망나니지! 범죄야! 폭행죄 몰라?"

손님은 삿대질하며 항의하더니 다시 뒷목을 잡았다. 뒷목 잡는 손길이 자연스러웠다.

이유가 있든 없든 사람을 때리는 건 나쁘다.

이보배도 그 점엔 동의했다. 알지만 일단 막내 오빠를 감쌌다.

"그래도 우리 집 망나니거든요."

큰오빠는 인류의 공적에, 작은오빠는 복수하느라 사람 죽여서 직업이 바뀌었다고 한다.

그런 오빠들도 오빠라고 감싸는데 망나니 비호는 지극히 당연한 일이었다.

'게다가 수상해.'

처음엔 당황해서 마냥 미안한 마음이었으나 조금씩 상황을 파악하다 보니 수상했다. 한없이 수상했다.

'햄스터가 폭력성을 보인다면 이유가 있는 법이지.'

비단 설치류에게만 해당되는 이야기가 아니다.

사람이든 햄스터든 갑자기 폭력성을 분출했다면 원인이 존재한다.

'막내 오빠가 별거 아닌 욕에 발끈했을 수도 있어. 망나니니까 남들보다 발화점이 낮을 수 있는 건 인정해. 그런데 피가 날 정도로 때렸다는 건 이상하지.'

각성 초기 병원에 갇혀 있던 시절이면 혹 모른다.

지금의 망나니는 화났다고 다짜고짜 사람을 때리지 않

는다.

사고 치지 말라고 누누이 당부했기 때문에 물어보고 때리는 미덕을 학습했다.

이보배가 이한생 편을 들자 손님이 얼굴을 붉혔다.

"지금 내 얼굴을 보고도 저 새끼 편을 들어? 집안 꼴 알 만하다. 순 깡패 집안이구먼."

"감히 내 집안을 모욕하다니!"

"일단은……."

"다 필요 없어! 헌터라고 눈에 뵈는 게 없나 본데 내가 정의를 보여주지! 세상이 찢어져도 정의는 살아 있다!"

"바로 사과드리지 못해 죄송한데 일단 상황부터 파악할게요."

"사과? 지금 돼지가 사과라 하였느냐! 돼지가 입에 담을 사과는 먹는 사과뿐이니라!"

화르세인지는 이보배가 사과하면 입에 사과를 통으로 물리겠다고 길길이 날뛰었다.

이보배는 카운터 아래에 부착한 녹음기를 꺼냈다.

'이걸 이렇게 쓰네.'

본래는 망나니가 손님 쫓아놓고 안 그랬다고 거짓말하는 걸 잡으려고 몰래 설치한 녹음기였다.

이보배는 사무적인 미소로 무장하고 말했다.

"그래서요, 손님. 입점한 시간대가 언제쯤인가요?"

"그건 뭐야."

"녹음기요."

"하다 하다 손님 도청까지 해? 완정 막장이구먼!"

"도청이라뇨. 아픈 오빠가 걱정되어서 그런 건데. 안내문에도 적혀 있잖아요."

이보배는 카운터에 붙인 안내문을 가리켰다.

눈 바짝 대고 봐야 보일 법한 작은 글씨로 '상시 녹음 중'이란 문구가 적혀 있었다.

"손님 말씀대로라면 정중히 사과드리겠습니다."

이보배가 녹음된 파일을 재생하려 하자 손님의 얼굴이 붉으락푸르락해졌다.

"누구 마음대로!"

손놈이 녹음기를 뺏으려 했다.

이보배는 뒤로 물러서고 화르세인지가 손놈과 그녀 사이를 가로막았다.

이보배는 대강 시간을 설정해 음성 파일을 재생했다.

손놈은 귀찮으니 꺼지라는 망나니에게 계속 암거래를 제안했다. 누이 좋고 매부 좋은 게 아니냐며 탈세하자고 꼬드겼다.

-여기 사장은 탈세 안 한다.

-세상에 탈세 안 하는 연금술사가 어디 있습니까? 그러

지 말고 연금술사님을 불러주십시오. 직접 들으면 마음이 바뀔 겁니다.

-안 한다니까. 꺼져라.

-꺼져야 할 건 그쪽 아닌가? 연금술사님에게 득이 되는 일을 멋대로 막아도 되는 거야? 동생한테 신세 지면서 그래도 돼?

이후론 계속 시비질이 이어졌다.

어디서 사람 신경 긁는 과외라도 받고 있는지 망나니 성질 살살 긁는 솜씨가 일품이었다.

그러다 결국 참지 못한 망나니가 주먹을 휘둘렀고 이보배가 목격한 참상이 벌어졌다.

"좋아, 대충 알겠네요."

이보배는 이쯤에서 손님을 손놈으로 정정했다.

굳이 따지면 손놈조차 아니었지만 라임을 맞추려니 손놈으로 정했다.

"이번 일은 묻어줄 테니까 이만 가시죠?"

"적반하장도 유분수지! 지금 피 난 거 안 보여? 오빠처럼 동생도 미쳤나 보지?"

"저건 거짓말이다! 스쳤느니라!"

손놈이 이보배에게 달려들었다가 이한생에게 막혔다.

손놈은 이한생을 떨쳐내기 위해 용을 쓰다 오만상을

구겼다.

"뭐, 뭐야. 힘이 왜 이렇게 세."

"흥! 이 몸이 진짜 때렸으면 너 같은 새끼는 바로 기절이다. 더러운 수작을 부려 나를 모욕하고 우롱하다니! 이를 뽑아주겠다!"

"워워, 그만하고. 그냥 쫓아내."

화르세인지가 손놈을 문 쪽으로 밀었다.

손놈은 오만상을 찌푸리고 버티다가 안 되겠는지 드러눕고는 다가가는 이한생에게 발차기를 날리다가 삿대질했다.

"내, 내가 헌터인데 나보다 힘이 세다고? 이 새끼 미등록 각성자 아냐?"

'아씨.'

미등록 각성자 이야기에 이보배의 콧구멍이 벌렁거렸다.

손놈은 핸드폰을 들고 협박했다.

"수상하네! 진짜 수상하네! 강화제나 뭐 그런 거 먹인 거 아니야? 신고할 거야! 관리국에 신고할 거라고!"

콧구멍은 물론이고 심장도 함께 벌렁거렸다.

이보배는 재채기하는 척 입가를 가려 표정을 숨겼다.

'들킨 건 아니지? 넘겨짚은 거지?'

이한생의 각성 사실은 입원한 병원 관계자와 사계절 고위 간부, 박마노, 최요한만 알고 있는 극비다.

병원에서 정보가 샜을 가능성도 있지만 정보의 가치에

비하면 수법이 너무 저열했다. 그냥 넘겨짚다 얻어걸린 거였다.

'눈먼 화살이 적중하다니.'

관리국에 신고가 들어가도 이보배는 꿀릴 게 없다.

문제는 이한생이다. 그를 대상으로 〈감정〉이든 〈관찰〉이든 스킬을 사용했다간 직업이 들키고 스킬도 들킨다.

왜냐하면 성신의 사랑을 받는 체키빙 공작가의 유일한 후계자 화르세인지 드 체키빙의 시스템 직업은.

'아오, 저 성자 새끼 저거.'

성자이기 때문이다. 영어로는 세인트.

앞구르기를 하고 보나 뒤구르기를 하고 보나 참 신성한 직업명이었다.

직업이 들키는 순간 신성력의 존재도 들켜 버린다.

이보배가 괜히 각성자 등록을 미루고 있는 게 아니었다.

"신고할 거야!"

손놈이 눈을 부라리며 핸드폰에 관리국 번호를 찍었다.

관리국, 경찰서, 소방서 등의 긴급 번호는 통화가 연결되기 전에 끊더라도 확인차 출동한다.

손놈이 통화 버튼을 누르는 순간 이보배가 숨겨온 폭탄이 터질 수 있었다.

"어찌하느냐? 내가 덮치느냐?"

이한생이 버튼을 누르기 전에 손놈에게서 핸드폰을 뺏

을 수 있을지 고민했다.

이보배는 고개를 저었다.

상대방이 근거 없이 외쳤다면 이쪽도 할 일은 하나다.

최선의 방어는 공격이란 말이 이보배의 머릿속을 장악했다.

"수상하긴 뭐가 수상하단 거예요? 우리 막내 오빠 옛날부터 힘이 좋았어요. 덩치 좋은 거 안 보여요? 그리고 수상한 사람은 그쪽이죠. 갑자기 시비 걸어놓고 맞지도 않았는데 맞았다고 피 뱉고."

이보배는 손가락으로 바닥에 떨어진 붉은 액체를 찍었다.

피 냄새가 나지 않았다. 가짜 피였다.

"내가 근접 전투계인데 비각성자가 나와 힘겨루기를 해 이긴다고? 말이 되는 소리를 해야지!"

"댁이 F급도 안 되는 허접인가 보지! 안 봐도 뻔하네. 균열도 못 들어가는 개허접이니까 나처럼 연약한 생산계 공방 돌면서 자해 공갈이나 하고 다니는 거잖아!"

"다 됐고 관리국 불러! 관리국에 신고하면 될 거 아냐! 나 여기서 한 발짝도 안 움직일 거야. 관리국 불러서 저 새끼 〈관찰〉하든 〈감정〉하든 해봐!"

"해봐, 해봐! 나도 영업 방해랑 자해 공갈로 고소할 거야!"

이보배는 목에 핏대를 세워가며 큰소리쳤다.

아랫배에 힘을 주고 어금니를 악물었다.

"내가 포션 팔면서 너 같은 새끼들 처음 보는 줄 알아? 나 6년 전부터 포션 팔던 사람이야! 공방 거리 없을 때부터 용산 노점에서 장사를 했어, 내가!"

이보배의 인생은 언제나 최악 대신 차악이 자리했다.

세계적으로 평균을 내봤을 때 그렇게 나쁜 인생도 아니었다.

이보배는 좌판을 열었던 당시 아주 잠깐, 진짜 잠깐 보았던 사람들을 열거했다.

"자릿세 걷으러 오는 새끼, 포션 강탈하러 오는 새끼, 매상 노리고 오는 도둑 새끼. 내가 그런 새끼들 다 이기고 포션 팔던 사람이야! 이 시대에 식물인간 오빠를 6년이나 목숨 붙여둔 사람이라고! 내가 우리 집안 가장이야!"

이보배의 눈이 매섭게 가게를 훑었다.

개업 축하 선물로 받은 화환은 치워 버렸지만 리본은 가게에 곱게 장식해 뒀다.

이보배는 사계절에서 보낸 리본부터 가리켰다.

"이거! 이거 안 보여? 사계절 길드 부길드 마스터가 보낸 건데! 전투 연금이! 응? 내가 전투 연금이랑 밥도 먹고 차도 마시고!"

밥과 차뿐인가. 독도 먹었다.

"그리고 이거 보여? 이게 원래 난초 화분에 있던 리본인데 이걸 누가 보냈는지 알아? 댁 같은 개허접은 평생 가도 실물 영접 못 할 대단하신 분이 보낸 거야! 듣고 놀라지나마. 반야 길드 검성이 보낸 거야. 검성이! 검성이 누가 나 때리면 대신 때려주겠다고 옥패도 줬어!"

이보배는 인벤토리에서 옥패를 꺼내 흔들었다.

손놈은 물론이고 이한생의 눈도 옥패를 따라 위아래로 흔들렸다.

반야 길드에서 놀라긴 이르다.

이보배에겐 귀 없는 고양이 로봇의 주머니보다 더 만능인 치트키가 남아 있었다.

"그리고 이거!"

이보배는 행운목 쪽으로 성큼성큼 다가갔다.

그녀의 패기에 눌린 손놈이 공손히 길을 비켜줬다.

이보배는 행운목을 끌어안고 외쳤다.

"이 행운목 누가 주신 건지나 알아! 박 과장님이야, 박 과장님!"

세상에 박 과장은 많고 많지만 대한민국에서 가장 유명한 박 과장은 관리국 박 과장이다.

이보배는 목이 찢어지라 고래고래 외치는 대신 목소리를 깔고 음산하게 말했다.

"관리국 신고? 해봐. 해보라고."

서슬이 시퍼런 이보배의 눈빛은 지켜보는 이들의 등골을 서늘하게 만들었다. 특히 손놈은 생명의 위기까지 느꼈다.

'쫄았나?'

이상으로 감독 이보배, 각본 이보배, 연출 이보배, 주연 이보배, 소품 지인 협찬인 '나 이런 사람이야, 알아서 기어'의 상연이 끝났다.

주연의 열연과 지인의 소품 협찬이 빛나는 공연이었지만 아쉽게도 알아주는 사람은 없었다.

이보배는 잡아먹을 듯이 손놈을 노려보았다.

손놈은 입을 빼끔거리다 떨면서 말했다.

"이거 협박……."

이보배는 말없이 행운목에 묶인 리본을 흔들었다. 남는 손으론 옥패를 다시 꺼내 흔들었다.

"이거 갑, 갑질."

"공갈 협박은 댁이 한 거고. 내가 한 건 사실 적시고. 나는 원래 갑이고."

이보배는 천천히 손놈에게 다가갔다.

키는 손놈이 더 컸지만 이보배는 그를 내려다보는 기분이 들었다.

"그러니까 이쯤에서 잘못한 거 인정하시지."

이보배는 〈가장의 위엄〉 스킬을 발동했다.

손놈이 털썩 무릎 꿇었다.

"잘못…… 했습니다."

고작 무릎을 꿇었을 뿐이지만 그로 인해 사람의 마음이

바뀌기도 한다. 물리적으로 달라진 눈높이에 이보배를 상대할 수 없다는 사실을 깨달은 것일까.

손놈은 솔직하게 죄를 인정했다.

“돈 뜯으려고 일부러 시비 건 거 맞죠?”

“네, 맞습니다.”

“신고는 안 할 테니 이만 가시죠?”

“보내주다니! 입을 찢어야 한다!”

화르세인지가 항의했다.

이보배는 눈치 없는 망나니에게 살짝 고개를 흔들어 보였다.

괜히 신고했다가 이한생이 걸리면 곤란했다.

직업은 어찌어찌 숨겨도 각성 사실을 일반인에게 들켜버리면 정말 곤란했다.

각성이 곧 로또인 세상에서 사남매 전원이 각성했다?

국내뿐만 아니라 전 세계에서 화제가 될 것이다.

아라크네 말마따나 이한생에겐 각별한 보호가 필요했다.

꼬리가 무어냐. 털 오라기 한 가닥이라도 잡히면 곤란했다.

‘아씨, 이거였구나.’

이보배는 뒤늦게 아라크네의 진의를 깨닫고 자책했다.

이보배는 안내문에 대놓고 이한생에게 정신적인 문제가 있음을 적어두었다.

이 공방에선 그녀가 갑일지라도 나쁜 사람이 그 정보를 악용할 수 있다는 가능성을 열어두어야 했다.

딸랑.

바람이 문에 단 종을 흔들었다. 이보배는 아찔해져 이마를 짚었다.

'세상에 문 열어놓고 이 난리를 치고 있었네.'

경찰이 오지 않은 게 용했다. 이보배는 얼른 꺼지란 의미에서 문을 가리켰다.

손놈은 엉거주춤한 자세로 일어나더니 문을 향해 내달렸다.

손놈의 도주는 시작하자마자 실패했다. 밋밋한 검은 가면을 쓴 사람이 열린 문으로 고개를 내밀었다.

손놈은 물론이고 이보배도 깜짝 놀라 헛바람을 삼켰다.

대한민국 헌터들의 살아 있는 공포, 관리국 헌터가 등장했다!

이보배는 놀라서 사레들렸다.

"켁, 켁!"

"곱게 놀랄 것이지 무슨 지랄이냐."

이한생이 이보배의 등을 후려쳤다.

평범한 소시민 이보배가 이리 놀랐는데 지은 죄 있는 손놈이야 말할 것도 없다. 손놈의 안색이 죽을 날 점지 받은 사람처럼 창백해졌다.

"이 사람이 나쁜 사람이에요!"

이보배는 빠른 고발로 우위를 선점했다.

손놈 다음엔 바닥을 가리켰다.

"저거 가짜 피구요! 안 맞았는데 맞았다고 공갈 협박했어요! 지금 도망가려고 했어요!"

"빗나갔는데 피 뿌리며 사기 쳤느니라!"

이한생이 던진 의자엔 정말 맞았지만 지금 중요한 건 그게 아니다.

이보배는 머리에 떠오르는 말을 정신없이 외쳤다.

"자기가 근접 전투계라고 했어요! 근데 비각성자인 척하고 포션 암거래랑 탈세도 권했어요!"

이보배가 열심히 외치든 말든 관리국 소속 헌터는 문을 막은 채 미동도 하지 않았다. 기껏 먼저 고발했는데 반응이 없으니 이보배는 더 애가 탔다.

그러다 문을 막고 있던 관리국 헌터가 옆으로 물러났다.

"에잇!"

기회만 노리던 손놈이 이때다 싶었는지 관리국 헌터를 비집고 달아나려 했다.

그러나 이번 도주도 중간에서 막혔다.

관리국 헌터가 열어준 공간으로 거대한 늑대가 들어왔다.

킁킁.

늑대는 주둥이를 바닥에 박고 열심히 냄새를 맡다가 손

놈에게 닿았다.

늑대는 손놈의 냄새를 확인하더니 제자리에 앉았다.

"컹!"

늑대의 울음엔 대형견이 흉내 낼 수 없는 원초적 공포와 위엄이 서려 있었다.

미동도 하지 않던 관리국 헌터는 늑대의 머리를 쓰다듬었다.

"염소, 잘했어."

그 뒤에 일어난 일은 이보배의 인지를 벗어났다.

눈 한 번 깜빡하니 손놈이 거품 물고 바닥에 쓰러져 있었다.

관리국 헌터는 능숙한 솜씨로 손놈을 포박했다.

"용의자 확보. 복귀합니다."

기계로 변조되고 고조 없는 목소리는 밋밋한 검은 가면과 어우러져 공포 분위기를 조성했다.

하지만 그것도 잠깐이었다.

관리국 헌터는 가면을 벗더니 반갑게 인사했다.

"와, 과장님과 친한 B급 연금술사님! 안녕하세요."

"어어, 그러니까 관리국에서 한 번 뵈었죠."

"네, 오늘 마리가 경고했다더니 이렇게 딱 걸리셨네요. 재수 없는 편이신가 봐요."

"어허허."

무서운 헌터의 정체는 관리국 지하에서 본 적 있는 사람이었다. 최요한에게 낯 가리고 눈치 없다고 한 사람이라 기억에 남았다.

"으아아악! 개새끼야, 저리 가라!"

늑대의 정체야 말할 것도 없이 유마리였다.

유마리는 저번처럼 이한생에게 다가가 냄새를 맡았다.

화르세인지는 펄쩍펄쩍 뛰다가 이보배의 뒤로 피신했다. 늑대는 이번에도 망나니를 비웃었다.

딸랑딸랑.

문이 다시 열렸다. 웃는 낯의 친절해 보이는 청년이 입장했다.

청년은 쓰러진 사람, 관리국 헌터, 사람보다 큰 늑대, 핏자국, 난장판이 된 공방 내부를 보고도 놀라지 않았다.

그의 선량한 미소는 더욱 상냥해졌다.

"제가 늦었네요. 수고 많으십니다. 뒤처리는 제가 할 테니 복귀하세요."

"그럼 뒤는 요한 씨에게 맡깁니다. 염소, 가자!"

"컹!"

관리국 헌터는 손놈을 들고 나갔다.

유마리가 이보배의 손가락을 핥아 알은척하더니 꼬리를 붕붕 휘두르며 뒤따랐다.

딸랑딸랑딸랑.

폐장을 알리는 놀이공원 엔딩 송처럼 문에 달린 종이 경쾌하게 울었다.

"그런 일이 있었군요."

사정을 모두 들은 최요한이 진중하게 고개를 끄덕였다.

그가 자책했다.

"제가 좀 더 빨리 왔어야 했는데, 보배 씨가 모두 해결하신 뒤에 와서 도와드리지 못했네요."

"아니에요, 아니에요. 오신 덕분에 일이 깔끔하게 끝나서 좋은걸요."

최요한이 미안해하자 이보배는 열심히 고개를 저었다.

자력으로 해결할 수 있어 좋았고, 와준 덕분에 마무리가 깔끔해서 더 좋았다.

최요한은 물러나지 않고 재차 고개 숙였다.

"그렇지 않습니다. 경고라도 바로 드렸어야 했는데."

"윽, 죄송해요."

"보배 씨가 왜 사과하세요?"

아마 최요한이 경고해 줬어도 비슷한 사고는 발생했을 것이다.

아라크네가 준 암시도 알아차리지 못했으니 친절하게

돌려 말했을 경고야 말할 것도 없다.

이보배는 카운터에 붙여두었던 안내문을 내려다보며 이마를 짚었다.

"제가 경솔했어요. 원래는 이러지 않았는데."

세상에 사람의 선의가 있다면 악의도 있는 법이다.

그 간단한 이치를 알고 있었으면서 자신에겐 닥치지 않을 것처럼 굴었다. 너무 안일했다.

'잘났다, 이보배.'

이보배는 커피를 호로록 마셨다.

입안이 써서 그런지 평소와 똑같은 커피인데도 쓰게 느껴졌다.

"제가 경솔했어요. 오빠들 돌아오고 가게도 작지만 번듯하게 세웠고, 또 포션도 잘 팔리고 하니까, 좋은 일만 계속 생기니까 조금 들떴었나 봐요."

작년의 이보배였다면 이런 안일한 짓은 저지르지 않았을 것이다. 알고 있는 시험 문제를 틀린 것처럼 시간이 지날수록 실수가 부풀어 올라 그녀를 짓눌렀다.

"사람을 믿은 건 보배 씨 잘못이 아니에요. 사람 간의 신뢰와 선의를 악용하는 사람들이 문제지요."

"믿었다기보단 갑질을 좀."

"약점을 드러낸 건 보배 씨 잘못이 맞아요. 그러니까 다음부턴 조심하시고 무슨 일 있으면 바로 연락 주세요. 관리국 번호는 알고 계시죠?"

균열 및 각성자 관련 범죄 신고는 국번 없이 999.

이보배는 얌전히 고개를 끄덕였다.

"안전을 위해서 선량한 시민이 더 조심해야 하는 슬픈 세상이 와버렸지만. 그래서 저희 관리국이 있습니다. 주저하지 말고 연락 주세요."

이보배는 코를 훌쩍이고 맞은편에 앉은 최요한을 응시했다.

처음 만났을 때부터 얼굴을 떠나지 않는 상냥하고 친절한 미소에 얼마나 많은 위안을 받았던가.

이보배는 진심에서 우러나온 감사 인사를 전했다.

"정말 감사합니다."

"저희 일인걸요."

"마노 선배도 그렇지만 요한 씨도 대단하세요. 어쩜 그렇게 나라와 국민을 위해 불철주야 최선을 다해 힘써주시는지. 격무에 힘드실 텐데도 상냥하게 위로해 주시고."

"하하하, 저는 사심을 채우려고 관리국에 취직한 거라 칭찬을 들으니 부끄럽네요."

최요한이 웃으면서 멋쩍어했다.

이보배는 최요한이 밝히는 사정이 궁금해서 물어보았다.

"어떤 사심인데요?"

"맨입에 밝히기 곤란한데요."

“그럼 혹시 한가하세요? 같이 식사라도……. 저희 오빠들도 전부 한가하거든요. 막내 오빠도 기분 전환할 겸 외식 좋지?”

“난 입맛이 없느니라. 돼지나 가라.”

화르세인지가 입으로 돼지 쫓는 소리를 냈다.

“악마와 사기꾼도 바쁘다. 돼지나 가거라.”

혼자 빠지긴 싫었는지 형들까지 물고 늘어지는 물귀신 전법을 썼다.

이보배는 그런 게 어디 있냐고 말하려다 입을 다물었다.

제대로 대접하려면 둘이서만 먹는 편이 나을 것 같았다.

‘오빠들 끼면 시끄러워지니까.’

“괜찮으세요?”

“저야 좋죠. 제가 근처에 아는 집이 있는데.”

최요한의 주머니에서 벨 소리가 울렸다. 난장판을 보아도 깨지지 않던 그의 미소에 금이 갔다.

최요한은 벨 소리가 두 번 울리기 전에 전화를 받았다.

“네, 과장님. 알겠습니다.”

통화는 순식간에 끝났다. 최요한은 미소를 잃지는 않았지만 어딘지 허탈해 보였다.

“빈 줄 알았는데 착각이었네요.”

“쯧, 줘도 못 먹는 놈.”

이한생은 최요한이 안타깝다는 듯 혀를 찼다.

이보배도 쉽게 쉬지 못하는 그의 처지가 안타깝긴 마찬가지였다.

"힘내세요."

"감사합니다."

최요한은 애처롭게 웃었다.

"처음부터 주먹을 휘두르지 않았으면 쉽게 끝날 일이었지."

이해기는 이한생을 앞에 두고 혼냈다.

"작정하고 사기를 치려 한 범죄자다! 내가 참았어도 뭔가 저질렀을 것이다!"

망나니가 억울함을 호소했다.

이해기는 반박했다.

"그랬어도 네가 틈을 보여 일이 커진 건 확실하다. 좀 더 참았어야지. 만약 상대가 너보다 강했으면 너는 물론이고 보배도 위험했어. 다음부턴."

이해기가 눈을 번뜩였다.

"남들 보는 앞에선 참다가 쥐도 새도 모르게 뒤통수를 후려라. 증인이나 증거 없이 끝낼 자신 없으면 나나 형을 불러. 뭣 하러 네 손을 더럽히니."

"참 좋은 말씀 하십니다. 진짜 좋은 거 가르치네요."

이보배는 한심해서 빈정거렸다.

이해기가 칭찬 들은 아이처럼 실실 웃었다.

"밖에서 맞고 온 동생의 복수를 해주는 건 형의 권리이자 의무란다."

"영혼 파괴랑 기억 상실은 내게 맡겨!"

이해기는 각성 범죄자 수용소 위치와 침입법을 알고 있다고 말했다.

언제든 말만 하면 된다니 실로 듬직해서 등짝을 후려 패고 싶어졌다.

"생각해 보니 그 정도로 악독한 자는 아니었느니라. 하찮은 잡범이었다. 영혼은 파괴하지 말아다오."

"하찮은 잡범이니 보배를 노린 거겠지."

뭘 좀 아는 업계인들은 박마노와 한현우의 공통 지인인 이보배를 건드리지 못한다. 뭘 모르기에 저지른 범행이었다.

"쯧. 이 몸은 하찮은 잡범을 상대해 노곤하니 이만 씻고 자겠다. 내일도 출근해야 하니."

이한생이 자리를 털고 일어났다.

이보배는 깜짝 놀라 눈을 동그랗게 떴다.

솔직히 이보배는 화르세인지가 이 일을 빌미로 공방을 그만둘 거라고 생각했다.

"계속 나와줄 거야?"

"흥! 돼지는 무리 동물이라 방사할 때 한 마리만 풀어놓지 않는 법이니라! 못난 돼지가 혼자서는 아무것도 못하니 내 돼지를 긍휼히 여겨 나서주마!"

이한생은 공방에 계속 나오겠다고 강력히 주장했다. 그러더니 혼자 화난 것처럼 쿵쿵거리고 2층으로 올라갔다.

"무슨 생각이람."

"망나니 속을 어찌 알겠니."

천 길 물속은 알아도 한 길 사람 속은 모르는 법.

이보배는 망나니(혹은 양아치)를 이해하기를 포기했다.

2층으로 올라온 이보배는 자신의 방문 앞을 지키고 선 이한생을 발견했다.

무슨 일이냐고 물으려던 이보배의 말문이 막혔다.

망나니가, 무려 화르세인지 드 체키빙 공자님이 부들부들 떨며 말했기 때문이다.

"나를 믿어줘서 고맙다."

망나니는 스스로를 망나니라고 말했다.

그가 어떤 환경에서 어떤 생을 살다 망나니를 자처했고 망나니 소리를 듣게 되었는지 아무도 모른다. 오직 그만 안다.

자존심을 굽히고 조심스럽게 전하는 감사의 말에서 많은 감정이 전달되었다.

이보배는 입술을 깨물었다가 막내 오빠의 어깨를 두드렸다.

“내가 오빠를 안 믿으면 누굴 믿겠어.”

이번엔 화르세인지의 말문이 막혔다.

망나니는 태어나서 처음으로 초콜릿을 먹은 아이처럼 놀라더니 마냥 달지만은 않은 듯, 혹은 너무 달아서 그런 듯 오만상을 찌푸렸다.

이보배는 거기에 덧붙였다.

“날 지켜줘서 고마워.”

“내가 언제 그랬느냐!”

“그 새끼한테서 나 막아줬잖아.”

“그건 지킨 게 아니라 그 새끼를 막은 것이다! 착각하지 말거라!”

이한생은 성난 얼굴을 하고 제 방으로 들어갔다.

방문이 쾅 소리를 내며 거칠게 닫혔다.

이보배는 빙그레 웃었다. 그놈의 망나니 겁 많고 부끄럼은 더 많으니 나오는 게 웃음이었다.

[오늘은 어떠셨습니까?]

한현우가 문자를 보냈다.

용건 없이 이틀 연달아 문자를 보낸 건 처음이었다.

이보배는 개업 이후 벌어진 문제와 오늘 일어난 사건을 생각했다. 뭔가 많은 일이 있긴 했는데 한현우에게 알려주긴 좀 그랬다.

'창피하잖아.'

존경하는 한 선생님껜 가능한 좋은 모습만 보이고 싶다.

이보배는 망설이지 않고 답장했다.

[아무 일도 없었습니다!]

귀환자, 회귀자, 환생자(또는 빙의자)가 보우하사, 보배 공방은 언제나 무탈하다.

외전 10. 천벌 콤비 (1)

어느 날 갑자기 세상이 뒤집어졌다.

온라인 게임도 아닌데 대격변보다 심하게 패치되었다.

'아니지. 게임 패치 이런 식으로 하면 욕바가지로 먹지.'

적어도 기존 세계관과 설정은 지켜줘야 하는 것 아닌가.

이렇게 갑자기 대중없이 쑤셔 넣으면 막장 소리 면하기 힘들다. 회원 탈퇴 인증이 게시판을 도배할 것이다.

하나, 안타깝게도 이건 게임이 아니라 현실이었다.

로그인만 있고 로그아웃 없는 운빨X망겜 인생 온라인이었다.

정말 웃기는 일이 무엇인지 아는가?

박마노는 운빨X망겜의 랭커였다.

박마노가 몬스터를 처치하자 피아 구분 없는 그녀의 번

개를 피해 멀찍이 있던 사람들이 몰려왔다.

"정말 대단하십니다! 그 괴물을 순식간에 해치우다니!"

"감사합니다, 감사합니다."

감탄과 환호가 쏟아졌다. 처음엔 부끄럽고 낯설었지만 이젠 익숙해졌다.

"괴물."

몬스터가 아닌 박마노를 보고 한 말이었다. 꽤 멀찍이서 작게 한 말이지만 박마노의 귀엔 들렸다.

이런 반응이 처음도 아니었고 이 역시 익숙해졌다.

처음 몇 번은 멱살 잡고 항의하기도 했다. 그래 봐야 소용없다.

수백 명을 죽인 괴물을 단신으로 죽인 사람은 영웅 아니면 또 다른 괴물 취급받았다. 솔직히 자신이 생각해도 괴물 같긴 했다.

졸음을 참아가며 문제집 풀던 재수생이 번개를 뿌리며 몬스터를 상대한다?

책상에 엎드려 졸면서 꾸는 꿈이라고 하는 쪽이 현실적이다.

'근데 이게 현실이지.'

"마노가 우리나라에서 제일 센 거 아니야?"

이렇게 현실성 없는 얘기를 듣고 있지만 현실인 것이다.

'태권도 국가대표도 아니고 대한민국 최강이 뭐야, 쪽

팔리게.'

"서울 최강은 확실하지."

'차라리 수능 전국 1등 시켜줘. 전국 최강 싫다고.'

"이러다 마노가 한국 먹으면 우리도 감투 하나씩 쓰는 건가?"

'시발, 나 재수생이라고. 한국을 왜 먹어. 그리고 우리나라는 자유민주주의 국가거든?'

중학생이나 고등학생이 이런 말을 하면 귀엽기라도 하지.

박마노에게 이런 말을 늘어놓는 사람들은 전부 성인이었다.

저들이 이상한 말을 늘어놓는 이유는 알고 있었다.

보통 판타지 소설에서 현실에서 괴물이 튀어나오고 사회가 붕괴하면 주인공이 나라를 건설한다.

'제발 농담이어라.'

하지만 박마노는 보았다. 목격했다.

사람들을 보호해 준다는 핑계로 보호세를 걷고 왕처럼 군림하는 각성자를. 보호세를 넘어 인권마저 유린하는 범죄자를.

'치안 좀 안정되면 알아서 정신 차리겠지?'

뒤집어진 세상과 갑자기 주어진 힘에 취해 잠시 이성을 상실했을 뿐이기를.

'진짜 군림하려는 거면 선 넘는 거지. 지들이 왕이야 뭐야.'

박마노는 이상한 능력 좀 생겼다고 기존의 상식과 개념을 내다 버린 사람들을 이해할 수 없었다.

'그러다 능력 없어지면 어떡하려고.'

어느 날 갑자기 세상이 뒤집혔으니, 어느 날 갑자기 다시 원상 복귀될 수도 있다.

세상에서 몬스터와 균열이 사라지고 각성했던 사람들이 모두 일반인이 되면.

그러면 그때 각성한 적 없는 사람들은 각성자를 어떻게 할까?

'뻔하지.'

피를 보게 될 것이다. 아주 많은 피를.

틀에 박힌 재수 생활로 인해 죽어버린 창의력 세포를 깨울 필요도 없다.

'인식 좀 바꿔야 하는데.'

곰곰이 생각해도 떠오르는 게 없었다.

애초에 박마노는 평범한 재수생에 불과했다. 몬스터 퇴치하기도 벅찼다.

'똑똑하고 잘난 사람들이 알아서 하겠지. 내가 대단한 사람도 아니고 괴물이나 잡는 재수생인데.'

과분하게 쏟아지는 찬사와 기대. 적지 않게 공존하는 두려움과 경계.

박마노는 재수생 시절 생긴 버릇대로 목을 돌려 스트레

칭했다.

어깨 위에 있는 거라곤 머리밖에 없는데, 짐이라도 진 것처럼 어깨가 무거웠다.

어른 말 잘 듣는 모범생도 꾀병 부리고 싶을 때가 있다.

최요한도 가끔 그럴 때가 있었다.

그의 부모님은 아들의 꾀병을 귀엽게 봐줬다. 아들을 믿기 때문이었다.

덕분에 최요한은 부모님 허락받고 당당히 결석했다. 어머니는 자유를 제대로 누리라며 외출했다.

집에 홀로 남은 최요한은 허락받은 자유를 만끽했다.

느지막이 일어나 아점으로 라면을 끓여 먹고 설거지한 후 컴퓨터를 켰다.

승급전을 앞두고 한창 신경이 곤두서 있던 그는 이상한 소리를 들었다.

'도둑?'

최근 동네에 빈집털이가 속출한다는 얘기를 들었지만 남의 얘기라고 생각했다.

최요한은 어깨를 움츠리는 한편 야구 방망이를 잡았다. 무기가 없는 것보단 나을 것 같았다.

그렇게 소리가 난 거실로 간 최요한은 깜짝 놀라 눈을 크게 떴다. 잘해봐야 초등학교 고학년쯤일 아이가 담벼락에 올라타 있었다.

마당에 떨어진 공을 주우러 온 것 같진 않았다. 아이의 손엔 거실에 둔 저금통이 들려 있었다.

최요한과 눈이 마주친 아이가 놀라서 얼어붙었다. 그것도 잠시, 아이는 꾸벅 고개를 숙였다.

"죄송함다."

아이는 저금통을 마당에 던지더니 담을 점프해 내려갔다.

"들켰냐?"

"튀어!"

담 너머에서 한 명도 아니고 여러 명이 동시에 뛰는 소리가 들렸다.

최요한은 야구 방망이를 들고 밖으로 나갔다.

"거기 서라!"

다른 아이는 모두 도망치고 담을 넘다 최요한에게 걸린 아이만 간신히 잡았다.

아이는 90도 각도로 허리를 굽혀 사과했다. 어찌나 자세가 바른지 가게 앞에 세워둔 인사하는 마네킹 로봇 같았다.

표정과 목소리 연기가 능숙해 진심으로 사과하는 것처럼 보였지만 최요한은 속지 않았다. 이렇게 빨리, 매끄럽게 사과할 만큼 자주 범죄를 저질렀다는 뜻이니까.

"죄송함다. 다신 안 그럴게요."

"누가 도둑질하라고 시켰어?"

"저 혼자 한 건데요."

"거짓말하면 가중처벌받는다."

"저 촉법소년이라 벌 안 받는데요."

"너보다 큰애들이 도망치는 거 다 봤거든. 사실대로 말해."

최요한이 생포한 아이, 장민수는 그제야 예의 바른 연기를 버리고 본심을 드러냈다.

"형이 대신 맞아줄 것도 아니잖아요."

"대신 맞아줄게."

아는 형, 아는 누나. 뒤를 봐준다는 인간들이 아이를 협박해 도둑질시키고 지들은 망을 본다. 그러다 아이가 걸리면 뒤도 보지 않고 내뺀다.

참 저열한 범죄였다. 최요한은 장민수가 알려준 불량 청소년 패거리를 찾아갔다.

그리고 복날 개처럼 맞았다. 까발렸다는 이유로 장민수도 같이 맞았다.

최요한은 맞으면서 모은 증거로 경찰에 신고했다.

듣기만 해도 속이 뻥 뚫리는 정의 구현이나 사이다 엔딩은 없었지만 적어도 장민수는 불량 청소년 집단과 연을 끊을 수 있었다.

개처럼 처맞으면서도 그를 빼내려는 '아는 형'이 있다는 게 컸다.

이후 장민수는 최요한을 잘 따랐다. 최요한도 아이가 엇나가지 않길 바라는 마음에 친형처럼 참견했다.

세상에 금이 가던 날, 하필 최요한은 혼자였다.

부모님은 여행 가 연락이 끊겼고 간신히 연락 닿은 친척들은 도로가 봉쇄되어 최요한을 데리러 올 수 없었다.

최요한만 괴로운 게 아니었다. 도처에 고아가 널렸다.

예전 같으면 우는 아이를 달랬을 어른들이 아이를 무시하고 못 본 체했다.

우는 소리를 듣고 괴물이 찾아온다는 이유로 아이를 내쫓는 생존자 집단도 있었다.

그렇게 내쫓긴 아이들은 저들끼리 뭉쳤다.

최요한은 그런 아이 무리 중 하나를 이끌었다.

난리 통에 마주친 장민수를 챙기다 보니 주위에 아이들이 하나둘 늘어난 것이다.

재난 비축품은 소수의 어른이 독점하고 있어 굶어 죽을 뻔했지만 다행히 산 입에 거미줄 치진 않았다.

최요한과 장민수가 각성자였기 때문이다.

장민수는 성인 남성과 비등해진 힘과 체력으로 무리의 아이들을 지켰다.

최요한은 사냥해서 아이들을 먹여 살렸다.

제대로 된 상태창이나 스킬 안내가 없었으나 최요한은 대충 자신에게 목표물을 반드시 맞추는 능력이 생겼음을 알았다.

〈필중〉 스킬로 인근 비둘기를 사냥하며 피존 슬레이어 소리를 듣던 어느 날, 마침내 도로 봉쇄가 풀리고 외부에서 물자와 사람이 들어오기 시작했다.

다들 이제 외부의 도움을 받을 수 있다고 좋아했다. 최요한도 부모님과 만날 수 있을 거란 생각에 들떴다.

외부의 도움을 받을 수 없기에 위협도 받지 않은 것이었다는 사실을 알아차린 건, 온기 없는 아지트를 보고 난 뒤였다.

밥 한번 먹자.

지키기 쉬운 약속임에도 이보배와 최요한의 만남은 번번이 좌절되었다.

이유는 하나다. 최요한이 너무 바빴다.

간신히 밥 약속이 성사된 날, 이보배는 김이 올라오는 샤브샤브 냄비를 보며 걱정스레 물었다.

"원래 관리국은 이렇게 바쁜가요?"

"아니요, 이 정도는 아니에요. 인력이 부족하긴 한데 비번은 지켜주려고 노력하는 편이죠. 다만 저는 과장님과 같이 다니는데 과장님이 나서서 일하는 성격이라."

덩달아 파트너인 최요한도 바쁘다는 설명이었다.

이보배는 박마노의 건강이 염려되어 조심스럽게 말했다.

"고된 일인데 쉬엄쉬엄하셔야 하지 않을까요?"

"일은 가능한 빨리 해치우고 몰아서 쉰다는 게 과장님 신조인데. 균열과 범죄는 그렇지 않으니까요."

최요한은 박마노가 방학 숙제를 미리 하고 남은 기간을 즐기는 유형이라고 말했다.

슬프게도 박마노의 방학 숙제는 랜덤으로 출몰했다.

"그리고 공무원이란 조직이 도전보단 안전을 중시하는 조직이잖아요. 과장님만 한 인재가 없으니 계속 불려 다니는 거죠."

박마노는 승률 100%의 안전 패였다. 넝쿨째 굴러온 호박이며 생각하면 웃음이 터져 나오는 금두꺼비였다.

'이러다 당했구나.'

관리국은 안전한 패를 믿고 균열 공략에 실패한 원인 분석도 없이 박마노를 투입했다.

박마노는 균열을 빨리 소멸시키겠다는 조급한 성격 때문에 힘을 아끼지 않았다.

그 결과 최요한은 균열에서 사망했다.

'안타깝네. 작은오빠가 처리해서 다행이야.'

회귀자가 나섰으니 동일한 비극은 일어나지 않을 것이다.

한편으로, 이보배는 걱정을 완벽히 떨치지 못했다.

"항상 조심하세요. 쉴 때 확실히 쉬시고요."

"감사합니다."

"휴일에 쉬어야 하는데 괜히 저 때문에 나오신 건가 싶어 죄송하네요."

"무슨 말씀이세요. 보배 씨가 불러주시면 언제든 환영이죠."

샤브샤브 육수가 끓었다.

이보배가 집게를 잡기 전에 최요한이 잡았다. 그는 재료를 잘라 육수에 투하했다.

"정말 대단하세요. 자기 시간도 아껴가며 일하시고."

이보배는 최요한에게 존경심을 드러내고 과거 들었던 말을 언급했다.

"그런데 관리국에 들어간 이유가 뭔가요? 사심 채우려고 들어갔다고 하셨잖아요."

"그게 말이죠."

최요한이 눈을 휘며 웃는 순간 그의 주머니에서 벨 소리가 울렸다.

익숙한 광경이라 이보배는 개의치 않았다. 천벌 콤비와 만났는데 이렇게 헤어지지 않으면 이상할 정도다.

"네, 최요한입니다. 네, 바로 가겠습니다."

최요한이 체념한 얼굴로 전화를 받았다.

통화는 순식간에 끝났다. 최요한은 고개 숙여 사과했다.

“정말 죄송합니다. 제가 계산하고 갈 테니 다음에 꼭, 벌충하게 해주세요.”

“아유, 뭐 그런 말씀을. 바쁘신 거 알아요, 얼른 가보세요. 조심하시고요.”

이보배는 최요한을 떠나보내고 한숨과 함께 혀를 찼다.

밥 한번 먹기 정말 힘들었다.

젊어 고생은 사서도 한다는 말이 있다.

박마노는 그 말을 실천하는 젊은이였다. 드물게 찾아온 휴일에 박마노는 균열에 진입했다. 마감이 임박한 등급 낮은 균열이었다.

“휴일에 쉬지도 못하고 이게 무슨 짓일까요.”

황금 같은 휴일에 상사와 등산, 아니, 균열을 돌게 된 최요한이 불평했다.

박마노는 부하의 투덜거림이 시끄러워 귀를 후볐다.

“혼자 해도 되는데 우겨서 따라온 사람이 할 소리?”

“이귀한 씨 일도 있잖아요. 혹시 모르니까 혼자 다니지 마세요.”

박마노는 균열을 혼자 돌다가 이귀한을 발견했다. 판단을 잘못해 선빵 쳤다면 죽은 목숨이었을 것이다.

그 후 최요한은 박마노의 솔로 공략을 반대하고 오늘처럼 따라붙었다.

"다음 주 목요일에 그 집 식구들이랑 밥 먹기로 했는데 너도 낄래? 끼워줄게."

"과장님, 진짜 이러시기예요?"

"내가 뭘?"

"과장님이 자꾸 보배 씨랑 선약 잡으면 저는 어떡해요?"

최요한이 서러워했다. 서러워할 만했다.

그와 박마노는 휴일이 겹친다. 그런데 박마노가 이보배와 선약 잡은 게 이번이 처음이 아니었다.

"뭐래. 억울하면 먼저 약속 잡아."

"저는 과장님과 다르잖아요."

간신히 약속을 잡은 날, 중도에 불려 나간 게 며칠 전이다.

최요한은 다음 약속은 신중히 잡기로 했다.

이번 휴일은 괜찮다는 확신이 설 때 만나자고 할 생각이었다. 그런데 박마노는 취소되거나 중간에 빠져나와도 상관없다는 듯 약속을 남발했다.

"억울하면 나처럼 당일 약속 취소해도 괜찮은 사이가 되어라."

박마노가 으스댔다.

최요한은 억울해서 상사를 째려보았다.

"너 치명타 잘 날리잖아. 치명적이고 중독적이라 헤어 나올 수 없는 사람이 되어라. 강해지는 거다, 요한아."

박마노는 말도 안 되는 조언을 해놓고선 응원한답시고 주먹을 불끈 쥐었다.

불끈 쥔 주먹에 맞은 몬스터가 터져 죽었다.

"그거랑 그건 다르잖아요. 과장님은 대하기 어려운 선배고 저는."

"어떤 사이가 되고 싶은데? 말이 나온 김에 하는 소린데."

박마노는 터진 몬스터의 몸을 휘저어 마석을 뽑았다. 등급을 확인하지 않고 인벤토리에 집어넣었다.

"네가 보배한테 접근하는 게 순수한 마음이냐?"

"무슨 말씀인지?"

"의뭉 떨지 말자, 요한아. 이귀한 씨와 이해기 씨, 이한생 씨를 감시하기 위해서 네가 보배한테 접근하는 건 아닌가, 그런 생각이 퍼뜩 들었거든. 너 진아 언니한테도 비슷한 짓 하다가 검성 살생부에 이름 올리지 않았냐?"

박마노는 '아니'라는 대답을 기다렸다.

하지만 최요한은 여우처럼 웃기만 했다.

박마노가 눈에 쌍심지를 켜자 최요한이 거리를 벌렸다.

"과장님 무서운 분이셨네요. 역시 그 나이에 과장 달려면 이 정도 꿍꿍이는 키워야 하는 거군요."

"뭔 소리야?"

"저는 끽해야, 연금술사랑 친해지면 포션 좀 공짜로 받을 수 있지 않을까, 독 좀 공짜로 받을 수 있지 않을까 생각했는데 과장님은 그런 흉계를 짜신 거였어요. 사고방식이 다르네요. 존경합니다. 과장님은 계획이 다 있으시군요."

최요한은 몸을 감싸며 오들오들 떠는 시늉을 했다.

박마노는 기가 막히고 코가 막히고 앞도 꽉 막혀서 이마를 짚었다. 입에선 절로 욕이 튀어나왔다.

"하여간 음흉한 여우 새끼."

"버리지 말아주세요. 충성충성."

"내가 어쩌자고 이 새끼를 받아줬을까."

박마노는 거리를 벌린 최요한에게 손짓했다.

머뭇거리던 최요한이 다가왔다가 박마노에게 붙잡혔다. 박마노는 최요한의 어깨에 팔을 두르고 나직이 말했다.

"잘하자, 요한아."

"하하하."

"난 널 계속 믿고 싶다. 실망시키지 마라."

믿는다는 말에 최요한의 얼굴에서 여우 같은 미소가 사라졌다.

최요한은 잠시 뜸 들이다 말했다.

"겸사겸사라고 대답하면 실망하실까요?"

"일단 좀 맞자."

박마노는 즉시 헤드록을 걸었다.

최요한은 괴로워하면서 입을 나불거렸다.

"과장님은요!"

"나?"

"이해기 씨 어떻게 켁, 할 건데요?"

간신히 풀려난 최요한이 박마노의 심중을 떠봤다.

박마노도 이해기 일로 심경이 복잡했기 때문에 솔직히 말했다.

"겁나 수상하고 겁나 만만해."

"전 이해기 씨처럼 수상한 사람 처음 봤어요."

전직 암살자가 할 말은 아니지만 이해기는 그만큼 수상했다.

최요한이 살면서 본 사람 중에 가장 수상했다.

"나도 보면 볼수록 수상해서 단물만 빨아먹고 선 그을 생각이었는데."

박마노가 심기 복잡한 표정으로 허공을 응시했다.

"무한 단물이야. 단물이 계속 나와."

심지어 단물 자체도 꿀처럼 달고 영양가가 높았다.

최요한은 이해기를 쉽게 떨치지 못하는 박마노에게 공감했다. 남 주느니 갖고 있는 게 나았다.

"하늘에서 뚝 떨어진 것처럼 갑자기 강해진 각성자라. 꼭 회귀물 주인공 같네요."

"그치, 근데 세상에 회귀가 어디 있……."

박마노는 주위에 흐르는 마력과 본인 손에서 나가는 번개를 보고 말을 바꿨다.

"세상에 동생 가장 시키고 자기는 집에서 노는 회귀자가 어딨어."

"그건 그래요."

자고로 회귀자라면 열심히 일한 동생에게 돈 목욕을 시켜줘야 하는 법이다. 돈에 알레르기 생길 만큼 퍼부어줘야 한다.

박마노와 최요한은 말도 안 된다며 동시에 웃었다.

세상엔 회귀자도 있고 대마왕도 있고 환생자(혹은 빙의자)도 있었지만 천벌 콤비는 그 사실을 몰랐다.

"오래간만에 빵 터졌네. 어쨌든 계속 단물 빨아먹기 미안해서 밥 먹자고 했으니까 너도 낄 거면 와."

"과장님 너무하세요."

"또 왜?"

"어떻게 처음부터 저를 안 부를 수가 있어요?"

"아놔."

부르면 휴일에 상사가 불렀다고 투덜거리고 안 부르면 안 불렀다고 투덜거리는 부하는 어떻게 다뤄야 하는가?

박마노는 코브라 트위스트를 날리려다 참았다.

'난 참 관대한 상사야.'

이런 생각이야말로 꼰대라는 증거다.

박지랄, 박번개에 이어 급부상하는 박꼰대를 아는지 모르는지 박마노는 식후 산책보다 간편하게 균열 공략을 마쳤다.

"수고하셨습니다."

"가긴 어딜 가! 2차 공략 간다!"

박마노는 도망가는 최요한을 붙잡았다.

최요한은 앓는 소리 내며 휴일을 반납하고 상사의 취미에 동참했다.

균열의 날 이후 수도권과 대도시 인구 집중이 심화되었다지만 그래도 경기도는 넓고 어딘가엔 인적 드문 시골이 남아 있다.

이씨 남매와 천벌 콤비가 도착한 곳도 그런 곳이었다.

허허벌판에 단층 건물 하나가 덩그러니 세워져 있고 주위엔 철조망이 겹겹이 쳐졌다.

문마다 〈균열 및 각성자 관리국〉 마크가 대문짝만하게 붙어 있었다.

이보배를 태운 차는 철조망을 지나고 지나 건물 앞에 멈췄다.

이보배는 차에서 내려 바닥에 깔린 자갈을 디뎠다.

주위는 황량했다. 풍광이 좋은 것도 아니요, 볼거리가

있는 것도 아니다. 바람은 휑휑 잘 불어서 박마노 말마따나 바람은 실컷 쐴 수 있을 것 같았다.

"오셨습니까."

홀로 쓸쓸히 세워져 있는 건물에서 사람이 나왔다.

키는 평범했지만 다부진 체격, 볕이나 불에 그슬린 듯한 피부가 인상적이었다. 특히 이두박근이 멋졌다.

이보배는 눈을 가늘게 떴다. 오는 내내 웃고 있던 이해기의 볼이 파들파들 떨렸다.

"정철수 씨 오랜만!"

박마노가 건물에서 나온 사람에게 반갑게 인사했다.

그렇다, 정철수였다.

눈앞의 이 사람이 회귀자가 가장 먼저 투자한 안전 자산이자, 박마노에게 허무하게 뺏겨 버린 대박이었다.

"안녕하십니까, 정철수 씨."

이해기가 웃는 낯으로 정철수에게 인사했다. 이해기를 발견한 정철수가 머쓱해했다.

"그…… 일전엔 정말 죄송했습니다. 이 사장님이 도와주시지 않았다면 어떻게 되었을지 모르는데 은혜에 제대로 보답하지 못한 것 같습니다."

"하하하, 괜찮습니다. 그래서 살림 많이 좋아졌습니까? 나라를 위해 일하니 기분 좋으십니까? 화재는 초반 진압이 중요한데 급한 불 끄고 보니 물 제공한 사람은 생각 안 나셨죠?"

이해기는 웃고 있지만 웃는 게 아니었다.

이귀한과 이한생이 초콜릿을 까서 입에 털어 넣고 웅얼거렸다.

"둘째가 뒤끝이 길어."

"사기꾼 새끼가 작정했구나."

이씨 사남매 중에서 제일 가방끈이 긴 이해기는 뒤끝도 제일 길었다.

"더러운 표현이지만 화장실 들어갈 때와 나올 때 마음이 다르다는 얘기가 있습니다. 이게 그런 경우가 아닐지. 물론 계약을 위반하고 계약서에 적힌 대로 위약금을 주셨지만 그래도 상도덕이라는 게 있지 않습니까."

이해기가 입을 열 때마다 정철수의 안색이 어두워졌다.

정철수는 지은 죄가 있어 고개를 들지 못하고 이보배는 작은오빠가 부끄러워 고개를 들지 못했다.

'진짜 추하다. 마노 선배도 있는데 무슨 짓이람.'

박마노로 말하자면 정철수와 마찬가지로 머쓱해했다.

그녀의 고개가 아래로 수그러지지 않고 하늘을 향했다는 게 차이점이었다.

"내가 그래서 10억 개평도 주고 추가 개평 또 해주려고 데려왔잖아! 그만합시다."

박마노가 이해기와 정철수 두 남자의 어깨를 토닥이고 강제로 어깨동무시켰다.

최요한이 고개를 설레설레 저었다.

“우리 과장님이지만 정말 억지네요.”

사실 정철수가 〈속성 부여〉 스킬을 습득했을 당시 박마노는 그 스킬의 가치를 제대로 알아보지 못했다.

박마노가 〈속성 부여〉의 진정한 가치를 깨달은 건 최근의 일이다.

이해기는 박마노에게 다른 속성이 부여된 무기나 아티팩트를 구비해 두라고 조언했다.

박마노는 이해기의 조언이 타당하다고 생각했고 정철수에게 속성이 부여된 무기를 의뢰하기로 했다.

최요한과 함께 어떤 속성이 좋을지 의논하던 도중 박마노는 깨달았다. 깨닫고 말았다.

‘이 스킬 10억으로 꿀꺽하기엔 너무 좋은 스킬 아니야?’

박마노의 좌우명은 ‘기본은 하자’다. 물론 박마노도 사람인지라 본인에겐 관대했다.

박마노의 양심은 관대하고 유리하게 생각해 보아도 도가 지나치다는 판결을 내렸다. 그래서 박마노는 이해기에게 추가 배당을 주기로 결심했다.

박마노가 정철수와 이해기의 등을 퍽퍽 치면서 호탕하게 웃었다. 억지를 웃음으로 얼버무리려는 느낌이 강했다.

“철수 씨가 멋들어진 무기 뽑아준다니까? 재료랑 대금은 내가 책임진다! 하하하, 이걸로 화해합시다.”

"은혜 갚는 건데 대금을 받을 수야 없죠. 최선을 다하겠습니다."

정철수가 진지한 얼굴로 의지를 다졌다.

이해기는 자신이 기억하는 것보다 어리고 순박한 정철수의 얼굴을 보았다. 세상에서 가장 집요하고 치졸한 회귀자의 뒤끝이 누그러졌다.

'돈벌레 정철수가 돈을 거절하다니.'

오지 않을 미래에서 정철수는 사채업자에게 끌려간다.

빚을 갚으라는 명목으로 착취당하다가 스킬을 얻으면서 후원자가 생겨 사채의 빚에서 벗어나 승승장구한다.

하지만 사채업자에게 시달린 몇 년이 트라우마가 되었는지 돈에 광적으로 집착했다. '돈보다 소중한 게 있었는데 그게 뭐였는지 모르겠어'가 돈벌레 정철수의 유언이었다.

지금의 정철수는 돈보다 소중한 걸 알고 있다. 좋은 장비를 만들고 싶다는 장인 정신과 박마노가 주입해 준 가오다.

"제 주문은 많이 까다롭습니다."

"실력은 자신 있습니다. 이 사장님도 제 실력을 보고 투자하셨잖습니까."

낯선 사람에게 대뜸 1억을 투자받고, 이후 박 과장에게 스카우트 제의를 받았다. 정철수는 자신만만했다.

"우리 애들한테도 못 맞춰주는 거 해기 씨한테 해주는 거야. 내 마음 알지?"

"박 과장님이 스카우트 전에 언질이라도 주었더라면 이렇게 화나지 않았을 겁니다."

박마노 앞에선 늘 허물어지는 이해기의 얼굴 근육이 웬일로 각이 잡혔다.

'헉, 저건 간헐적 진국 상태.'

이보배가 놀라든 말든 진국 이해기가 용건을 밝혔다.

"마노 누나 무기도 여기서 맞췄죠?"

"응. 내 건 완성되었고 요한이 건 아직."

이보배는 묻지 않았는데 최요한이 슬쩍 첨언했다.

"제 건 개수가 많아서요."

이보배는 개미굴에서 보았던 쇠침 다발을 떠올렸다. 확실히 개수가 많았다.

'어떤 속성을 부여했을까? 아, 이런 거 물어보면 실례지.'

이보배야 나쁜 마음을 먹지 않더라도 정보가 새면 좋지 않다.

이보배는 입을 꾹 다물었는데 이해기는 대놓고 질문했다.

"속성은 뭐로 정했습니까?"

"그거 정하느라 진짜 힘들었다. 직접 볼래? 안에 무기 시연실 있어."

박마노는 선뜻 이해기에게 새 무기를 보여주겠다고 했다.

이해기와 박마노, 정철수가 공방으로 들어갔다.

이귀한은 게임 삼매경에 빠졌고 화르세인지는 멍한 시

선으로 주위를 돌아보다 말했다.

"나는 왜 여길 온 것이냐? 이게 무슨 소풍이야."

"하하, 너무 실망하지 마세요. 이해기 씨 주문만 완료하면 옆 산으로 옮길 거예요. 거긴 계곡도 있고 놀기 좋아요."

산과 계곡이란 말에 안 좋은 기억이 떠올랐는지 망나니가 하늘을 응시했다. 다행히 하늘은 구름 한 점 없이 맑았다.

"가는 도중에 오리탕 맛집이 있으니까 거기에서 포장해 갈 거예요."

"마노 선배는 보양식 좋아하시나 봐요."

"그게 아니라, 과장님 부모님이 〈우리는 자연인이다〉 프로그램 애청자십니다. 은퇴하면 물 좋은 곳에 토종닭이랑 오리를 키워 음식점을 하겠다고 주말마다 그런 집들을 찾아가셨대요."

"아하, 그래서 맛집을 많이 아시는구나."

"네, 심심할 땐 직접 해 드시기도 합니다."

"마노 선배가요? 요리도 잘하시나 봐요."

"보양탕 종류만요. 그런데 똑같은 재료로 똑같은 시간을 끓였는데 부모님 해주시는 맛과 다르다고 하더라고요."

"손맛 차이일까요?"

똑같은 재료, 똑같은 방식, 똑같은 환경에서 요리했는데 맛이 다른 건 이보배와 이해기도 마찬가지다.

이보배가 네 맛도 내 맛도 아닌 김치찌개를 생각하고 물었더니 최요한이 고개를 설레설레 저었다. 그가 목소리를 낮추고 입가를 가렸다.

"보양탕의 핵심은 정성과 인내심인데 과장님은 둘 다 대충 때우려는 경향이 강해서 그래요."

은근슬쩍 상사 욕을 한 최요한이 빙그레 웃었다.

"저도 탕류엔 자신 있습니다. 비둘기탕이라고 들어보셨는지 모르겠네요."

"비둘기탕이요?"

"사람이 먹고살려면 뭔들 못 먹나요, 하하. 자연 건강식, 보양탕 쪽은 자신 있으니까 몸 허하다 싶으시면 연락 주세요."

'내가 염치가 있지, 어떻게 부탁하겠어.'

이 역시 대화를 부드럽게 이어가려는 최요한의 빈말임을 안다. 빈말인 걸 알지만 최요한의 웃는 낯이 선량하고 눈빛이 다정해서 그리 어색하지 않았다.

묵묵히 게임에 집중하던 이귀한이 불쑥 둘 사이에 끼어들었다.

"어죽도 끓일 줄 알아?"

"당연하죠. 잔가지 하나하나 전부 발라 부드럽게 끓이는 게 특기예요."

"다른 건? 보양식 말고 다른 것도 잘해?"

"잘하진 못하지만 레시피 보고 곧잘 따라 합니다. 제 자랑 같지만 제가."

최요한이 양손 검지로 자신을 가리켰다. 귀여운 척하는 게 눈에 보이는데 실제로 귀여웠다.

"인내심이 좋거든요. 손재주도 있는 편이고 손끝이 야무지단 말도 많이 들었어요. 집안일은 다 잘해요."

"막내야, 들었지?"

"듣긴 뭘 들어. 저리 좀 가."

이보배는 이귀한의 얼굴을 손으로 밀쳤다. 혹시라도 최요한 앞에서 매제 후보 운운할까 두려웠다.

"이귀한 씨 몸이 허하세요? 제가 어죽 끓여 드릴까요?"

"아니에요, 괜찮아요. 오빠는 아주 건강해요. 헛소리하는 거예요."

이귀한이 허한 건 몸이 아니라 마음의 문제다.

최근 프! 프! 프! 뽑기 운이 좋지 않다고 안달 내지만 운은 항상 안 좋았기 때문에 특별한 일은 아니었다.

"인내심이 좋으시구나. 그러고 보면 사냥꾼은 인내심이 중요한 직업이라니까 딱 맞는 각성 직업이네요. 그 왜, 인류 최초의 사냥법이 사냥감 지칠 때까지 쫓아가는 거였다잖아요. 지구력과 인내심 모두 필요하다는 거죠."

"제가 직업을 말씀드렸던가요?"

"아니요!"

'아씨, 말실수.'

말을 돌리려다 더 큰 지뢰를 밟은 이보배는 크게 당황

했다.

이보배의 머리가 맹렬한 속도로 돌아갔다. 이 위기를 모면하지 못하면 최요한과의 인연이 끊어질지도 몰랐다.

"추적하는 스킬도 갖고 계시고 명중률 관련 스킬도 있으시고! 오빠가 그런 스킬은 사냥꾼이 갖고 있다고 해서 사냥꾼이신가 보다! 그렇게 제멋대로 추측했어요."

이해기가 최요한의 개인 정보를 멋대로 풀어놓는 바람에 말실수를 해버렸다.

이보배는 필사적으로 웃으면서 최요한의 눈치를 살폈다.

최요한은 늘 상냥하게 미소를 머금고 있기 때문에 무슨 생각을 하고 있는지 알기 힘들었다.

"오빠라면 이해기 씨?"

"네, 맞아요. 작은오빠. 하하하."

"이해기 씨는 경력에 비해 알고 계시는 게 참 많은 편이죠."

"저희 작은오빠가 머리가 좋거든요! 전교 1등을 놓친 적이 없다니까요. 그리고 상상력도 좋아요. 판타지 소설 작가가 꿈이기도 했고, 읽는 것도 좋아해서 세상이 이렇게 된 후에 분석도 많이 했어요. 짐꾼으로 일하고 있을 때도 얼마나 열심히 공부했는지 몰라요. 사람이 믿음직스럽고 착해서 평판도 좋았고요. 그래서 소문에도 밝고, 또."

"네, 신라 길드 조사하는 중에 이해기 씨 평판을 들을 기회가 있었는데 다들 훌륭하고 좋은 청년이라 했습니다."

"바로 그거죠!"

이보배는 이거다 싶어서 최요한의 어깨에 손을 올렸다. 친한 친구에게 하듯 열심히 어깨를 두드리며 맞장구쳤다.

"사실 기록과 증언으로 접한 이해기 씨와 직접 만나 뵌 이해기 씨가 달라서 놀라긴 했습니다만……."

"원래 사람은 그런 거잖아요! 직접 보고 만나봐야 아는 게 사람이죠! 그런 거죠!"

"네, 저도 보배 씨 말에 동의해요."

필사적으로 말을 돌리는 이보배의 마음을 알았는지 최요한이 웃으면서 고개를 끄덕였다.

최요한이 어깨에 올려진 이보배의 손을 부드럽게 잡아 슬그머니 잡아끌었다.

"계속 밖에서 이러는 것도 이상하네요. 슬슬 들어가실까요."

최요한이 공방을 가리켰다.

직접 안내하려는 것 같은데 잡힌 손을 빼는 것도 이상하다 싶어서 이보배는 손을 내버려 두었다.

"오빠들도 들어가자!"

"먼저 들어가라, 막내야! 셋째는 내가 붙잡고 있을게!"

"무슨 헛소리냐. 난 들어갈 거다."

"싫엉싫엉. 나 뽑기 하는 거 옆에서 봐줘. 혼자 뽑았다가 망하면 화가 난다! 화가 난드아아아악!"

"젠장, 화내지 마라! 봐주면 될 것 아니냐!"

이귀한의 분노 경고에 공방으로 걸어가던 이보배의 발이 멈췄다.

이보배가 이귀한이 뽑기를 마칠 때까지 기다리려는데 화르세인지가 거칠게 손을 휘저었다.

"돼지가 멀뚱히 서 있으면 더 멍청해 보인다. 눈꼴 시리게 있지 말고 꺼져라."

"우리 셋째가 옆에 있어주니 화나지 않아요!"

"나 진짜 들어간다?"

큰오빠와 막내 오빠만 두자니 불안한 마음에 이보배가 목소리를 높였다.

두 오빠는 걱정하는 동생 마음은 모르고 어서 들어가라 손만 휘휘 저었다.

머뭇거리는 이보배를 움직인 건 살짝 당겨진 손이었다.

"들어가죠."

최요한의 부드러운 재촉에 이보배는 제대로 한 걸음 걸었다.

"사실 오늘 요한 씨 온다는 얘기를 못 들어서 놀랐어요."

"저랑 만날 땐 놀라지 않기로 하셨잖아요."

"앞으론 진짜 안 놀랄 거예요."

최요한의 농담에 이보배가 다짐하듯 주먹을 꽉 쥐었다.

"흐으으으으으음."

이한생은 폐부 깊은 곳에서 우러난 소리를 내며 공방으로 사라진 남녀의 뒷모습을 지켜보았다. 보고 있자니 기분이 묘해져서 땅을 걷어찼다. 자갈 몇 개가 튀었다.

"사기꾼 새끼는 늙은이 주책이라 치고 악마는 무슨 헛소리를 하나 했더니. 정말 돼지에게 마음이 있는 거였나."

떠먹여 줘도 못 먹기에 그냥 친절과 오지랖인 줄 알았는데 마음이 아예 없지는 않은 눈치였다. 돼지의 어디가 마음에 든 건지 미스터리나 그보다 궁금한 게 따로 있었다.

"악마 주제에 어떻게 알았느냐?"

이귀한이 송곳니를 드러내고 히죽 웃었다. 그는 신규 카드 열한 번 연속 뽑기창을 켜둔 상태였다.

"셋째야, 뭔가를 뿌수고 싶을 땐 구조를 알아야 해. 그래야 더 잘, 효과적으로, 더 아프게, 다시는 복구가 불가능할 만큼 치명적인 타격을 줄 수 있는 거야. 사람의 마음도 비슷해."

단순한 살해로는 영혼을 파괴할 수 없다. 영혼을 파괴하려면 다른 방법이 필요하고 이귀한은 파괴와 타락의 주인이었다. 소중하고 아름다운 마음일수록 부술 때 즐거웠다.

"사랑은 증오보다 알기 쉬워."

사악한 악마의 미소에 화르세인지는 딴청을 부리며 못 본 척했다.

금방이라도 세계를 부술 것처럼 허공을 더듬던 손가락

이 핸드폰 화면에 뜬 버튼을 눌렀다.

"열한 번 연속 뽑기 간다!"

"잘 좀 뽑아보거라. 못 뽑았다고 비웃기도 하루 이틀이지, 솔직히 너무 못 뽑아서 질리느니라."

요란한 빛 속에서 카드가 한 장씩 등장하고 뒤집혔다.

초조하게 열한 장의 카드가 뒤집히는 걸 기다린 이귀한이 마지막 카드를 보고 발을 굴렀다. 자갈이 밟혀 가루가 되었다. 이한생이 옆에 없었더라면 지축이 흔들렸을 것이다.

"아오, 시발!"

뽑은 카드 열한 장 모두 꽝이었다. SSR은 고사하고 SR도 없었다. 절반이 R(레어) 등급이고 나머지 절반이 N(보통) 등급이었다.

"셋째가 이상한 질문 해서 부정 탔다! 부정 탔어! 셋째 탓이다! 셋째가 잘못했네! 셋째 용돈으로 또 뽑아야겠다!"

"왜 내게 덮어씌우기냐! 네 존재 자체가 부정인데!"

형제는 바람을 관객 삼아 꽁트를 이어갔다.

5권에서 계속…